K

CW01666593

Von Paul Harding sind außerdem erschienen:

Das Haus des roten Schlächters
Der Kapuzenmörder
Der Mörder von Greenwood
Der Prinz der Finsternis
Der Zorn Gottes
Die Hitze der Hölle
Sakristei des Todes
Tod auf der Themse
Tödliches Rätsel

Über den Autor:

Paul Harding ist das Pseudonym eines englischen Historikers. Der Autor versteht es, das mittelalterliche London mit all seinem Glanz und seinen Schatten wachzurufen.

Paul Harding

Die Galerie der Nachtigallen

Roman

Aus dem Englischen
von Rainer Schmidt

Knaur

Die englische Originalausgabe erschien unter dem Titel
The Nightingale Gallery bei Headline Book Publishing, London

Besuchen Sie uns im Internet:
www.droemer-knaur.de

Vollständige Taschenbuchausgabe Juli 1999
Droemersche Verlagsanstalt Th. Knaur Nachf., München
Dieser Titel erschien bereits unter den Bandnummern
63100 und 63010
Copyright © 1991 by Paul Harding
Copyright © 1991 der deutschsprachigen Ausgabe bei
Vito von Eichborn GmbH & Co. Verlag KG, Frankfurt am Main
Alle Rechte vorbehalten. Das Werk darf – auch teilweise – nur mit
Genehmigung des Verlags wiedergegeben werden.
Umschlaggestaltung: Agentur Zero
Umschlagabbildung: Archiv für Kunst und Geschichte, Berlin
Satz: Ventura Publisher im Verlag
Druck und Bindung: Elsnerdruck, Berlin
Printed in Germany
ISBN 3-426-61167-8

2 4 5 3

All jenen ungleichen
detektivischen Duos gewidmet,
die mit spannenden,
amüsanten Abenteuern
die Kriminalliteratur
bereichert haben.

Einleitung

Der alte König lag im Sterben. Der Wind wehte das Gerücht die Themse hinunter. Bootsleute sprachen flüsternd davon, und die bauchigen, seetüchtigen Frachtkähne trugen die Kunde die Küste entlang. Edward schwand dahin; der große, blonde Eroberer Frankreichs, der neue Alexander des Westens, starb. Zu spät für diejenigen, die sein Mißfallen erregt hatten; ihre struppigen, blutverkrusteten Köpfe staken auf der London Bridge, und während die Raben nach saftigeren Happen wühlten, wurden die marmorbleichen Wangen schwarz.

Der große König – oder der große Halunke, das war Ansichtssache – wollte den Geist aus seinem betagten, stinkenden Körper nicht entweichen lassen. Der Hof war im Frühsommer 1377 nach Richmond gezogen, als der Wind nach Südwesten drehte und heftig und heiß von den trockenen Wüsten um das Mittelmeer heraufwehte. Die Pest war nach London gekommen; Männer und Frauen waren niedergesunken mit geschwollenen Lymphknoten und aufgeblähten Bäuchen, und sie hatten ihr Lebensblut ausgespuckt. Der König bekam es mit der Angst, als der Tod sich wie ein Meuchelmörder an seinen Hof schlich.

Edward begegnete ihm mutig. Er versuchte, sein fahlgelbes Gesicht anzumalen und hielt den Mund geschlossen, um seine zerbröckelnden schwarzen Zähne zu verbergen. Er kleidete sich in silbernen und weißen Taft, mit Gold bestickt, und frisierte sein früher hellblondes Haar, obwohl es ihm in zottigen, verschwitzten Strähnen auf die knochigen Schultern hing. Aber der Tod ließ sich nicht beschwichtigen. Hitze und üble Dünste vom Fluß

umfingen seinen verfallenden Körper, und noch immer wollte der König nicht aufgeben. Hatte er nicht bei Crécy und Poitiers die Armeen Frankreichs zerschlagen? Ihren König gefangengenommen und hinter sich reiten lassen, als er, einem neuen Cäsar gleich, nach London zurückgekehrt war, um sich im Glanz seiner Heldentaten zu sonnen?
Edward saß auf Kissen in einem seiner großen Privatgemächer und nahm weder Essen noch Arznei zu sich. Ein Priester kam, huschte an der Wand entlang wie eine kleine schwarze Spinne, ein Tröster Hiobs, wenn es je einen gab.
»Euer Gnaden«, drängte er beharrlich, »Ihr müßt ins Bett.«
Edward fuhr herum wie ein alter Fuchs, die von einem Schlaganfall verzerrten Lippen unwillig gekräuselt.
»Verschwinde, kleiner Mann«, zischte er. »Der Tod wird mich niemals holen!«
Er blieb, wo er war, und starrte auf seinen Finger, wo der Krönungsring, der sich einst so tief in sein Fleisch gegraben hatte, kürzlich durchgesägt worden war. Seine Ehe mit dem Königreich war vorbei. Fünfzig Jahre lang hatte er das Zepter getragen und mußte es nun einem anderen übergeben.
Er schüttelte den Kopf und schaute auf seine Hände. Ringe aus Feuer schienen sie zu umkreisen. Der Tod schlurfte auf leisen Sohlen näher. Tapfer hielt Edward stand, wie er es dreißig Jahre zuvor bei Crécy getan. Er lächelte, als er sich erinnerte, wie seine Hauptleute »Los!« gebrüllt und seine Bogenschützen den lebendigen Tod in schwarzen Wolken gegen die vorrückenden Horden der Franzosen gesandt hatten. Er würde stehen, wie er es damals getan hatte. Der Tod würde ihn nicht holen, solange er stand. Das tat er fünfzehn Stunden lang, bevor er auf den kissenübersäten Boden sank, die Finger vor dem Mund zur Faust geballt. Die Priester trugen ihn zu seinem Bett.
Hysterie erfaßte den Hof, und die Luft war schwer von Düsternis und Entsetzen. Die goldblinkenden Höflinge tuschelten über

Zeichen und Erscheinungen; die Wasser der Themse waren gestiegen, in Greenwich über ihre Ufer getreten und hatten den Palast überflutet. Ein mächtiger grauer Fisch, groß wie die Leviathan, war im Norden an den Strand gespült worden. Der Himmel färbte sich am Mittag rot, und seltsame Kreaturen wurden in den dunklen Wäldern des Nordens gesichtet. Man hörte Stimmen im Schatten der Straßen, und Trompeten schmetterten von den Bastionen des Towers in London und von Windsor Castle. Eine der Hofdamen fand eine Tarockkarte mit der schwarzen Gestalt des Todes an einen königlichen Stuhl genagelt. Eine andere erblickte den Geist der Macht des sterbenden Königs in Gestalt eines mystischen Ritters, der durch die mondhelle Galerie zog, die Treppe hinunter und zum Portal des großen Palastes.

Edward III., der Löwe von England, lag im Sterben. Alte Männer erinnerten sich an die Erzählungen ihrer Großeltern: Wie der Löwe in seiner Jugend seiner Mutter Isabella und ihrem Liebhaber Mortimer den Thron entrissen hatte. Jetzt waren die Tage des Löwen vorbei.

Der König bewegte sich. Er verlangte Musik, und ein junges Mädchen mit spitzengesäumtem Schleier spielte die Viola. Der König wanderte durch die Zeiten zurück, und die Geister versammelten sich um sein Bett. Sein Vater, Edward II., in Berkeley umgebracht. Seine Mutter Isabella, schön und leidenschaftlich. Philippa, sein Weib, mit dunkler Haut und sanften Rehaugen, schon seit acht Jahren tot. Und noch ein Geist: sein so kostbarer Sohn Edward, der Schwarze Prinz, der Führer seiner Armeen, ein Pompejus für seinen Cäsar. Der General, der die englische Fahne über die Pyrenäen nach Navarra getragen und nichts mit zurückgebracht hatte als eine Krankheit, die seinen Körper zerfraß. Alles dahin!

Sie kamen mit den Proklamationen zur Thronfolge zurück, und der alte König wußte, daß er starb. Siegel wurden angebracht.

Er wurde immer schwächer, und sein Gefolge schmolz. »Ist kein Glaube mehr in Israel?« wisperte Edward. Der Palast in Sheen wurde ein Mausoleum. Im eigenen Schweiß und Dreck ließ man den König liegen, nur Alice Perrers, seine Geliebte, war noch da. Sie kam in sein Sterbegemach gerauscht, die Finger beringt mit Golddraht und das üppige rote Kleid mit kostbaren Steinen besetzt. Sie mit der schmeichlerischen Zunge und dem schönen Gesicht, die sich aus niemandem etwas machte, weil niemand sich etwas aus ihr machte – sie saß nun neben ihrem sterbenden Herrn und Liebhaber und bewachte ihn hungrig. Der König erwachte aus einem Traum und sah ihre harten Augen und wollüstigen Lippen.

»Meine Sonne«, flüsterte er.

Die Perrers lächelte, und ihre weißen Zähne blinkten, als sie daran dachte, wie sie in goldenem Tuch durch die Cheapside heraufgeritten war, mit hocherhobenem Kopf, die Ohren verschlossen vor den Rufen. »Hure! Metze! Dirne!« Jetzt saß sie neben dem König und bewachte ihn wie eine Löwin ihre Beute. Ein alter Franziskanerpriester, John Hoccleve, kam herein, aber die Perrers fauchte und scheuchte ihn hinaus. Der König schloß die Augen. Sein Atem ging flach; furchtbares Rasseln tobte in seiner Kehle. Die Perrers wartete nicht länger; sie nahm ihm ab, was er an Geschmeide noch trug, und floh.

Der alte Franziskaner kam zurück, nahm des Königs Hand, hielt ihm ein Kruzifix vor die verlöschenden Augen. Er intonierte das *Dies irae*, und als er zu dem Vers kam, der da heißt: »Weh, was werd' ich Armer sagen, wenn Gerechte selbst verzagen?«, da öffnete der König die Augen.

»Wünscht Ihr die Absolution?« flüsterte Hoccleve.

»Ach, Jesus!« murmelte der König und drückte dem Franziskaner matt die Hand.

»So spreche ich dich los ...«, sagte der Priester, »... von deinen Sünden im Namen des ...«, und seine Stimme wurde lauter, während das Todesrasseln des Königs klang wie das Trommeln eines Tambours. Und der König wandte sich um. Ein letztes Keuchen, und seine Seele fuhr hinaus in die Dunkelheit. Hoccleve beendete sein Gebet und dachte an die goldenen Tage, da der König in all seinem Glanz einhergegangen war. Er neigte den Kopf, legte die Stirn auf die Hand des toten Königs und beweinte die Vergänglichkeit.

Ein paar Stunden später saß John von Gaunt, Herzog von Lancaster und ältester lebender Sohn des toten Königs, im Palast von Westminster allein vor einem großen Kamin. Das Wams geöffnet, die Schenkel gespreizt, saß er da und ließ sich von der Hitze der lodernden Scheite die Kälte von Beinen und Gemächt vertreiben. Der Herzog hatte die Nachricht bekommen, als er, von einem plötzlichen Unwetter bis auf die Haut durchnäßt, von der Jagd zurückgekehrt war. Sein Vater war tot, und er war Regent, aber nicht König. John stöhnte auf und ballte die juwelengeschmückte Faust. Er sollte König sein, ein Mann der Krone mit Anspruch auf die Throne von Kastilien, Frankreich, Schottland und England. Und was war das einzige Hindernis? Ein goldblonder Zehnjähriger, sein Neffe, Richard von Bordeaux, der Sohn seines älteren Bruders, des gefürchteten Schwarzen Prinzen.

»Nur einen Herzschlag entfernt!« murmelte Gaunt. Nur ein kurzer Atemzug trennte ihn von dem Diadem des Bekenners. Gaunt streckte sich, und sein muskulöser Körper bebte vor Wut. Regent, aber kein König! Das Land brauchte unbedingt einen entschlossenen Herrscher. Die Franzosen plünderten die Küsten im Süden. Die Schotten sammelten sich an der Grenze im Norden. Die Bauern murrten, verlangten ein Ende der immer neuen Besteuerung. Und das Unterhaus, geführt von seinem Sprecher, schimpfte heftig, wenn es in der Kapelle von St. Stephen zu Westminster zusammentrat. Gaunt strich sich über den sauber gestutzten Bart. Konnte er den Schritt tun? Würde er ihn tun? Er biß sich auf die Unterlippe und erwog die Konsequenzen. Seine jüngeren Brüder würden sich wehren. Die großen Lords des Rates, mit den sanften, aber mächtigen Bischöfen im Rücken, würden zu den Waffen greifen und den Zorn des Himmels erflehen. Und Richard – der blasse, blauäugige Richard –, was würde aus ihm werden? Gaunt fröstelte. Er entsann sich der alten Prophezeiung: Wenn die alte Katze stirbt, dürfen die Mäuse nicht frohlocken, denn das neue Kätzchen wird zu einem noch schrecklicheren Ungeheuer heranwachsen! Gaunt fürchtete sich vor nichts, aber sein stiller Neffe mit der Grabesmiene barg ganz besonderen Schrecken für ihn, so als könnten die uralten Augen in dessen zehnjährigem Antlitz seine geheimsten Gedanken lesen. Auch die Gemeinen im Unterhaus würden ein Auge auf ihn haben, und Gaunt war unvorsichtig gewesen. Er hatte versucht, Geld aufzutreiben, und die Beweise waren offenkundig. Die Söhne des Dives hatten ihn in ihren Klauen. Die Geheimnisse, die sie kannten, durften niemals enthüllt werden.

Gaunt lehnte sich zurück. Wovor hatte er Angst? Die Dämonen seiner privaten Hölle stiegen aus der schwarzen Grube der Erinnerung empor. Mord! Starr blickte er sich um. Meuchelmörder! Die Ankläger schienen aus den Flammen aufzusteigen, und ihm brach der kalte Schweiß aus. Der Dämon wuchs in seinem Herzen, und der Herzog nahm gierige Schlucke aus dem Weinbecher und hoffte, die Dämonen mit seiner Schwere zu ertränken.

Gaunt hatte Grund zur Wachsamkeit. In London war der Mord schließlich kein Fremder. Er strich durch die Straßen, die Augen blind wie die Nacht, und suchte seine unglücklichen Opfer. Mord wanderte durch die kotverklebten Gassen und Straßen von Southwark, glitt wie Nebel durch die halboffenen Türen heißer, stickiger Schänken und hockte mit kaltem Blick dabei, wenn die Menschen einander zu Tode hackten. Mord lauerte in der Tür der schmierigen Apotheke, wo Gifte verkauft wurden: gemahlene Diamanten, Belladonna und Arsen. Manchmal ließ der Mord auch die Stadtmauern hinter sich und schlich hinter dem Tower auf dunklen Landstraßen dahin, doch in jener Nacht hatte er sich eine saftigere Beute auserkoren und sein Lager in Sir Thomas Springalls hübscher Villa im Strand aufgeschlagen, einem veritablen Palast mit Ziegeldach, schwarzem geschnitztem Holzwerk, schimmernd weißem Putz und einem frischgemalten Schild mit dem Wappen des Goldschmieds: silbernen Streifen, goldenen Kleeblättern und Spangen aus Gold und Seide.

Das Haus lag in tiefer Ruhe. In der hohen Bankettballe war das Feuer heruntergebrannt; es knackte noch ein wenig in der Glut, und die Asche schwelte. Die Kerzen waren längst gelöscht, aber der süße Duft ihres Wachses hing noch in der Luft. Gobelins, schwer und golddurchwirkt, hingen an den Wänden und bewegten sich leise im kalten Nachtwind, der durch die Ritzen in den bleiverglasten Fenstern hereinblies. Der mächtige Tisch trug die Reste eines Banketts, und das weiße Damasttischtuch voller Fett- und Rotweinflecken schimmerte noch im ersterbenden Schein des Feuers. Die silbernen Teller waren abgetragen worden, aber die Platten mit den Resten von Frikassee und Hammelkeulen und mit den Knochen von Gänsen, Pfauen und Hühnern standen noch da. Daneben bauchige Becher, klebrig von Malvasier, Bordeaux und Sherry. Eine kräftige, langschwänzige Ratte huschte zwischen dem Geschirr umher; ihre roten Augen funkelten, ihr Bauch war voll und schwer, und sie war so träge, daß sie kaum quiekte, als die hellbraune Hauskatze sich auf sie stürzte und den aufgequollenen Leib zermalmte. Auf dem Korridor hörte ein Hund das Geräusch; er regte sich und hob den zottigen, schlaftrunkenen Kopf.

Ein Stockwerk tiefer schnarchten die Diener ungestört. Sie hatten sich die Bäuche vollgeschlagen, und ihre Köpfe waren dumpf von den Essens- und Weinresten. In einer Kammer lag eine Magd, den Saum ihrer Röcke in den Mund gestopft, und wand sich in stummer Leidenschaft unter den Lenden eines jungen Knechtes. Sie hätte unbekümmert schreien können. Die breite Treppe nach oben war verlassen, ebenso wie die holzgetäfelte Galerie, die an den herrschaftlichen Schlafgemächern vorbeiführte. In einem lagen Mann und Frau unter dem blau und scharlachrot gemusterten Baldachin ihres vierpfostigen Bettes schweißglänzend in heftiger Umarmung. Ein silberner Kandelaber auf rot-weiß gekacheltem Tisch erfüllte das Zimmer mit goldenem Glanz, der sich in den kostbaren Silberfäden der Wandbehänge und den auf dem Boden verstreuten Gewändern aus Seide und Spitze widerspiegelte.

Im großen Schlafgemach des Hausherrn Sir Thomas Springall brütete der Mord in seinem gespenstischen Winkel. Sir Thomas erwartete ihn nicht. O nein! Er mißachtete die Worte des Predigers: »Inmitten des Lebens sind wir vom Tod umfangen.« Wie der Reiche in der Heiligen Schrift wollte Springall seine alten Scheunen niederreißen und neue errichten. Sir Thomas lag zwischen seidenen, goldbefransten Laken und suhlte sich in seinem Reichtum. Daß der alte König tot war, freute ihn. Ein kleiner Junge trug jetzt die Krone.

»Wehe dem Reich, dessen König ein Kind ist!« flüsterte Sir Thomas und lachte leise. »Gott sei Dank«, murmelte er dann. Der Regent brauchte ihn, und er würde noch reicher werden, denn er kannte Gaunts Geheimnisse. Sir Thomas leckte sich die vollen roten Lippen. Er starrte in die Dunkelheit, zu dem Tisch hinüber, wo die Syrer, seine kostbaren Schachfiguren, im Mondlicht leuchteten, das durch das Flügelfenster hereinschien. Er würde Zugang zu den Schatzkammern des Königreiches bekommen. Und die Schlüssel zu so viel Reichtum? Das Buch der

Apokalypse, Kapitel 6, Vers 1. Und der andere? Genesis 3, Vers 8. Springall lächelte, drehte sich auf die Seite und betrachtete die kunstreich geschnitzten Bettpfosten. Er dachte an seine Frau mit ihren kastanienbraunen Locken, der goldenen Haut und den Augen, so blau wie der frische Frühlingshimmel. Doch Springall verlangte es nach anderem Fleisch. Er packte die Bettdecke, und in diesem Augenblick wußte er, daß etwas nicht stimmte. Seine Hände fuhren zu seiner Kehle, aber zu spät. Der Tod war da.

Kapitel 1

Bruder Athelstan saß auf einem steinernen Sockel vor dem Lettner der Kirche von St. Erconwald in Southwark. Verzweifelt starrte er zu dem Loch im roten Ziegeldach hinauf und dann hinunter auf die schmutzige Pfütze, die vor seinen Füßen auf dem Steinboden schillerte. Er strich sich über das glattrasierte Gesicht und schaute wütend auf das kleine Stück Pergament in seiner Hand.

»Weißt du, Bonaventura«, murmelte er, »und das sage ich im Geiste des Gehorsams – also wiederhole meine Worte nicht, sollte er je herkommen –, aber die Bemerkungen des Pater Prior über meine Vergangenheit haben geschmerzt wie Dornen.«

Er faltete das Pergament sorgfältig zu einem makellosen Quadrat und schob es in die verschlissene Ledertasche an seinem Gürtel.

»Ich tue täglich Buße für meine Sünden«, fuhr er fort. »Ich befolge streng die Regel des heiligen Dominikus und verbringe, wie du weißt, Tag und Nacht mit der Seelsorge.«

Weiß Gott, dachte Athelstan, und seine Füße tippten auf die Steinplatten, die Ernte der Seelen war groß. Die dreckigen Gassen, die Kloaken voller Pisse und die armseligen Hütten seiner Pfarrgemeinde beherbergten gebrochene Menschen, die an Geist und Seele verletzt waren, vergiftet von einer zermürbenden Armut. Die Fetten im Lande kümmerte das einen Dreck; sie versteckten sich hinter leeren Worten und falschen Versprechungen, und ihr Mangel an Mitgefühl hätte sogar einen Herodes erröten lassen. Athelstan schaute sich in der leeren Kirche um und betrachtete die schmutzigen Wände, die abblätternden

Säulen und das Fresko des heiligen Johannes. Er grinste; er wußte, daß der Täufer enthauptet worden war, aber doch nicht, während er predigte! Jemand hatte das Gemälde abgeschrubbt und dabei die Köpfe von Johannes und seinen aufmerksamen Zuhörern verschwinden lassen.

»Du hast mein Haus gesehen, Bonaventura. Es ist nur ein gekalkter Schuppen mit zwei Kammern, einer Holztür und einem Fenster, das nicht schließt. Mein Pferd, Philomel, mag ein betagtes Schlachtroß sein, aber es frißt, als gäbe es morgen nichts mehr, und ist dabei nicht schneller als eine Katze beim Spaziergang.« Er lächelte. »Ich will Anwesende nicht beleidigen, aber es frißt mir die Börse leer. Ich jammere ja nicht; ich erwähne diese Dinge nur, damit wir unsere derzeitige Lage nicht vergessen und ich meinem Prior erklären kann, wie unnötig seine väterliche Kritik ist.« Seufzend ging Athelstan zu der kleinen Lesenische neben dem Marienaltar, wo er seinen Brief an den Pater Prior bereits angefangen hatte. Er griff nach dem Federkiel, überlegte eine Weile und schrieb:

Wie ich schon sagte, Ehrwürdiger Vater: Meine Börse ist leer, zusammengeschrumpft und so geizig wie die Seele eines Wucherers. Meine Kollektenkästen sind gestohlen, und der Lettner ist zerbrochen. Der Altar ist verschrammt und fleckig, und im Kirchenschiff stehen oft große Wasserpfützen, denn unser Dach möchte als Sieb wohl bessere Dienste leisten denn als Regenschutz. Gott weiß, ich büße meine Sünden. Ich scheine bis zum Hals in Mordtaten zu stecken, blutig und furchtbar. Das stellt meinen Geist auf eine harte Probe und erinnert mich an mein eigenes großes Verbrechen. Ich diene den Menschen hier jetzt seit sechs Monaten und habe auch die Pflichten übernommen, die Ihr mir aufgetragen habt: als Kanzleigehilfe und Schreiber für Sir John Cranston zu arbeiten, den Coroner der Stadt London.

Immer wieder holt er mich, und wir sitzen über der Leiche

irgendeines Mannes, einer Frau oder eines jammervoll erschlagenen Kindes. »War es Mord, Selbstmord oder ein Unfall?« fragt er dann, und so nehmen die furchtbaren Geschichten ihren Anfang. Oft ist der Tod eine Folge der Dummheit: Eine Frau vergißt, wie gefährlich es für ein Kind ist, auf der gepflasterten Straße zu spielen, umherzutanzen zwischen den Hufeisen der Pferde oder den knarrenden Rädern mächtiger Karren, die ihre Ware vom Fluß heraufbringen. So wird dann das Kind getötet, der kleine Körper zermalmt, zerschlagen und gezeichnet, derweil die junge Seele hinausfährt zu ihrem Christus. Aber, hochwürdiger Vater, es gibt schrecklichere Arten des Todes. Betrunkene Männer in den Schänken: In ihren Bäuchen schwappt billiges Ale, und ihre Seelen sind tot und schwarz wie die finsterste Nacht, wenn sie aufeinander zutaumeln mit Schwert, Dolch oder Knüppel. Ich zeichne alles genau auf. Doch jedes Wort, das ich höre, jeder Satz, den ich schreibe, jeder Schauplatz eines Mordes bringt mich zurück zu jenem blutgetränkten Schlachtfeld für Edward, den Schwarzen Prinzen. Ich, ein Ordensnovize, der sein Gelübde vor Gott gebrochen und seinen jüngeren Bruder in den Krieg geführt hat. Jede Nacht träume ich von dieser Schlacht, dem Gedränge der Männer in ihren Rüstungen, den gesenkten Piken, Geschrei und Gebrüll. Jedesmal löst sich der Alptraum auf wie ein Nebelschleier über dem Fluß, und ich knie allein neben dem Leichnam meines toten Bruders und schreie in die Finsternis hinaus nach seiner Seele, auf daß sie zurückkehre. Aber ich weiß, Hochwürdiger Vater, sie kommt nicht mehr.

Athelstan schaute prüfend auf die Worte, die er geschrieben hatte, legte den Federkiel neben seinen Brief und ging zurück zum Chorgitter. Er schaute hinüber zu Bonaventura, der sich streckte.

»Es ist nicht böse gemeint, Bonaventura«, sagte er. »Ich meine,

Sir John ist – trotz seiner fülligen Gestalt, dem pflaumenroten Gesicht, dem kahlen Schädel und den wäßrigen Augen – im Grunde seines Herzens ein guter Mann. Ein ehrlicher Beamter, ein rarer Vogel, der kein Schmiergeld nimmt, sondern die Wahrheit will und mit unerschütterlicher Geduld den Grund jedes Todesfalles sucht. Aber warum muß ich ihn immer begleiten?«
Athelstan setzte sich wieder vor das Chorgitter. Welchen Sinn hatte es, die schrecklichen Morde und Gewalttaten aufzuzählen, deren Zeuge er gewesen war? Wenn Christus je nach London käme, dachte Athelstan, so würde er sicher nach Southwark kommen, wo Armut und Verbrechen wie zwei häßliche Brüder hockten oder Arm in Arm durch die Straßen wanderten und ihren Gestank verbreiteten.
Bonaventura kam samtpfotig zu ihm herüber. Athelstan schaute auf den Kater hinunter.
»Vielleicht sollte ich dem Pater Prior von dir erzählen, Bonaventura«, sagte er und bewunderte den geschmeidigen schwarzen Körper, die weiße Maske und die weißen Pfoten, das zerfranste Ohr und das halbgeschlossene Auge des Gassenkaters, den er adoptiert hatte.
»Du bist ein Söldner«, fuhr er fort und streichelte dem Kater sanft über den Kopf. »Aber auch mein treuestes Pfarrkind. Für einen Teller Milch und etwas Fisch sitzt du geduldig da, wenn ich mit dir spreche, und in der Messe paßt du genau auf.«
Athelstan fuhr zusammen, als er ein Geräusch hinter sich hörte. Er spähte über das Chorgitter und merkte, wie dunkel es in der Kirche inzwischen war. Das einzige Licht kam von einem Kienspan, der vor der Madonnenstatue entzündet worden war. Athelstan gähnte. Er hatte in der vergangenen Nacht nicht geschlafen. Er schloß nicht gern die Augen, um dann im Traum wieder dem marmorweißen Gesicht seines Bruders zu begegnen, der ihn mit glasigen Augen anstarrte. Statt dessen stieg er auf den Kirchturm, um die Sterne zu beobachten, denn die Bewegungen

des Firmaments faszinierten ihn, seit er in Prior Bacons Observatorium auf der Folly Bridge in Oxford begonnen hatte, sie zu studieren. Er war müde und ein wenig besorgt, weil Godric, ein bekannter Mörder und Attentäter, in der Kirche um Asyl gebeten hatte. Der Mann lag jetzt wie ein Hund zusammengerollt in einem Winkel der Kirche und schlief den Schlaf der Erschöpfung. Er hatte Athelstans Abendbrot verschlungen, verkündet, daß ihm nun wohl sei, und sich schlafen gelegt. »Wie kommt es nur«, brummte Athelstan, »daß solche Leute so gut schlafen können?« Godric hatte einen Mann umgebracht, auf dem Markt erschlagen, ihm die Börse abgenommen und war dann geflüchtet. Er hatte geglaubt, entkommen zu können, doch er hatte das Pech gehabt, einer Gruppe von städtischen Beamten mit ihrem Gefolge über den Weg zu laufen; die hatten Zeter und Mordio geschrien und ihn bis St. Erconwald verfolgt. Athelstan war gerade damit beschäftigt gewesen, den Lettner zu reparieren, und hatte ihn hereingelassen, als er an die Tür hämmerte. Godric hatte sich keuchend an ihm vorbeigedrängt und mit seinem noch blutbeschmierten Dolch gefuchtelt; er war durch das Kirchenschiff gerannt und hatte geschrien: »Asyl, Asyl!« Die Beamten, die ihm auf den Fersen gewesen waren, hatten die Kirche nicht betreten, aber – da er Sir John Cranstons Schreiber war – erwartet, daß er ihnen Godric auslieferte. Athelstan hatte sich geweigert.

»Dies ist Gottes Haus!« hatte er gerufen. »Es steht unter dem Schutz der Heiligen Mutter Kirche und dem Dekret des Königs!«

Da hatten sie ihn und Godric in Ruhe gelassen, aber eine Wache an der Pforte aufgestellt und geschworen, den Mörder umzubringen, wenn er versuchen sollte zu fliehen.

Athelstan spähte hinüber. Godric schlief noch immer. So bereitete er den Altar für die Messe vor, legte das ziemlich zerfledderte Missale aus und stellte zwei Kerzen auf, die so krumm waren, daß sie kaum allein stehen konnten. Ein abgestoßener versilberter Kelch, die Patene und zwei kleine Glaskrüge mit Wasser und Wein kamen auf das makellos weiße Altartuch. Athelstan ging in die klamme Sakristei, legte die Albe und den scharlachroten Chormantel über, bekreuzigte sich und ging wieder hinaus, um die Zeremonie der Messe zu beginnen, ein Priester vor Gott, der dem Vater Christus in der Gestalt von Brot und Wein zum Opfer darbrachte. Athelstan bekreuzigte sich und intonierte den einleitenden Psalm.

»Hintreten will ich zum Altare Gottes, zu Gott, der meine Jugend erfreut.«

Godric schnarchte weiter und merkte nichts von dem Schauspiel, das wenige Schritte neben ihm inszeniert wurde. Bonaventura strich um die Altarstufen herum und leckte sich das Maul. Athelstan, der inzwischen vom Wohlklang der Gottesdienstworte ergriffen war, verlas schwungvoll das Evangelium und mischte zum Offertorium Wasser und Wein. Am hinteren Ende der Kirche öffnete sich eine Tür. Eine verhüllte Gestalt schlüpfte herein und huschte lautlos durch das Kirchenschiff, um neben Bonaventura am Fuße der Treppe niederzuknien. Athelstan zwang sich, den Blick nicht von der weißen Brotscheibe zu heben, über die er die Worte der Wandlung gehaucht hatte und die so zum Leib Christi geworden waren. Nun war die Wandlung vorbei, und er begann mit dem Gebet des Herrn: *»Pater noster, qui es in coelis ...«*

Seine Stimme hallte laut und klar durch das leere Kirchenschiff. Er hielt inne, wie es der Kanon der Messe gebot, um für die Toten zu beten. Er dachte an Fulke, den Hegemeister aus seiner Pfarrgemeinde, der vier Nächte zuvor bei einer Prügelei in der Schänke umgekommen war, und dann an seine Eltern und an seinen Bruder Francis ...

»Gott schenke ihnen die ewige Ruhe«, flüsterte er.

Schwankend stand er vor dem Altar und fragte sich zum hundertsten Mal, weshalb er sich wie ein Mörder fühlte. Oh, in Frankreich hatte er Menschen getötet im Kampf für den Schwarzen Prinzen, den ältesten Sohn des alten Königs, der die Krone von Frankreich und Kastilien mit der von England hatte vereinigen wollen. Da hatte Athelstan seine Pfeile so tüchtig und genau verschossen wie alle anderen. Er erinnerte sich an die Leiche eines jungen französischen Ritters, dessen kornblumenblaue Augen blicklos gen Himmel gestarrt hatten; das blonde Haar hatte das Gesicht umrahmt wie ein Heiligenschein, und Athelstans widerhakenbewehrter Pfeil hatte zwischen Helm und Halsberge tief in der Kehle gesteckt. Auch für diesen unbekannten Kämpen betete der Mönch, doch Schuld empfand er nicht. Das war Krieg gewesen, und die Kirche lehrte, daß der Krieg Teil des sündigen Menschenlebens war, das Vermächtnis von Adams Unbotmäßigkeit.

»O Gott, bin ich denn ein Mörder?« flüsterte er und dachte daran, wie er als Novize in Blackfriars nahe der Westmauer der Stadt sein Gelübde gebrochen hatte und zum Bauernhof seines Vaters nach Sussex geflohen war. Er hatte vom Krieg geträumt damals und seinen jüngeren Bruder zu ähnlichen Phantasien aufgestachelt. So hatten sie sich einer jener lustigen Banden von Bogenschützen angeschlossen, die über die sonnigen, staubigen Straßen von Sussex hinunter nach Dover marschiert und über das glitzernde Meer gefahren waren, um auf den grünen Feldern Frankreichs Ruhm zu ernten. Sein Bruder war getötet worden, und Athelstan hatte die schaurige Nachricht zum rotgemauerten Hof nach Sussex gebracht. Seine Eltern waren vor Gram gestorben. Athelstan war nach Blackfriars zurückgekehrt, hatte sich auf den kalten Steinboden des Kapitelhauses geworfen und seine Sünden bekannt, um Absolution gebeten und Gott sein Leben geweiht, als Wiedergutmachung für die schweren Sünden, die er begangen hatte.

»Eine Schuld, größer als die Kains«, hatte der Pater Prior den im Kapitelhaus versammelten Brüdern erklärt. »Kain hat seinen Bruder ermordet. Athelstan hat sein Gelübde gebrochen und den Tod seiner ganzen Familie verschuldet.«

»Pater!«

Athelstan öffnete rasch die Augen. Die Frau, die auf den Stufen kniete, schaute zu ihm auf; ihr schönes Gesicht wirkte besorgt.

»Pater, fehlt Euch etwas?«

»Nein, Benedicta. Entschuldige.«

Die Messe ging weiter, und auf das Agnus Dei folgte die Kommunion. Athelstan trug eine Hostie zu der wartenden Frau hinunter. Sie legte den Kopf in den Nacken, schloß die Augen, öffnete die vollen roten Lippen und streckte die Zunge hervor, damit Athelstan den Leib Christi darauflegen könne. Er verharrte einen Augenblick und bewunderte die makellose Schönheit: die zarte, golden schimmernde Haut, die sich über hohe Wangenknochen spannte; die langen Wimpern, dunklen Schmetterlingsflügeln gleich, bebend geschlossen; den geöffneten Mund mit den weißen, makellosen Zähnen.

»Und auch die Wollust in deinem geistigen Auge ...«, ermahnte Athelstan sich, legte behutsam der Frau die Hostie in den Mund und kehrte zum Altar zurück. Der Kelch war geleert, der Schlußsegen gesprochen, die Messe beendet.

Godric rülpste in seiner kleinen Nische; er schnaufte und bewegte sich im Schlaf. Bonaventura streckte sich und miaute leise. Aber die Witwe Benedicta kniete immer noch mit gesenktem Kopf.

Athelstan räumte den Altar ab. Als er aus der Sakristei zurückkam, tat sein Herz einen Satz. Benedicta war noch da. Er ging zu ihr und setzte sich neben sie auf die Altarstufe.

»Geht es dir gut, Benedicta?«

In ihren dunklen Augen stand stummes, spöttisches Gelächter.

»Mir geht es gut, Pater.«

Sie wandte sich um und streichelte Bonaventura sanft am Hals, daß der Kater vor Behagen schnurrte. Dann warf sie Athelstan einen Blick zu.

»Eine Witwe und ein Kater, Pater. Die Gemeinde von St. Erconwald wird nie reich werden.« Ihr Gesicht wurde ernst. »In der Messe wart Ihr abgelenkt. Was gab es denn?«

Athelstan schaute weg. »Nichts«, murmelte er. »Ich bin nur müde.«

»Wegen Eurer Astrologie?«

Er grinste. Dieses Gespräch hatten sie schon oft geführt. Er rückte ein Stück näher.

»Astrologie, Benedicta«, begann er mit gespielter Gewichtigkeit, »ist der Glaube daran, daß Sterne und Planeten die Stimmungen und Handlungen des Menschen beeinflussen. Der große Aristoteles akzeptierte die Theorie der antiken Chaldäer, nach der der Mensch ein Mikrokosmos all dessen ist, was das Universum enthält. Demnach gibt es ein Band zwischen jedem von uns und den Sternen am Himmel.«

Benedictas Augen weiteten sich in ironischer Bewunderung ob solcher Gelehrsamkeit.

»Die Astronomie hingegen«, fuhr Athelstan fort, »ist das Studium der Planeten und der Sterne.« Er streckte beide Hände aus. »Es gibt zwei Denkschulen.« Er schob die flache linke Hand vor. »Die Ägypter und einige andere glauben, die Erde sei eine flache Scheibe mit dem Himmel darüber und der Hölle darunter.« Jetzt streckte er den rechten Arm aus, die Hand fest geballt. »Ptolemäus, Aristoteles und die Klassiker dagegen glauben, daß die Erde eine Kugel in einem kugelförmigen Universum sei. Jeder Stern, jeder Planet ist eine Welt in sich.«

Benedicta ließ sich auf die Fersen zurücksinken.

»Mein Vater«, erwiderte sie spitz, »hat gesagt, die Sterne seien Gottes Lichter am Firmament, die zu Beginn aller Zeit von den Engeln dort aufgesteckt wurden.«

Athelstan wußte, daß sie ihn necken wollte.

»Dein Vater hatte recht.« Er zuckte betreten die Achseln. »In Exeter Hall zu Oxford habe ich die größten Denker studiert. Am Ende verblassen alle ihre Erklärungen vor den Schöpfungswundern Gottes.«

Benedicta nickte; ihr Blick war jetzt ernst, das Scherzen vorüber. »Warum verbringt Ihr also so viel Zeit dort, Pater? In der Nacht, auf der Spitze des Kirchturms? Wir können Eure Laterne sehen.«

Athelstan schüttelte den Kopf.

»Ich weiß es nicht«, sagte er leise. »Aber wenn man in einer klaren Sommernacht in die samtige Schwärze hinausschaut und die Bewegungen der Planeten verfolgt, das schimmernde Licht des Abendsterns, dann verliert man sich in dieser Weite.« Er sah sie scharf an. »Näher kann der Mensch der Ewigkeit nicht kommen, ohne durch die Pforte des Todes zu schreiten. Wenn ich dort oben bin, dann bin ich nicht länger Athelstan, Priester und Ordensbruder. Ich bin nur noch ein Mensch und aller Sorgen ledig.«

Benedicta schlug die Augen nieder und berührte die Altarstufen mit sanften Fingerspitzen.

»Heute abend«, murmelte sie, »werde ich es auch tun. Zum Himmel hinaufschauen und sehen, wie es ist, zu sterben, ohne zu sterben.«

Rasch erhob sie sich, beugte das Knie vor dem flackernden Ewigen Licht und verließ leise die Kirche.

Athelstan sah, wie die Tür hinter ihr ins Schloß fiel, und wandte sich Bonaventura zu, der auf seine Belohnung wartete. Der Ordensbruder ging in die Sakristei und holte das erwartete Schälchen Milch. Dann setzte er sich und sah zu, wie der Kater gierig den weißen Schaum mit rosiger Zunge aufleckte.

»Weißt du, Bonaventura«, sagte er leise, »immer wenn sie geht, möchte ich sie zurückrufen. Sie kommt hierher, um für die Seele ihres Mannes zu beten, auch ein Kriegsopfer des Königs. Aber manchmal gaukle ich mir vor, daß sie kommt, um sich mit mir zu unterhalten.«

Der Kater hob den ramponierten Kopf, gähnte und widmete sich wieder seiner Milch.

»Der Meister hatte recht«, fuhr Athelstan fort; sein alter Novizenmeister, Pater Bernhard, war ihm plötzlich eingefallen, der in Blackfriars für Athelstans geistliche Erziehung verantwortlich gewesen war.

»Im Leben eines Priesters, Athelstan«, hatte Pater Bernhard einst begonnen, »gibt es drei große Schrecknisse. Die erste, das sind die Gelüste des Fleisches. Sie werden deine Träume heimsuchen mit Visionen von weichen Leibern, seidig schimmernden Gliedern, vollen, sinnlichen Lippen und Haar, das glänzt wie poliertes Gold. Aber das wird vergehen. Beten, Fasten und das Alter werden diesen Feind aus dem Felde schlagen.« Der alte Novizenmeister hatte sich vorgebeugt und Athelstan bei den Handgelenken gepackt. »Dann kommt der zweite Schrecken: die absolute, seelenvernichtende Einsamkeit eines Priesters. Keine Frau, keine Kinder, niemals die Umarmung kleiner warmer Körper, niemals Ärmchen, die sich um deinen Hals schlingen. Aber auch das wird vergehen. Der dritte Schrecken ist noch gräßlicher.« Athelstan erinnerte sich, daß dem alten Priester die Tränen in die Augen gestiegen waren. »Es gibt den Glauben«, hatte der Novizenmeister geflüstert, »daß es jedem Menschen, der zur Welt kommt, bestimmt sei, einen anderen zu lieben. Nun, manchmal haben wir Priester Glück und begegnen diesem anderen Menschen nicht in den frühen Tagen unserer Pilgerreise. Aber wenn es doch geschieht, dann wirst du wahrhaft alle Schrecken der dunklen Nacht der Seele erfahren.« Der Novizenmeister hatte geschwiegen und schließlich weitergesprochen. »Kannst du dir das vorstellen, Athelstan, dieser Liebe zu begegnen, und dann, durch Gottes Gesetz, ihr niemals Ausdruck geben zu dürfen? Tust du es doch, so brichst du deine Gelübde als Priester, und die Kirche verdammt dich zu ewigem Höllenfeuer. Bleibst du aber deinem Gelübde treu, so brennst du in einem Höllenfeuer, das du selbst entfachst, denn du wirst sie nie vergessen. Du suchst ihr Gesicht in der Menge, du siehst ihre Augen im Antlitz jeder Frau, der du begegnest. Sie sucht dich heim in deinen Träumen. Kein Tag vergeht, ohne daß sie in deinen Gedanken erscheint.«

Athelstan dachte an Benedicta, und er wußte, was der Novizenmeister gemeint hatte.

»Oh, gütiger Christus«, murmelte er.

Er stand auf und klopfte sich den Staub von der Kutte. Bonaventura hatte seine Milch aufgeschleckt, kam herüber und schaute zu ihm hoch.

»Katholisch oder katerlich, Bonaventura?« Athelstan lachte über seinen matten Scherz. »Will der Pater Prior mir einen Streich spielen?« fragte er sich. »Ich habe meinen achtundzwanzigsten Sommer hinter mir und werde von Pontius nach Pilatus geschickt.« Vielleicht wollen seine Oberen ihn auf die Probe stellen, indem sie ihn von den Härten des Noviziats zu den akademischen Glorien von Exeter Hall sandten, dann wieder zu niedrigen Diensten nach Blackfriars zurückholten und schließlich als Schreiber des Leichenbeschauers und als Gemeindepfarrer von St. Erconwald arbeiten ließen.

Der Bruder kniete nieder, bekreuzigte sich und begann leise einen Psalm zu rezitieren, als er ein Geräusch hörte. Erschrocken sprang er auf; vielleicht hatten die Behörden doch noch ihre Schergen ausgeschickt, um Godric zu holen. Selbst im Elend von Southwark entging Athelstan nicht, daß er in politisch turbulenten Zeiten lebte. Edward III. war tot und sein Erbe, Richard II., noch ein Kind. Die mächtigen, adeligen Falken setzten in den meisten Fällen noch immer ihren Willen durch. Athelstan griff einen Kienspan, entzündete ihn an der Kerze vor der Madonna und eilte durch die Kirche, daß die

Pfützen spritzten, die der heftige Regenguß ein paar Tage zuvor hinterlassen hatte. Er öffnete die Kirchentür, streckte den Kopf hinaus und lächelte. Die städtischen Wächter waren aus dem Schlaf aufgeschreckt und führten ein heftiges Wortgefecht mit Sir John Cranston, der, als er seinen Schreiber sah, lospolterte: »Um Gottes willen, Bruder, sag diesen Trotteln, wer ich bin!«
Cranston tätschelte seinem mächtigen Roß den Hals und schaute blitzenden Auges in die Runde. »Wir haben Arbeit, Bruder. Wieder einen Toten, ermordet in Cheapside. Einer der Großen dieser Gegend. Komm schon, und kümmere dich nicht um diese Tröpfe.«
»Sie kennen Euch nicht, Sir John«, erwiderte Athelstan. »Wie Ihr aber auch ausseht, in Mantel und Kapuze gewickelt! Schlimmer als ein Mönch.«
Der Coroner blies die dicken Backen auf, zog die Kapuze zurück und brüllte seine Peiniger an: »Ich bin Sir John Cranston, Coroner der Stadt – und Ihr, meine Herren, stört den Frieden des Königs! Zurück jetzt!«
Die Männer wichen zurück wie geprügelte Mastiffs, und in ihren dunklen Gesichtern glommen Angst und Wut.
»Komm jetzt, Athelstan!« rief der Coroner, dann fiel sein Blick auf etwas zu Füßen des Ordensbruders. »Und schaff mir die Katze aus den Augen. Ich hasse das Vieh.«
Bonaventura dagegen schien in Cranston einen lange vermißten Freund zu sehen. Eilig sprang der Kater die Treppe hinunter, ließ sich neben dem richterlichen Roß nieder und schaute so zärtlich zu dem großen Mann hinauf, als brächte er einen Eimer voll Milch oder einen Teller mit den schmackhaftesten Fischen. Cranston wandte nur den Kopf ab und spuckte aus.
»Laßt Godric in Ruhe«, warnte Athelstan die Wächter. »Ihr dürft meine Kirche nicht betreten.«
Sie nickten. Athelstan schloß die Tür ab und ging zu seinem Haus neben der Kirche. Er stopfte Pergament, Federkiele und

Tinte in seine verschlissenen Ledertaschen, sattelte Philomel und schloß sich Sir John an. Der Coroner war gut gelaunt; er genoß seinen Streit mit den städtischen Wächtern, weil er das Beamtentum haßte. Lautstark verfluchte er die Stadtgarde und mit ihr alle Goldschmiede, Pfaffen und – mit listigem Seitenblick auf Athelstan – alle Dominikanermönche, die die Sterne studierten. Athelstan ignorierte ihn und trieb Philomel an.
»Kommt, Sir John«, sagte er. »Ich dachte, wir hätten Arbeit.«
Aber Cranston war jetzt vollends in Wallung geraten. Noch einmal brüllte er die Wachen an, trieb dann seinem Pferd die Fersen in die Weichen und holte lärmend auf, bis er an Athelstans Seite ritt.
»Wahrscheinlich hast du letzte Nacht nicht geschlafen, Bruder. Bei deinen verdammten Sternen, deiner verfluchten Katze, deinen Gebeten und Messen!«
»Stets himmelwärts gewandt«, witzelte Athelstan. »Ihr solltet auch einmal zum Himmel hinaufschauen und die Gestirne studieren.«
»Wieso?« wollte Cranston brüsk wissen. »Du glaubst doch wohl nicht diesen Unsinn von den Sternen und Planeten, die unser Leben regieren? Sogar die Kirchenväter verdammen das.«
»In diesem Falle«, versetzte Athelstan, »verdammen sie den Stern von Bethlehem.«
Sir John rülpste, packte den stets gegenwärtigen Weinschlauch, der an seinem Sattelknauf hing, und nahm einen tiefen Schluck. Dann hob er eine Hinterbacke aus dem Sattel und furzte, so laut er konnte. Athelstan beschloß, Sir Johns Meinung, unausgesprochen oder sonstwie geäußert, zu ignorieren. Er wußte, daß der Coroner im Grunde ein gutmütiger Mann war.
»Was sollen wir in Cheapside?« erkundigte er sich.
»Sir Thomas Springall«, antwortete Cranston. »Besser gesagt, der verstorbene Sir Thomas Springall, ehedem mächtiger Kaufmann und Goldschmied. Jetzt ist er so tot wie die

Ratte da drüben.« Cranston deutete auf einen Müllhaufen – ein Gemisch aus tierischen und menschlichen Exkrementen und zerbrochenen Töpfen, auf dem eine räudige Ratte lag. Ihr rostbraun und weiß gefleckter Körper war in der Verwesung aufgedunsen.
»Es ist also ein Goldschmied gestorben?«
»Ermordet worden. Anscheinend war der Bürger Springall nicht beliebt bei seinem Majordomus Edmund Brampton. Letzte Nacht ließ Brampton einen vergifteten Becher im Gemach seines Herrn zurück. Sir Thomas wurde tot aufgefunden, und Brampton entdeckte man später: Er baumelte am Balken in einer Dachkammer.«
»Und jetzt reiten wir dorthin?«
»Nicht sofort«, antwortete Cranston. »Erst wünscht Oberrichter Fortescue uns zu empfangen, in Alphen House in Castle Yard bei Holborn.«
Athelstan schloß die Augen. Oberrichter Fortescue rangierte an erster Stelle auf der Liste der Leute, die er lieber nicht sehen wollte. Ein mächtiger Höfling, ein korrupter Richter, ein Mann, der Schmiergeld nahm und denjenigen, die mächtiger waren als er, Gefälligkeiten erwies. Unter den kleinen Ganoven von Southwark war die Skrupellosigkeit des Oberrichters sprichwörtlich.
»Daher«, unterbrach Cranston leutselig Athelstans Gedankengang, »werden wir also erst den Oberrichter besuchen und uns dann den Toten in Cheapside ansehen. Kaufleute, die von ihren Dienstboten ermordet werden! Dienstboten, die sich dann aufhängen! Tz, tz! Was soll noch aus dieser Welt werden?«
»Das weiß Gott allein«, entgegnete Athelstan. »Wenn schon Coroner saufen und furzen und bissige Bemerkungen über Menschen machen, die bei all ihren Unzulänglichkeiten immer noch Menschen sind, egal ob sie nun Priester oder Kaufleute ...«

Sir John lachte, trieb sein Pferd näher heran und schlug Athelstan freundschaftlich auf die Schulter.

»Du gefällst mir, Bruder«, trompetete er. »Aber weshalb dein Orden dich nach Southwark geschickt und dein Prior dich zum Schreiber eines Untersuchungsrichters gemacht hat, weiß Gott allein!«

Athelstan gab darauf keine Antwort. Sie hatten solche Gespräche schon öfter geführt: Sir John hatte gebohrt, und er hatte gemauert. Eines Tages, beschloß Athelstan, würde er Sir John die ganze Wahrheit sagen, obwohl er den Verdacht hatte, daß der Coroner sie schon kannte.

»Ist das eine Wiedergutmachung?« fragte Cranston jetzt.

»Neugier«, gab Athelstan zurück, »kann eine schwere Sünde sein, Sir John.«

Wieder lachte der Coroner und lenkte das Gespräch geschickt auf andere Dinge.

Sie ritten durch enge, stinkende Gassen und folgten dem Fluß bis zur London Bridge. Sie überquerten Marktplätze, wo die Häuser so hoch waren, daß sie die aufgehende Sonne verdeckten. In der Nähe der Brücke begegneten sie anderen Reitern, mächtigen, großspurigen Lords auf eisenbeschlagenen Schlachtrössern in einer Wolke aus Seide und Pelz, die Köpfe hoch erhoben – stolz, arrogant und rücksichtslos wie die Falken auf ihren Fäusten. Athelstan betrachtete sie aufmerksam. Ihre Weiber waren nicht besser mit ihren gezupften Brauen und den weißen Gesichtern, die weichen, sinnlichen Leiber in feinstes Leinen und Samt gekleidet, die Köpfe von üppigen Schleiern umspielt. Er wußte, daß nur einen Münzwurf weiter eine bleiche, magere Frau summend ihr sterbendes Kind im Arm hielt und um ein Stück Brot bettelte. Niedergeschlagenheit verdunkelte seine Seele. Gott sollte Feuer vom Himmel fallen lassen, dachte er, oder einen Führer, der die Armen aufrührt. Dann biß er sich auf die Lippe. Wenn er predigen würde, was er da dachte, dann würde er sich des Aufruhrs schuldig machen, und der Prior hatte ihm das feierliche Gelübde abgenommen, zu schweigen und zu dienen, statt zu klagen.

Cranston und Athelstan mußten anhalten und eine Weile warten. Am Aufgang zur Brücke drängten sich die Menschen, die in den nördlichen Teil der Stadt hinüberwollten, zum großen Markt und in die Läden in der Cheapside. Athelstan zog seine Kapuze über den Kopf und hielt sich die Nase zu, um dem Gestank einer offenen Kloake zu entgehen, in der die Fäkalien der umliegenden Häuser schwammen, das Abwasser aus den Färbereien und Wäschereien und verwesendes Aas, das hineingeworfen worden war. Die Luft war schwer vom fauligen Teerdunst aus den baufälligen Hütten, in denen Gerber und Lederarbeiter ihrer Arbeit nachgingen. Cranston gab ihm einen Rippenstoß und deutete auf ein totes Schwein, das gerade untersucht wurde; zwei Konstabler in gestreiften Mänteln hasteten umher und hielten Ausschau nach Zuhältern, Dirnen oder Bänkelsängern, die sie verhaften könnten.

»Gibt es hier Häuser, Dampfstuben, wo unzüchtige Weiber sich verstecken?« schrie einer der Konstabler, und sein dickes Gesicht war rot und verschwitzt.

»Ja«, murmelte Athelstan. »Davon gibt es hier viele. Und die meisten darin sind meine Pfarrkinder.«

Er sah, wie eine Milchverkäuferin mit zwei Eimern über der Schulter auf Kundschaft hoffend herankam, schaute aber weg, als Crim, der Sohn von Watkin, dem Mistsammler, sich heranschlich und unbemerkt in einen der Eimer spuckte. Beim Anblick des Bengels fielen Athelstan plötzlich ein paar Pflichten ein, die er bei seinem hastigen Aufbruch mit Sir John Cranston vergessen hatte.

»Crim!« rief er jetzt. »Komm her!«

Der Junge kam gerannt. Sein schmales, blasses Gesicht war

dreckverschmiert. Athelstan wühlte in seiner Börse und drückte dem Jungen einen Penny in die ausgestreckte Hand.

»Sag deinem Vater, Crim, daß ich mit Sir John Cranston über die London Bridge geritten bin. Er soll Bonaventura füttern und aufpassen, daß die Kirchentür verschlossen bleibt. Wenn Cecily, die Hure, dort sitzt, soll er sie wegschicken. Hast du das behalten?«

Crim nickte und schoß davon, wie der Bolzen von der Armbrust fliegt.

Das Gedränge löste sich auf, und Cranston trieb sein Pferd an. Athelstan folgte ihm. Um die London Bridge zu erreichen, mußten sie sich zwischen Häusern hindurchschlängeln, die so eng beieinander standen, daß kaum ein Ochsenkarren zwischen ihnen durchfahren konnte. Athelstan hielt den Kopf gesenkt. Der Ort war ihm zuwider. Häuser erhoben sich zu beiden Seiten, und manche ragten bis zu acht Fuß weit über den Fluß, dessen wilde Fluten unten durch die neunzehn Bögen rauschten. Sir John begann ihm die Geschichte der alten Kirche von St. Thomas Overy zu erzählen, an der sie gerade vorbeigekommen waren, aber Athelstan hörte nur mit halbem Ohr zu. Er bekreuzigte sich an der Kapelle von St. Thomas a Beckett und blickte erst wieder auf, als Sir John befahl, haltzumachen und die Pferde an der Schänke ›Zu den drei Fässern‹ unterzustellen.

»Das Gedränge ist zu groß«, meinte Sir John. »Zu Fuß sind wir schneller.«

Er bezahlte die Hausknechte, die die Pferde davonführten, und mit Athelstan an seiner Seite marschierte er den Fish Hill hinauf, vorbei an der Kirche des heiligen Magnus des Märtyrers und in die Cheapside hinein. Das schöne Wetter hatte die Menschen in Scharen auf die Straße gelockt. Lehrlinge und Händler, die ihre Stände aufgebaut hatten, hasteten mit Tuchballen, Lederstücken, Börsen, Körben und Wämsern hin und her. Sie türmten ihre Ware auf den Tischen und hofften auf gutes Geschäft. Der

Boden war eine Mischung aus Schlamm, Menschenkot und tierischen Abfällen, noch feucht vom Unwetter. Sie rutschten und glitschten voran und hielten sich aneinander fest. Cranston stieß abwechselnd Flüche und Warnungen aus. Athelstan wußte nicht, ob er über Sir Johns puterroten Kopf und seine wütenden Schimpftiraden lachen oder ihn beruhigen sollte. Die Mistkarren waren unterwegs und sammelten den Abfall des vergangenen Tages ein. Die vierschrötigen, rotgesichtigen Kärrner, in ein Sammelsurium grellbunter Lumpen gehüllt, fluchten lautstark, und ihre Verwünschungen hingen schwer in der schwülen Luft. Als Cranston und Athelstan vorübergingen, hörten sie, wie einer der Müllsammler »Achtung!« brüllte, und dann wurde ein Leichnam hinter dem Torpfeiler eines alten Hauses hervorgerollt. Athelstan blieb stehen. Er sah strähniges weißes Haar, ein im Tode eingefallenes Gesicht, die skelettdürren Finger einer alten Frau. Cranston sah ihn an und zuckte die Achseln.
»Sie ist tot, Bruder«, meinte er. »Was können wir da tun?«
Athelstan machte das Zeichen des Kreuzes in die Luft und betete, auf daß Christus, wo immer er sein möge, die Seele der alten Frau aufnehme.
Sie gingen weiter, vorbei am Standard- und am Conduit-Gefängnis mit den offenen Käfigen, wo Kurtisanen und Kupplerinnen, die am Abend ertappt worden waren, einen Tag lang stehen und sich von vorübergehenden Bürgern mit Dreck bewerfen und beschimpfen lassen mußten. Cranston hatte eine Frage gestellt, und Athelstan wollte eben antworten, als ihn der Gestank von den Geflügelständen plötzlich würgen ließ: der scheußliche Dunst von altem Fleisch, verfaulenden Innereien und getrocknetem Blut. Athelstan ließ Cranston weiterschwatzen und hielt den Atem an und den Kopf gesenkt, als es an Scalding Alley vorbeiging, wo ausgeweidetes Federwild gesäubert und in großen Holzbottichen mit kochendheißem Wasser gewaschen wurde. Vor der Schänke ›Zur Rose‹, am Eingang eines engen

Gäßchens, mußten sie anhalten, um einen Gefängniskonstabler vorbeizulassen, der eine Schar von Verbrechern führte, die in der vergangenen Nacht festgenommen worden waren; sie hatten die Hände auf den Rücken gebunden und Stricke um den Hals. Die Unglückseligen waren auf dem Weg ins Gefängnis von Poultry; die meisten waren immer noch in betrunkenem Halbschlaf nach ihren nächtlichen Abenteuern. Sie rutschten aus und rempelten einander um. Ein junger Mann brüllte, die Konstabler hätten ihm die Stiefel weggenommen, und seine Füße seien schon voller Schnitte und Wunden. Athelstan hatte Mitleid.
»Im Gefängnis ist es so heiß«, murmelte er vor sich hin, »daß es sie bis zur Vesper entweder aus ihrem Rausch aufwecken oder umbringen wird.«
Cranston zuckte die Achseln und schob sich durch das Gedränge wie ein großes, bauchiges Schiff. Sie wanderten weiter, vorbei an Old Jewry zur Mercery, wo das Gedränge in den Straßen immer dichter wurde. Die Frauen gingen dort sehr vorsichtig; ihre Rocksäume schleiften im Schlamm, und ihre Hände lagen auf den Armen von Gecken mit hohen Hüten, Taftmänteln, bunten engen Hosen und schmutzigen Spitzenhemden. Der Boden wurde immer weicher, denn die Abflußrinne in der Mitte der Straße war übergeflossen; sie war bis zum Rand voll mit dem Unrat, den die Anwohner hineingekippt hatten, als sie die Nachttöpfe aus ihren Kammern ausleerten.
Die Straße wurde schmaler, als sie die Soper Lane hinter sich gelassen hatten. Wuchtige, mehrstöckige Häuser rückten zusammen. Hunde kläfften und jagten aufgeregt hinter den Katzen her, die in den Abfallbergen vor jeder Haustür stöberten. Die Menschenmenge wurde farbenfroher; das Blau, Gold, Gelb und Scharlachrot der Reichen stach scharf ab von den braunen Kitteln, grauen Hemden und schwarzen, schmierigen Hüten der Bauern, die, ihre kleinen Wägelchen hinter sich herziehend, von Markt zu Markt wanderten. Der Lärm schwoll zu schallendem

Getöse an. Lehrjungen brüllten und schrien durcheinander auf der Suche nach Kundschaft. Schänken und Suppenküchen waren geöffnet, und der Duft von dunklem Ale, frischem Brot und würzigen Speisen lockte. Cranston blieb stehen, und Athelstan stöhnte leise auf.

»Ach, Sir John«, sagte er flehentlich. »Noch keine Erfrischung so früh am Tage! Ihr wißt doch, wie es ausgeht. Wenn Ihr einmal drinnen seid, kann nur der Teufel Euch wieder herausbringen.«

Athelstan seufzte erleichtert, als der Coroner bedauernd den Kopf schüttelte, und sie gingen weiter. Ein Trupp von Leuten des Sheriffs erschien; sie hatten ihre Amtsringe angelegt und trugen lange weiße Rohrstöcke, mit denen sie sich den Weg durch die Menge bahnten. In ihrer Mitte führten sie einen Mann in Wams und Hose aus schwarzem Leder. Seine Hände waren gefesselt, und die Enden des Seils waren um die Handgelenke zweier seiner Bewacher geknotet. Das Wams des Gefangenen war aufgerissen und entblößte ein zerfetztes Hemd. Sein unrasiertes Gesicht war voller Blutergüsse. »Zauberer!« wisperte jemand. »Hexenmeister!« Ein Lehrjunge hob Händevoll Schlamm auf und warf damit; gleich fuhren die weißen Rohrstöcke auf seine Schultern nieder.

»Platz da! Platz!«

Cranston und Athelstan gingen weiter, vorbei an den Prangern, an denen schon zahlreiche Missetäter saßen: ein Hausierer, ein Kammerdiener, der bei einer unzüchtigen Handlung ertappt worden war, ein Fälscher und zwei Taschendiebe. Endlich bogen sie von der Holborner Hauptstraße in den Castle Yard ab. Ein angenehmer Ort; die wenigen Häuser standen weit auseinander, und jedes war von süß duftenden Rosengärten und Obstbäumen umgeben. Fortescues Haus war das großartigste; es stand allein auf seinem Grundstück, ein massiger Fachwerkbau mit schwarzen Holzbalken, so dick und mächtig wie Eichenstämme, vergoldet und mit verschlungenen Schnitzereien ver-

ziert. Zwischen dem schwarzen Holzwerk leuchtete der weiße Putz wie frischer Schnee. Jedes der vier Stockwerke ragte ein Stück über das darunterliegende hinaus, und ein jedes hatte Glasfenster mit Bleieinfassungen verstärkt.
Cranston hob den großen, wie ein Ritterhandschuh geformten Messingklopfer und ließ ihn hart gegen die Tür fallen. Ein Diener rief von innen, und als Cranston dröhnend verkündet hatte, wer sie seien, öffnete dieser die Tür und bat sie in eine dunkel getäfelte Diele mit Wollteppichen auf dem Fußboden und goldgetönten Gobelins an den Wänden.
Als sie eine Eichentreppe hinauf zu einer langgestreckten Galerie geführt wurden, wo es so dunkel war, daß die Wachskerzen in ihren silbernen Haltern bereits brannten, fiel Athelstan auf, wie kühl es war.
Der Diener klopfte an eine der Türen.
»Herein!« Die Stimme klang sanft und kultiviert.
Der Raum, den sie betraten, war rechteckig; die Wände waren rot gestrichen und mit silbernen Sternen verziert, und der polierte Fliesenboden war mit Teppichen bedeckt; auch hier leuchteten Kerzen, denn das Licht war matt und das Bleiglasfenster hoch über dem Schreibtisch klein. Die Kerzen tauchten den mächtigen Eichentisch in einen Kreis von Helligkeit. Oberrichter Fortescue thronte dahinter; er bewegte sich kaum, als sie eintraten. Eine beringte Hand trommelte weiter leise auf der Tischplatte, während die andere mit Dokumenten raschelte. Fortescue war ein hochgewachsener, strenger Mann, völlig kahlköpfig, mit messerscharfen Zügen und Augen, hart wie Feuerstein. Er begrüßte Sir John Cranston mit gezwungener Wärme, aber als Athelstan sich vorstellte und seine Aufgabe beschrieb, lächelte der Oberrichter nur eisig und wies ihn mit einem kurzen Augenflackern in seine Schranken.
»Höchst ungewöhnlich«, knurrte er, »daß ein Mönch außerhalb seines Ordens tätig ist, noch dazu in einem so niederen Amte.«

Cranston schnaubte unhöflich und hätte sich eingemischt, wenn Athelstan nicht gleich geantwortet hätte.
»Oberrichter Fortescue«, sagte er, »meine Ämter sind meine Sache. Ihr wolltet, daß wir herkommen. Ich habe nicht um Audienz gebeten.«
Cranston rülpste laut Zustimmung.
»Wie wahr, wie wahr«, murmelte Fortescue. »Aber dieses Zusammentreffen wurde von jemandem veranlaßt, der mächtiger ist als ich.« Er lächelte ohne Heiterkeit, nahm ein Messer, mit dem man Pergament schneidet, und hielt es behutsam mit beiden Händen im Gleichgewicht. »Wir leben in seltsamen Zeiten, Bruder. Der alte König ist tot, zum erstenmal seit fünfzig Jahren haben wir einen neuen König, und der ist ein Kind. Gefährliche Zeiten sind das – Feinde im Innern und Feinde außen.« Er senkte die Stimme. »Manche Leute sagen, ein starker Mann sei nötig, um das Reich zu regieren.«
»Wie zum Beispiel Euer Patron, Seine Gnaden John von Gaunt, der Herzog von Lancaster?« unterbrach Cranston.
»Wie Seine Gnaden, der Herzog von Lancaster«, äffte Fortescue ihn nach. »Er ist der Regent; der verstorbene König hat es in seinem letzten Willen so verfügt.«
»Regent«, wiederholte Cranston scharf. »Nicht König.«
»Manche Leute sagen, er sollte es sein.«
»Dann sind manche Leute Spitzbuben und Verräter!« bellte Cranston.
Fortescue lächelte wie einer, der einen bestimmten Weg gehen wollte, und nun sehen muß, daß dieser versperrt ist.
»Natürlich, natürlich, Sir John«, murmelte er. »Wir kennen einander gut. Aber Gaunt ist der Regent, und er braucht Freunde und Verbündete. Andere Lords trachten nach seinem Kopf, und im Unterhaus tuschelt man von Verschwörungen, von hohen Staatsausgaben, vom notwendigen Frieden mit Frankreich und

Spanien; man wehrt sich dort gegen Steuern, die aber nötig sind.«
»Das Unterhaus hat vielleicht recht«, erwiderte Cranston bissig.
»Was andere angeht, vielleicht«, meinte Fortescue. »Aber der Regent ist unerschütterlich in seiner Loyalität zum jungen König, und er sucht Unterstützung bei Freunden und Bundesgenossen. Bei Männern wie Springall – Sir Thomas Springall, Goldschmied, Kaufmann und Ratsherr der Stadt.«
»Springall ist tot«, stellte Cranston fest, »und damit hat der Herzog einen mächtigen Freund verloren.«
»So ist es.«
Athelstan sah, wie die Obsidianaugen des Oberrichters den Coroner anfunkelten, und griff ein, ehe noch größerer Schaden angerichtet werden konnte. Sir John war Anwalt vom Middle Temple und vom verstorbenen König zum Untersuchungsrichter ernannt worden, eine Ernennung, die vom Unterhaus und von den Kaufleuten der mächtigen Zünfte bestätigt worden war – aber selbst er konnte zu weit gehen.
»Seine Gnaden Lord Gaunt betrauert gewiß Springalls Tod?« fragte Athelstan.
»In der Tat.« Fortescue stand auf und ging zu einem kleinen Tisch in der Ecke, auf dem einige Becher standen. Er füllte sie bis zum Rand und brachte sie herüber. Athelstan lehnte ab; es war zu früh am Morgen für solche Getränke, aber Cranston ließ sich nicht lumpen und leerte gleich beide Becher, kippte sie mit langgezogenem Gluckern in seine weiträumige Kehle. Als er fertig war, stellte er die Becher geräuschvoll vor sich auf den Tisch, verschränkte die mächtigen Arme und schaute den Oberrichter mit festem Blick an.
»Sir Thomas Springall«, fuhr Fortescue fort, »war ein guter Freund des Herzogs. Ein enger Geschäftspartner. Ich war dort, und auch seine Gemahlin, sein Bruder Richard und einige Kollegen. Ich ging nach Sonnenuntergang, als die Glocken von St.

Mary Le Bow zum Abend läuteten. Es war ein angenehmer Abend – die Unterhaltung wie das Essen höchst appetitlich und anregend. Wie Sir Richard Springall mir berichtete, zog Sir Thomas sich kurz vor Mitternacht zurück. Obwohl verheiratet, schlief er doch in einem Gemach für sich. Er wünschte seiner Gemahlin, seinem Bruder und seinen Freunden eine gute Nacht und ging hinauf in sein Schlafzimmer, wo er wie stets die Tür abschloß und verriegelte. Nun war Sir Thomas ein Mann der fleischlichen Genüsse. Wie Ihr, Sir John, schätzte er ein gutes Glas Rotwein. Sein Diener, ein Mann namens Brampton, hatte Anweisung, jeden Abend einen Becher davon auf den Tisch neben dem Bett zu stellen. Heute morgen nun wollte Springalls Kaplan, Pater Crispin, ihn wecken und erhielt keine Antwort. Andere wurden herbeigerufen, und um es kurz zu machen: Man brach die Tür auf. Sir Thomas Springall lag tot in seinem Bett, und der Weinbecher neben ihm war halb leer. Der Arzt wurde geholt; er untersuchte den Leichnam und den Inhalt des Weinbechers und erklärte, Sir Thomas sei vergiftet worden. Sofort wurde alles durchsucht.« Fortescue machte eine Pause und fuhr sich mit der Zunge über die schmalen Lippen. »Bramptons Kammer war verlassen, doch als man seine Truhe durchwühlte, entdeckte man am Boden unter einigen Kleidungsstücken Phiolen mit Gift. Und vor einer Stunde wurde Brampton erhängt in einer Dachstube gefunden.« Fortescue tat einen tiefen Seufzer. »Wie es scheint, hatten Brampton und Sir Thomas im Laufe des Tages einen Streit bekommen, der am frühen Nachmittag seinen Höhepunkt erreicht hatte. Brampton benahm sich mürrisch und verschlossen. Er muß das Gift gekauft oder schon gehabt haben; dann trug er den Becher in das Zimmer seines Herrn, gab das Gift hinein und ging. Doch wie Judas packte ihn die Reue. Er ging auf den Speicher des Hauses und erhängte sich dort.«

»Merkwürdig«, sann Cranston und schürzte die Lippen.

»Was, Sir John?«
»Da haben wir einen Dienstboten, der mit seinem Herrn gestritten hat und hinausgestürmt ist. Trotzdem vergißt er seine Pflichten nicht und trägt den Becher Wein hinauf.«
»Wenn der Wein nicht vergiftet gewesen wäre«, erwiderte Fortescue scharf, »dann wäre es wohl eine Freundlichkeit gewesen. Aber ein Mann, der einen vergifteten Kelch darreicht, Sir John, ist kein Freund.«
»Wo liegt dann das Geheimnis?«
Fortescue lächelte dünnlippig.
»Ah, das sollt Ihr ja herausfinden. Lord Gaunt vermutet, daß es eines gibt. Bedenkt, daß Springall der Krone Geld geliehen hat. Es könnte Gründe geben, den Tod des Kaufmanns als ein Problem für den Regenten zu betrachten.« Fortescue zuckte die Achseln. »Seine Gnaden hat mir nicht seine geheimsten Gedanken offenbart, aber er glaubt, daß seine Herrschaft bedroht sein könnte.«
Der Oberrichter nahm eine mit scharlachrotem Band verschnürte Schriftrolle und reichte sie Cranston. Athelstan sah das Purpursiegel des Regenten.
»Euer Auftrag«, erklärte Fortescue trocken. »Vollmachten und die Befugnis, diese Angelegenheit zu untersuchen.«
Der Oberrichter erhob sich zum Zeichen, daß die Besprechung beendet sei. »Selbstverständlich sind alle Kostenabrechnungen dem Kassierer des Schatzamtes vorzulegen.« Er rieb sich die Hände. »Allerdings werden die Barone ein Übermaß an Speise und Trank nicht anstandslos begleichen.«
Cranston erhob sich.
»Meine Abrechnungen werden richtig sein, wie sie es immer sind, und ich werde ständig Erfrischungen zu mir nehmen. Schließlich ist es so, Mylord: Wenn man manchen Leuten zuhört, dann bleiben einem ihre Lügen im Hals stecken und machen furchtbaren Durst.«

Er griff nach seinem Mantel; Athelstan packte den Lederbeutel mit seinem Schreibzeug und folgte Cranston, der mit wiegendem Schritt zur Tür ging. Der Bruder wagte nicht aufzublicken und mühte sich angestrengt, keine Miene zu verziehen.
»Sir John!«
Der Coroner blieb stehen.
»Die Söhne des Dives«, sagte Fortescue. »Wißt Ihr etwas von denen?«
Cranston schüttelte den Kopf. »Nein, wieso sollte ich?«
»Es ist ein Geheimbund«, antwortete Fortescue gereizt. »Ihre Zusammensetzung und ihre Ziele sind unbekannt. Aber Sir Thomas, so sagen meine Spitzel, stand mit ihnen in Verbindung. Dives sagt Euch auch nichts?«
»War er nicht der reiche Mann im Lukas-Evangelium? Reich und verdorben, ließ er den Armen vor seiner Tür verhungern.«
Fortescue lächelte und sah Athelstan an.
»Stimmt es, Bruder«, sagte er unvermittelt, »daß du für den Tod deines Bruders Buße tust? Hat dein Orden dich deshalb in die Kirche von St. Erconwald gesteckt und zu Sir John Cranstons Schreiber gemacht?« Das Grinsen des Oberrichters wurde breiter. »Du solltest dich zu seinen Füßen setzen, Bruder. Sir John wird dich im Recht unterweisen. Er wird dir alles erzählen, was er weiß. Ich bin sicher, das dauert nicht lange.«
Cranston drehte sich um. Sein stahlgrauer Haarschopf schien sich vor Zorn zu sträuben, aber in seinen dunklen Augen funkelte boshafter Spott, als er sich jetzt über den Bart strich.
»Das werde ich tun, Mylord«, sagte er langsam. »Ich werde Bruder Athelstan beibringen, was ich über das Recht weiß, und es wird bestimmt nicht lange dauern. Dann freilich werde ich ihm beibringen, was wir beide wissen, Ihr und ich, und das wird sicher keinen Deut länger dauern.«
Cranston drehte sich auf dem Absatz um, und Athelstan, der an seinem Lachen beinahe erstickt wäre, folgte ihm. Mit großen

Schritten verließen sie Alphen House und kehrten über den Castle Yard nach Holborn zurück.

»Bankert! Halunke! Lüstling! Arschpickel!« Cranston schwelgte in bündiger Zusammenfassung dessen, was er von dem Oberrichter hielt. Athelstan schüttelte den Kopf; er war hin- und hergerissen zwischen Bewunderung für Cranstons Ehrlichkeit und dem Verlangen, in lautes Gelächter auszubrechen über die Art, wie er mit dem Oberrichter fertig geworden war. An der Ecke der Holborner Hauptstraße blieben sie stehen, um einen Hinrichtungskarren vorbeirattern zu lassen, dessen eiserne Räder über das Kopfsteinpflaster lärmten. Ein schwarzmaskierter Henker und ein Pfarrer mit schweißnassem, bleichem Gesicht standen darauf; zwischen sich hatten sie einen Piraten, der, wie auf einer an den Karren gehefteten Tafel zu lesen war, zwei Tage zuvor vor der Mündung der Themse gefangen worden war. Er trug die Schlinge bereits um den Hals, lachte und scherzte mit der kleinen Menschenmenge, die neben dem Karren ging und ein Lied sang, das an Hinrichtungstagen beliebt war: »Zieht an den Kittel am Montag ...« Der Verurteilte schien nicht die Bohne von seinem bevorstehenden Tod beeindruckt zu sein. Wichtiger war ihm, seinen scharlachroten Mantel und sein Taftwams zu zerreißen und die Fetzen unter den Zuschauern zu verteilen. Immer wieder grinste er den Henker an.

»Du kriegst nichts von meinen Sachen!« grölte er. »Nackt bin ich auf die Welt gekommen, und nackt verschwinde ich wieder von hier. Um so vergnügter, wenn ich weiß, daß du keinen Fetzen von mir bekommen hast!«

Die Zuschauer brüllten vor Lachen über solche Scherze, und während der Karren dem großen Drei-Galgen-Schafott bei The Elms entgegenschaukelte, begleiteten ihn Gesang und Jubel.

»Eher eine Hochzeit als eine Hinrichtung«, brummte Cranston. »Der Henkersknecht wird den Knoten verdrehen. Der Bursche wird lange tanzen, ehe er stirbt.«

Sie überquerten die ausgefahrenen Karrengleise und gingen hinüber auf die schattige Straßenseite, denn inzwischen brannte die Sonne heftig auf sie herab. Cranston wischte sich über das schweißnasse Gesicht und schob Athelstan in die Schänke »Zum Schwein des Bischofs«. Im Schankraum war es dunkel und kühl; unter der hohen geschwärzten Balkendecke zirkulierte die Luft, die durch offene Fenster an der Rückseite hereinströmte. Cranston und Athelstan setzten sich, und der Bruder wunderte sich im stillen über Sir Johns unaufhörliche Gier nach Erfrischungen; der Untersuchungsrichter aß und trank, als gäbe es von nun an nie wieder was. Wie immer tat er sich nun gütlich; er bestellte zwei große Krüge mit schäumendem Ale, dazu eine Aalpastete und eine Schüssel Gemüse. Alles verschwand in seinem riesigen Schlund, während der Untersuchungsrichter gleichzeitig Fortescue beschimpfte. Endlich hatte sich seine Wut verflüchtigt; Sir John wischte sich den Mund, lehnte sich zurück und schaute den Ordensbruder an. Athelstan löste sich aus seinen Grübeleien über seine Kirche; er sah, daß Sir Johns gute Laune zurückgekehrt war und sie sich nun ihrer Aufgabe zuwenden würden.
»Hatte der Oberrichter eigentlich recht?« fragte Cranston.
»Womit?«
»Mit dem, was er über dich und deinen Bruder gesagt hat.«
Athelstan verzog das Gesicht.
»Bis zu einem gewissen Grade hat er die Wahrheit gesagt, aber ich glaube nicht, daß es ihm darum ging. Eher war es das bösartige Verlangen, mich zu verletzen.«
Cranston nickte und wandte den Blick ab. Eigentlich verabscheute er Pfaffen. Mönche konnte er nicht ausstehen. Ordensbrüder waren ihm zuwider, aber mit Athelstan war es anders. Er warf einen Blick auf das dunkle Gesicht des Priesters, auf die sauber rasierte Tonsur im schwarzen Haar. Eher ein Soldat, dachte er, als ein Mönch. Er seufzte und wischte sich den

Schweiß vom Hals; jeder Mensch hatte so seine Geheimnisse, und auch er, Cranston, hatte welche.
»Diese Sache«, sagte er, »Springalls Tod. Glaubst du, dahinter steckt ein Geheimnis?«
Athelstan beugte sich vor und stützte die Ellbogen auf die Knie. »Es ist etwas Merkwürdiges dabei«, sagte er leise. »Ein Kaufmann wird von einem Diener ermordet, dieser begeht dann Selbstmord. Ein sehr passender Tod, hübsch ordentlich. Ein sauber verschnürtes Bündel, ein Päckchen, ein Geschenk für die Dreikönigsnacht. Es sind doch eigentlich zwei Geheimnisse, oder? Das erste ist die Eleganz der beiden Todesfälle, und das zweite ist das Interesse, das Lord Gaunt an ihnen hat. Ja, Sir John – ich glaube, es gibt Geheimnisse bei dieser Sache, aber nur Gott weiß, ob wir sie lüften werden.«
»Es steckt mehr dahinter, wie?« Cranston war erfreut, seine eigenen Gedankengänge bestätigt zu sehen.
»O ja.« Athelstan richtete sich auf und streckte sich. »Gaunt ist anscheinend besorgt wegen Springalls Tod, als wäre dieser Tod eine Gefahr für sein eigenes Leben. Es muß so sein; weshalb sollte er sonst veranlassen, daß der Oberste Richter uns zu sich bittet? Um uns eindrucksvoll klarzumachen, wie wichtig die Aufgabe ist? Um unsere Ergebenheit auf die Probe zu stellen und uns einen Sonderauftrag zu erteilen?« Er stand auf. »Wenn Ihr erfrischt seid, Sir John, ist es vielleicht an der Zeit, das herauszufinden.«
Cranston erhob sich, griff nach seinem Mantel und warf ihn über den Arm. Dann rückte er den breiten Schwertgürtel über seinem Wanst zurecht. Ein langer, schmaler walisischer Dolch in verschlissener Lederscheide hing daran und außerdem das breiteste Schwert, das Athelstan je gesehen hatte. Wieder preßte er die Lippen zusammen, um ein Grinsen zu unterdrücken. Cranston watschelte durch die Schänke und brüllte dem Wirt und seinem Weib, die am anderen Ende des Raumes zwischen eini-

gen Fässern hantierten, ein paar Abschiedsworte zu. Die Laune des Untersuchungsrichters war wiederhergestellt, und Athelstan machte sich auf einen aufregenden Tag gefaßt.

Sie gingen durch die Cheapside zurück. Es war inzwischen früher Nachmittag, und bei den Händlern herrschte reges Treiben.

»Ein feiner Hut nach französischer Form!« rief einer. »Nadeln! Senkel! Hosenbänder! Spanische Handschuhe! Seidene Bänder!« schrie ein anderer.

»Kommt her«, gackerte eine Frau aus einer Haustür, »holt euch gestärkte Halskrausen und spinnwebfeines Linnen!«

Das Geschrei wurde zum dämonischen Chor. Karren rumpelten vorbei, nach dem morgendlichen Handel jetzt leer, und ihre Besitzer hatten es eilig, die Stadttore hinter sich zu lassen, ehe die Abendglocken läuteten. Eine Gruppe Ratsherren in langen, mit reichen Pelzen verbrämten Mänteln wurde grob verspottet von einer Schar Gecken, die vor lauter Gold und Satin und billigem Schmuck funkelten; die Luft war schwer von ihrem noch billigeren Parfüm. Ein Trupp Reiter kam von den Feldern, mit Falken auf den Fäusten. Der Blutdurst der wilden Vögel war gestillt, und ruhig hockten sie unter ihren Hauben. Cranston blieb vor einem Barbierladen stehen und befingerte sich Bart und Schnurrbart, aber ein Blick auf das dampfende Blut in der Schüssel neben dem Stuhl ließ ihn anderen Sinnes werden, und sie gingen weiter.

»Kennt Ihr das Haus, Sir John?«

Cranston nickte und streckte den Zeigefinger aus. »Dort. Das ist Springalls Haus.«

Athelstan blieb stehen und faßte Cranston beim Ellbogen. »Sir John, einen Augenblick.« Er zog den verwunderten Coroner in einen dunklen Hauseingang.

»Was ist, Mönch?«

»Ich bin Ordensbruder, Sir John. Merkt Euch das bitte. Ein

Mitglied des Predigerordens, gegründet vom heiligen Dominikus, auf daß er den Armen helfe und die Unerleuchteten lehre.«
Cranston strahlte. »Nun weiß ich Bescheid. Was ist also, Bruder?«
»Sir John, die Vollmachten – wir sollten sie uns einmal ansehen.«
Der Coroner zog eine Grimasse, holte aber die Schriftstücke hervor, die Fortescue ihm gegeben hatte. Er erbrach die Siegel und öffnete sie.
»Nicht viel«, murmelte er, nachdem er sie überflogen hatte. »Es ist die Vollmacht zur Untersuchung der Umstände von Sir Thomas Springalls Tod und die verbindliche Aufforderung an alle treuen Untertanen, im Namen dieser Treue alle unsere Fragen zu beantworten.« Er warf Athelstan einen scharfen Blick zu. »Ich frage mich, ob das die Söhne des Dives mit einschließt?«
Der Ordensbruder zuckte die Achseln.
»Ihr kennt die Stadt besser als ich, Sir John. Jedes Handwerk hat seine Zunft, jeder Hexenzirkel seinen Schutzpatron. Ich vermute, die Söhne des Dives ist ein Titel zur Tarnung der weniger heilsamen Geschäfte einiger unserer reichen Kaufleute – eine Verschwörung, die nicht Verrat, sondern Profit will.«
Cranston grinste und trat aus der Tür.
»Dann komm, getreuer Dominikaner, laß uns mehr herausfinden!«

Kapitel 2

Das Haus war ein schönes, freundliches Gebäude, ganz ähnlich dem des Lord Fortescue, obwohl heute große schwarze Fahnen aus kostbarstem Leinen aus den oberen Fenstern wehten und das breite Schild des Goldschmieds über dem Haupttor mit schwarzem Damast bedeckt war. Ein alter Diener, gekleidet wie der Tod persönlich, öffnete die Tür. Sein Gesicht war tränennaß und seine Augen vom Weinen gerötet.

»Sir John Cranston, der Untersuchungsrichter, und Bruder Athelstan«, sagte der Ordensbruder leise.

Der Mann nickte und führte sie durch einen dunklen Korridor in den großen Bankettsaal, der ebenfalls schwarz verhangen war. Als sie über das schwarzweiße Schachbrettmuster des Fliesenbodens schritten, hatte Athelstan das Gefühl, das Tal der Schatten zu betreten. Schwarze Tücher verbargen Gobelins und Bilder an den Wänden. Die Luft erschien dick und schwer, nicht wegen der Wärme und des stickigen Tages – nein, es war etwas anderes, was ihm die Nackenhaare sträubte und ihn frösteln ließ. Cranston dagegen stapfte schwerfällig vorwärts und starrte triefäugig eine Gruppe von Leuten an, die auf der Estrade am Ende der Halle um einen Tisch saßen. In der Mitte des Tisches blinkte ein großes silbernes Salzfaß wie ein Leuchtturm im flackernden Kerzenlicht. Das kleine Erkerfenster über dem Tisch ließ ein wenig Licht herein, aber Athelstan konnte niemanden deutlich erkennen. Schatten umhüllte die Gruppe. Man sprach leise miteinander, aber die Gespräche verstummten, als Cranstons massige Gestalt näher kam.

»Kann ich Euch helfen?«

Cranston blieb wie angewurzelt stehen, und Athelstan wäre beinahe gegen ihn geprallt, als beide sich der Sprecherin zuwandten. Eine junge Frau, die in einer Fensternische gesessen hatte, stand auf und ging auf sie zu.
»Ihr seid …?« fragte Athelstan.
»Sir Thomas Springalls Gattin«, antwortete die Frau kühl und trat ins Licht.
Guter Gott, dachte Athelstan. Sie war schön. Das Gesicht glich einer liebreizenden Vision mit dunkel umrandeten Augen. Das Antlitz eines Engels wie die in den bunten Fenstern der Abteikirche. Ihre schlanke Gestalt war makellos und ihre Haut wie poliertes Gold. Sie hatte rotes Haar, und ihre Lippen waren so üppig wie eine Frühlingsrose.
»Sir Thomas' Witwe?« fragte Cranston taktvoll.
»Ja.« Ihre Stimme wurde rauh. »Und Ihr, meine Herren? Was wollt Ihr hier?«
Cranston spähte hinauf zu der Gruppe auf der Estrade, die immer noch stumm um den Tisch saß, und zog trunken den Hut. »Sir John Cranston, Coroner des Königs in der Stadt. Und das da«, mit einer wedelnden Handbewegung deutete er hinter sich, »ist mein getreuer Mephistopheles, Bruder Athelstan.«
Die Frau wirkte ratlos.
»Mein Schreiber«, erklärte Cranston mit schwerer Zunge.
»Madam«, unterbrach Athelstan, »der Herr schenke Eurem Gemahl die ewige Ruhe, aber er ist tot, und Sir John und ich haben Anweisung, den Leichnam zu untersuchen, um die Ursache des Todes festzustellen. Wir bedauern, Euch in Eurem Schmerz stören zu müssen.«
Die Frau trat näher, und Athelstan sah, wie bleich ihr Gesicht war; ihre Augen waren rot vom Weinen. Er sah auch, daß die Manschetten an den Ärmeln ihres schwarzen Spitzenkleides tränenfeucht waren.
Die Frau bedeutete ihnen mit einer Handbewegung, auf die

Estrade zu gehen, und die Leute, die dort saßen, erhoben sich. Alle waren schwarz gekleidet und schienen sich hinter einem breitschultrigen Mann zu verstecken, glatt und fett, mit schütterem Haar und fleischiger Nase, und mit Augen und einem Mund so hart wie Stein.

»Wer seid Ihr, meine Herren?« erkundigte er sich barsch. »Ich bin Sir Richard Springall, Bruder und Testamentsvollstrecker des verstorbenen Sir Thomas.«

Cranston und Athelstan stellten sich vor.

»Und warum seid Ihr hier?«

»Auf Geheiß des Oberrichters.«

Cranston zeigte seinen Auftrag vor. Sir Richard öffnete das rote Seidenband, entrollte das Pergament und überflog den Inhalt. Dann winkte er mit großer Gebärde zum Tisch.

»Ihr mögt Euch immerhin zu uns setzen. Wir haben geschäftliche Dinge zu erörtern. Sir Thomas' Tod ist ein schwerer Schlag.«

Athelstan fand, Sir Richard sehe eher wie ein eifriger Kaufmann denn wie ein trauernder Bruder aus, aber sie nahmen Platz, und Sir Richard stellte die übrigen Anwesenden vor. Am anderen Ende des Tisches saß Pater Crispin, der Priester und Kaplan des Hauses Springall. Er war ein junger Mann mit hagerem Gesicht, dunklen Augen und glattrasierter Haut; er trug keine Tonsur, sein Haar fiel ihm in Locken bis auf die Schultern. Sein dunkles Gewand war kostbar und am Halse mit einer goldenen Spange und silberweißen Schleifen gehalten. Ihm gegenüber saß Edmund Buckingham, Sir Thomas' Schreiber, etwa so alt wie Pater Crispin, aber dunkler und mit gelblichem Gesicht, hartem Blick und schmalen Lippen. Der geborene Schreiber oder Secretarius, ein Zähler von Ballen und Tüchern, besser geeignet zum säuberlichen Führen der Bücher und zum Ordnen von Pergamenten als zu müßiger Konversation. Er trommelte laut mit den Fingern auf dem Tisch und ließ spüren, daß er die Störung für ungerechtfertigt hielt und sich darüber ärgerte. Die beiden anderen Anwesenden, Allingham und Vechey, waren typische Kaufleute in ihren dunklen Samtwämsern mit goldenen Ketten und den Silberdrahtringen an den runden Fingern. Stephen Allingham war groß und ungelenk; er hatte ein pockennarbiges, mürrisches Gesicht und fettige rote Haare. Seine vorstehenden Schneidezähne ließen ihn aussehen wie ein erschrecktes Kaninchen; seine Finger, unter deren Nägeln dick der Dreck saß, flatterten immer wieder zum Munde, als wäre er bemüht, sich an irgend etwas zu erinnern. Theobald Vechey war klein und dick; sein Gesicht war weiß und sah aus wie gekneteter Teig, und seine Äuglein wirkten wie kleine schwarze Knöpfe; seine Nase war ein bißchen krumm, sein Mund säuerlich.

Nachdem alle einander vorgestellt worden waren, ließ Sir Richard Becher mit Sherry herbeibringen.

O Gott! betete Athelstan. Nicht noch mehr!

Sir John, dem die Augenlider schon schwer wurden, strahlte ausgiebig. Ein Diener brachte ein Tablett voller Becher. Sir John leerte den seinen in einem geräuschvollen Zug und schaute dann mit gierigem Blick auf Athelstans; seufzend nickte der Bruder. Sir John grinste und trank auch den zweiten Becher leer, ganz unbeeindruckt von den verblüfften Blicken der anderen. Athelstan packte seinen Lederbeutel aus, strich das Pergament glatt und legte Federkiele und das silberne Tintenhorn auf seinem Schreibtablett zurecht. Sir John klatschte erfrischt in die Hände, stützte sich auf den Tisch und sah Sir Richard an, der am Kopfende des Tisches saß. Sein Ellbogen rutschte von der Tischkante, und er kippte gefährlich vornüber. Athelstan hörte den jungen Schreiber kichern, und er sah den wortlosen Spott in den schönen Augen der Lady Isabella.

»Ja, also«, trompetete Cranston. »Sir Richard, Euer Bericht? Euer Bruder wurde ermordet.«

»Gestern abend«, begann Sir Richard, »fand ein Bankett statt. Wir alle waren zugegen und ebenso Sir John Fortescue, der Oberrichter. Er ging gegen elf, vor Mitternacht jedenfalls.« Sir Richard fuhr sich mit der Zunge über die Lippen, und Athelstan fragte sich, weshalb der Oberrichter gelogen hatte, was den Zeitpunkt seines Abschieds anging.

»Mein Bruder«, fuhr Sir Richard fort, »wünschte uns in der Halle eine gute Nacht und ging hinauf in seinen Schlafraum.«

»Lady Isabella«, unterbrach Cranston, »Ihr habt Euer eigenes Schlafzimmer?«

»Ja.« Die Lady funkelte ihn frostig an. »Meinem Gemahl war es lieber so.«

»Selbstverständlich.« Cranston strahlte. »Sir Richard ...?«

»Ich ging zu meinem Bruder hinauf, um ihm gute Nacht zu sagen. Er war im Nachthemd und hatte die Bettvorhänge zurückgezogen. Ich sah den Weinbecher auf dem Tisch neben dem Bett. Er wünschte mir angenehme Ruhe. Als ich ging, hörte ich, wie er die Tür hinter mir verschloß und verriegelte.«

Athelstan legte seine Feder aus der Hand. »Warum tat er das?«

Sir Richard schüttelte den Kopf. »Das weiß ich nicht. Er hat es immer getan. Er war gern ungestört.«

»Und dann?«

»Am nächsten Morgen«, Pater Crispin beugte sich vor, »wollte ich ihn wecken und ...«

»Nein!« unterbrach Lady Isabella. »Ich schickte meine Zofe Alicia zu meinem Mann, sie klopfte an seine Tür, kurz nachdem er sich zurückgezogen hatte, und erkundigte sich, ob er noch einen Wunsch habe.« Mit langen, weißen, eleganten Fingern strich sie das Tischtuch vor sich glatt. »Mein Mann rief, es sei alles in Ordnung.«

Athelstan warf Cranston einen Blick zu. Dem Coroner sanken die schweren Lider über die Augen. Athelstan trat ihm unter dem Tisch heftig ans Schienbein.

»Ah ja, natürlich.« Cranston raffte sich auf und rülpste sanft wie ein Kind. »Pater Crispin, Ihr wolltet etwas sagen?«

»Zur Prime – ja, ungefähr da – die Glocken von St. Mary Le Bow läuteten. Es war ein schöner Morgen, und Sir Thomas hatte gebeten, früh geweckt zu werden. So ging ich hinauf zu seinem Zimmer und klopfte. Niemand antwortete. Ich holte Sir Richard. Auch er versuchte, Sir Thomas zu wecken.« Dem jungen Priester versagte die Stimme.

»Was dann?«

»Die Tür wurde aufgebrochen«, antwortete Sir Richard. »Mein Bruder lag ausgestreckt auf dem Bett. Wir dachten erst, er hätte einen Anfall gehabt, und holten den Arzt der Familie, Peter de Troyes. Er untersuchte meinen Bruder und stellte fest, daß der Mund fleckig und die Lippen schwarz waren. Da roch er am Becher und erklärte, der sei vergiftet. Möglicherweise ein Gemisch aus Belladonna und rotem Arsen. Genug, um den ganzen Haushalt umzubringen.«

»Wer hatte den Becher dort hingestellt?« fragte Athelstan und knuffte den Untersuchungsrichter von neuem, um ihn wachzuhalten.

»Mein Gemahl hatte gern einen Becher vom besten Bordeaux an seinem Bett, wenn er sich abends zur Ruhe legte. Brampton brachte ihm immer den Wein hinauf.«

»So, so, Brampton brachte ihm also einen Becher Roten.« Cranston schmatzte mit den Lippen. »Er muß ein guter Diener gewesen sein, ein braver Bursche.«

»Sir John!« zischte Lady Isabella. »Er hat meinen Gemahl vergiftet!«

»Wie kommt Ihr darauf?«

»Er hat den Becher hinaufgebracht.«

»Woher wißt Ihr das?«

»Er hat es immer getan.«

»Und warum hat Brampton sich dann erhängt?«

»Aus Reue vermutlich. Bei Gott und all seinen Heiligen, wie soll ich das denn wissen?«
»Sir John …« Pater Crispin hob die Hand beruhigend gegen Sir Richard, der ihr beispringen wollte. Der Kaufmann wirkte cholerisch; sein Gesicht war so rot angelaufen, daß Athelstan schon einen Anfall befürchtete. »Lady Isabella ist betrübt«, fuhr der Priester fort. »Brampton hat den Becher hinaufgebracht; dessen sind wir sicher.«
»War er gestern abend beim Bankett?« fragte Athelstan.
»Nein.« Sir Richard schüttelte den Kopf. »Er und mein Bruder hatten am Tage einen heftigen Streit gehabt.«
»Weshalb?«
Sir Richard blickte nervös über den Tisch hinweg zu Vechey und Allingham.
»Sir Thomas war wütend gewesen; er hatte Brampton beschuldigt, in seinen Dokumenten und Aufzeichnungen herumgeschnüffelt zu haben. Im Zimmer meines Bruders stehen einige Kästen. Er stellte fest, daß bei einem der Deckel aufgebrochen war, daneben lag ein Silberknopf von Bramptons Wams. Brampton bestritt selbstverständlich den Vorwurf, und der Streit zog sich den ganzen Tag hin.«
»Brampton saß also schmollend in seiner Kammer, kam nicht zum Bankett, sondern zog sich zur Nacht zurück – aber nicht, ohne zuvor einen Becher Wein in das Schlafgemach seines Herrn zu tragen?«
»So sieht es aus.«
Cranston war nun sanft eingenickt; sein Kopf kippte zur Seite, und sein sanftes Schnarchen sprach für eine stattliche Menge Alkohol.
Athelstan ignorierte die belustigten Blicke der Gesellschaft, schob sein Schreibtablett von sich und versuchte, Haltung zu bewahren.
»Das verstehe ich nicht«, sagte er. »Brampton streitet mit Sir

Thomas, der ihn beschuldigt, in seinen Privatpapieren herumzuwühlen?«
»Ja.« Sir Richard nickte und beobachtete ihn wachsam.
»Brampton stürmt hinaus, bringt aber später einen Becher Wein hinauf. Eine freundliche Geste?«
»Nicht, wenn er vergiftet war!« quiekte Allingham. »Der Becher war ja vergiftet.«
Athelstan fühlte sich wie in einem Sumpf. Die Zuhörer rings um den Tisch machten sich wortlos über ihn lustig, sie verachteten Cranston als Trunkenbold und ihn als unwissenden Klosterbruder.
»Wer war dabei«, fragte er, »als Sir Thomas tot gefunden wurde?«
»Ich«, antwortete Sir Richard. »Und natürlich Pater Crispin. Master Buckingham kam ebenfalls herauf.«
»Und ich«, knirschte Allingham.
»Ja, das stimmt«, bestätigte Sir Richard.
»Ihr habt also nach dem Arzt geschickt?«
»Ja, wie ich schon sagte.«
»Und dann?«
»Ich habe den Leichnam angekleidet«, erbot sich Pater Crispin. »Ich habe ihn gewaschen, getan, was ich konnte, Sir Thomas das Sterbesakrament gespendet und ihm Hände, Gesicht und Füße gesalbt. Vielleicht erinnert Ihr Euch, Bruder, daß es Theologen gibt, Dominikaner zumal«, der Priester lächelte schmal, »die behaupten, daß die Seele den Körper erst einige Stunden nach dem Tode verlasse. Ich betete zu Gott, er möge Erbarmen mit Sir Thomas' Seele haben.«
»Hatte Sir Thomas Erbarmen nötig?«
»Er war ein guter Mann«, versetzte Pater Crispin scharf. »Er hat Kapellen gestiftet, den Armen Geld gegeben, Speisen austeilen lassen und sich um Witwen und Waisen gekümmert.«

»Ich bin sicher, dann wird der Herr sich seiner erbarmen«, sagte Athelstan leise. »Nun zu Brampton. Ihr habt nach ihm gesucht?«
»Ja«, antwortete Sir Richard schnell. »Wir hatten den Verdacht, er könnte etwas damit zu tun haben; also durchsuchten wir seine Kammer. Wir fanden eine kleine, mit einem Korken verschlossene Phiole in einer Truhe unter einigen Kleidern. Ein Dienstbote ging damit zu Peter de Troyes, und der stellte fest, daß sie die gleiche Mixtur enthielt, die er auch im Weinbecher meines Bruders gefunden hatte. Danach fingen wir an, Brampton zu suchen.«
»Ich habe den Leichnam gefunden«, unterbrach Vechey ihn. »Ich sah, daß die Tür zum Dachboden halb offenstand. Also ging ich hinauf.« Er schluckte. »Da hing Brampton.« Ein Schauder überlief ihn. »Es war furchtbar. Die Dachkammer war leer und kalt. Es roch schrecklich. Brampton hing da wie eine zerbrochene Puppe, wie ein Kinderspielzeug; sein Hals war verrenkt, sein Gesicht schwarz, und die Zunge hing ihm aus dem Mund.«
Er nahm hastig einen Schluck Wein.
»Ich schnitt ihn ab und löste die Schlinge, aber er war tot. Der Leichnam war kalt und steif.« Flehentlich schaute er Sir Richard an. »Er liegt immer noch da. Man muß ihn entfernen!«
»Sagt mir«, forderte Athelstan die Runde auf, »wohnt Ihr alle hier?«
»Ja«, antwortete Sir Richard. »Master Allingham ist Junggeselle. Master Vechey ist Witwer«, er grinste, »hat aber noch ein Auge für die Damen. Dies ist ein großes Haus; es hat vier Stockwerke und ist um einen Innenhof herum gebaut. Sir Thomas sah keinen Grund, weshalb seine Geschäftspartner nicht im selben Haus wohnen sollten. Grundstücke, Häuser, das alles ist im Wert gestiegen, und angesichts der königlichen Steuern …«
Athelstan nickte verständnisvoll und versuchte, seine Enttäuschung zu verbergen. Hier gab es nichts. Überhaupt nichts. Ein Kaufmann war getötet worden, sein Mörder hatte sich erhängt.

Gleichzeitig aber spürte Athelstan etwas. Diese Leute waren aufgeblasen, arrogant, selbstsicher. Wie Gockel stolzierten sie durch die Straßen, voller Vertrauen auf ihren Reichtum, ihre Macht und ihre Freunde bei Hofe oder im Schatzamt.

»Sir Thomas hat Brampton gut behandelt?« erkundigte sich Athelstan. »War er ein guter Herr?«

»Einen freundlicheren Gentleman gab es nicht«, antwortete Allingham. »Sir Thomas spendete großzügige Almosen für die Armen der Pfarrgemeinde von St. Bartholomew, für die Gilde und«, so endete er verachtungsvoll, »für Ordensbrüder wie Euch.«

»Wieso kam es dann zu einem so heftigen Streit mit Brampton? War dergleichen schon einmal vorgekommen?«

Allingham zauderte: Darauf war er nicht vorbereitet gewesen. »Nein«, murmelte er schließlich. »Nein, so etwas hatte es noch nicht gegeben. Höchstens Meinungsverschiedenheiten.«

»Lady Isabella«, sagte Athelstan. »Euer Gemahl – war er beunruhigt oder aus irgendeinem Grund besorgt?«

Sir Richard tätschelte Lady Isabellas Handgelenk zum Zeichen, daß er ihr die Antwort abnehmen würde. »Er machte sich Sorgen wegen des Krieges und wegen der zunehmenden Piraterie im Kanal. Er hatte in letzter Zeit zwei Schiffe an Piraten der Hanse verloren. Und die wachsenden Kreditwünsche des alten Königs störten ihn ebenfalls.«

»Und Brampton – war er ein guter Diener?«

»Ja«, antwortete Lady Isabella rasch, »das war er.«

»Was für ein Mensch war er?«

Sie zog eine Grimasse. »Ruhig, sanft, ein treu ergebener Diener.« Ihr Blick wurde mild. »Ich traf ihn kurz nach dem Streit mit meinem Mann. Noch nie habe ich ihn in einem solchen Zustand erlebt, aufgewühlt und unruhig und so erbost, daß er kaum stillsitzen konnte.«

»Und Euer Gemahl – erwähnte er den Streit?«

»Er sagte, er wolle die Angelegenheit später untersuchen. Er war eher überrascht als zornig darüber, daß Brampton zu so etwas imstande war; er meinte, es sei überhaupt nicht seine Art.« Sie schwieg für einen Augenblick. »Zum Bankett stach mein Mann ein Faß von seinem besten Bordeaux an. Ich schickte einen Becher davon als Friedensangebot zu Brampton.«

»Ihr seid sicher, daß Sir Thomas große Stücke auf Brampton hielt?«

»Oh, da bin ich sicher.« Lady Isabella schüttelte den Kopf und starrte vor sich auf den Tisch.

»Wollen wir nun von einer anderen Sache sprechen? Von dem Bankett gestern abend?«

Cranston furzte sanft, aber das Geräusch füllte die Halle wie eine laute Glocke, und Lady Isabella wandte sich angewidert ab. Sir Richard sah den Coroner wütend an, und Athelstan errötete verlegen ob des höhnischen Gelächters von Buckingham.

»Warum fand das Bankett gestern abend statt?«

»Wegen der Krönung des jungen Königs«, antwortete Sir Richard. »Jede Zunft muß ihren Prunkwagen vorbereiten. Wir erörterten die Pläne der Goldschmiede für ihr Schaustück.«

»Und warum war dann Oberrichter Fortescue anwesend?«

»Das wissen wir nicht«, fiel Allingham ein. »Sir Thomas sagte, der Oberrichter werde auch da sein. Er machte oft Geschäfte mit ihm.« Er grinste. »Fortescue schuldete ihm Geld wie viele andere Richter und Lords der Stadt.«

»Warum all diese Fragen?« erkundigte Sir Richard sich. »Der Fall ist doch sicher klar. Sogar ein Kind kann das begreifen«, bemerkte er mit einem verächtlichen Seitenblick auf Sir John. »Mein Bruder wurde ermordet, und der Mörder war Brampton. Warum müssen wir die Sache noch einmal durchhecheln, Staub aufwirbeln und Schmerz und Trauer bereiten? Wir sind vielbeschäftigte Leute, Bruder Athelstan. Euer Freund mag ja schlafen, aber wir haben Geschäfte zu erledigen. Der Leichnam

meines Bruders liegt kalt dort oben. Das Begräbnis muß vorbereitet werden, Angelegenheiten sind zu regeln, Geschäftsfreunde zu benachrichtigen.«
»Merkwürdig«, Cranston streckte sich und öffnete die Augen. »Ich finde das sehr merkwürdig.«
Athelstan schaute auf den Tisch und grinste vor sich hin. Eines der Dinge, die er nie begriff, aber immer wieder genoß, war: wie der große, dicke Coroner es fertigbrachte, zu dösen und gleichzeitig die Gespräche um sich herum zu verfolgen.
»Was ist merkwürdig?« fauchte Lady Isabella; ihr Abscheu gegen den Coroner war jetzt ganz unverhohlen.
»Nun, Mylady …«, Cranston leckte sich die Lippen. »Euer Gemahl hat einen Majordomus: Brampton. Brampton ist treu und ergeben wie der gute Verwalter im Evangelium. Warum sollte er die Papiere Eures Gatten durchwühlen? Was hatte Euer Gatte zu verbergen?«
Lady Isabella funkelte ihn nur wortlos an.
»Nehmen wir an, er hat es getan«, fuhr Cranston fort und holte tief Luft. »Nehmen wir an, er hat es getan, und es hat einen Streit gegeben – das ist doch bestimmt kein Grund für einen Mord oder einen Selbstmord? Ihr habt gesagt, Madam, Brampton sei ein ruhiger, friedfertiger Bursche gewesen. Kein Mann von hitzigem Temperament oder jähzornigen Neigungen, der eine so furchtbare Tat begehen und sie dann sofort büßen würde, indem er sich das Leben nimmt.«
»Wie sonst soll es gewesen sein?« fragte Sir Richard steif.
»Nun«, sagte Cranston, »ist es möglich, daß Brampton den Becher Wein als Angebot der Versöhnung zu seinem Herrn hinaufbrachte?« Er kümmerte sich nicht um das verächtliche Grinsen auf Vecheys Gesicht. »Ihn auf den Tisch stellte und wegging?«
»Und?« fragte Lady Isabella.
»Jemand anders ging noch während des Banketts die Treppe

hinauf und tat das Gift in den Becher. Oder«, Cranston rieb sich die fetten Hände; er kam allmählich in Gang, »woher wissen wir, daß Sir Thomas nicht noch Besuch bekam, nachdem er sich zurückgezogen hatte? Jemand, der die Treppe hinauf und die Galerie entlangging, zu Sir Thomas in das Gemach schlüpfte, ihn vielleicht in ein Gespräch verwickelte und dabei heimlich das Gift in den Becher goß?« Er hob die Hand, um dem Gemurmel Einhalt zu gebieten. »Ich theoretisiere nur, wie die Theologen sagen: Ich spekuliere über die Natur der Dinge.«

»Dann, Sir, seid Ihr ein Narr.«

Cranston, Athelstan und alle anderen drehten sich erstaunt um und schauten in die Halle. In der Tür stand eine alte Dame, ganz in Schwarz gekleidet wie eine Nonne. Ihr Kopf war von einem schweren Schleier bedeckt, der wie eine altmodische Haube das zitronensaure Antlitz einrahmte. Sie kam herein, und ihr silberbeschlagener Stock klopfte laut auf den Boden des Raumes.

»Ihr seid ein Narr!«

Cranston erhob sich.

»Vielleicht bin ich das, Madam – aber wer seid Ihr?«

Sir Richard sprang vor wie ein Pfeil.

»Lady Ermengilde, darf ich Euch Sir John Cranston vorstellen, den Coroner der Stadt?«

Die alte Dame schaute den Coroner an, und ihre Augen waren wie zwei dunkle Teiche.

»Ich habe schon von Euch gehört, Cranston – von Eurer Sauferei und Eurer Geilheit. Was sucht Ihr im Hause meines Sohnes?«

»Sir John ist auf Wunsch des Oberrichters Fortescue hier.« Sir Richards Stimme war sanft, beinahe flehentlich.

»Noch so ein Halunke!« fauchte die Lady.

»Ich habe gefragt, Madam, mit wem zu sprechen ich die Ehre habe?« wiederholte Sir John.

»Mein Name ist Lady Ermengilde Springall. Ich bin Sir Richards Mutter.« Sie strich Springall über den Arm. »Mein anderer Sohn liegt oben und ist tot, und ich komme herunter, um Euch hier solchen Unfug schwatzen zu hören. Brampton mag ein guter Hausverwalter gewesen sein, aber er war auch ein Spitzbube und ein Gemeiner. Er hatte Flausen im Kopf und wollte über seinen Stand hinaus. Thomas hat ihn dafür getadelt, und wie viele seines Schlages konnte Brampton das nicht ertragen. Sein Herz war voller Bosheit. Der Satan flüsterte ihm ins Ohr, und er führte die schreckliche Tat aus.« Die alte Frau setzte ihren Stock lautstark auf den Boden und stützte sich dann mit beiden Händen darauf. »Zumindest hat Brampton die Höflichkeit besessen, sich aufzuhängen und so der Öffentlichkeit die Kosten und dem Henker bei The Elms die Arbeit zu ersparen!«

Athelstan beobachtete Cranston. Der Coroner geriet allmählich in eine seiner gefährlichsten Stimmungen. Er lächelte, doch das Lächeln reichte nicht über die Lippen hinaus. Sein Blick war hart und starr, und er beobachtete die alte Lady, wie ein Schwertkämpfer, der die nächste Parade seines Gegners erwartet.

»Lady Ermengilde, Ihr scheint recht gut über das Geschehene Bescheid zu wissen. Ich bitte Euch, habt Nachsicht mit mir. Könnt Ihr mehr erklären?«

»Mein Gemach liegt dicht neben dem meines Sohnes«, antwortete sie bissig. »Die Treppe da hinten«, sie deutete mit einer Kopfbewegung die Richtung an, »führt hinauf zu zwei Gängen, von denen einer nach rechts geht. Am Ende liegt Sir Thomas' Zimmer, daneben meines.«

»Und noch andere?«

Lady Ermengildes Blick glitt zu ihrer Schwiegertochter.

»Lady Isabellas Gemach. Links liegt ebenfalls eine Galerie, genau wie die erste, mit einem Unterschied.« Sie hob einen knochigen Zeigefinger. »Mein Schlafgemach liegt, wie das von Sir Thomas und Lady Isabella, an der Galerie der Nachtigall.«

»Galerie der Nachtigall?« wiederholte Athelstan. »Was ist das?«

Lady Ermengilde lächelte und kam näher. Ihr Gesicht ähnelte

in der Tat einem sauren Apfel. Athelstan sah jetzt, daß sie gar nicht schwarz gekleidet war, sondern den dunkelbraunen Habit einer Nonne trug; ihre Verachtung für den Luxus dieser Welt konnte allerdings nicht sehr tief sein, denn die Juwelen an ihren Ringen waren groß wie Vogeleier. Eine weltliche Lady, dachte Athelstan, dem strengen Gesicht, den sauer zusammengebissenen Lippen und den arroganten Augen zum Trotz.

»Das ist bekannt«, sagte sie, und ihre Stimme triefte vor Herablassung. »Dieses Haus hat einen viereckigen Grundriß, und an der gegenüberliegenden Ecke des Vierecks ist die Treppe zum ersten Stock.« Sie deutete auf die Tür auf der anderen Seite, die halb offenstand. Dahinter konnte Athelstan eine steile Treppe erkennen. »Dort geht es hinauf zu Sir Thomas' Schlafgemach«, sagte sie. »Oben sind zwei Korridore. Der zur Rechten heißt ›Galerie der Nachtigall‹, weil er ›singt‹, wenn jemand hindurchgeht.« Offenbar hatte sie den Unglauben in Cranstons umnebeltem Blick gesehen. »Dieses Haus ist sehr alt«, fuhr sie fort und schaute hinauf zu den dicken, geschwärzten Balken. »Erbaut wurde es unter König John.« Sie verzog spöttisch den Mund. »Eine Zeit ganz wie die unsere. Ein starker Herrscher war nötig. Jedenfalls benutzte einer von Johns Söldnerhauptmännern dieses Haus als Standort; von hier aus kontrollierte er London. Er vertraute niemandem, nicht einmal seinen eigenen Leuten.« Ihr Blick richtete sich auf Lady Isabella, die jetzt hinter Athelstan stand. »Jedenfalls ließ er den Fußboden des Korridors herausreißen und durch besondere Eibenholzdielen ersetzen. Niemand kann sich einem der drei Räume an dieser Galerie nähern, ohne daß der Boden knarrt oder eben ›singt‹. Daher der Name.«

»Und inwiefern ist das wichtig?« fragte Cranston.

»Wichtig ist, mein werter Coroner«, schnurrte sie, »daß ich den ganzen Abend in meinem Zimmer war. Ich bin alt, und Bankette langweilen mich. Oh, ich hörte das Reden und Lachen von unten. Es hat meinen Schlaf gestört. Zum Glück brauche ich aber nur

sehr wenig.« Sie funkelte Cranston an. »Ihr werdet selbst noch feststellen, Sir John, daß man im Alter einen leichten Schlaf hat.«
»Für den Fall, daß der Tod Euch auf die Schulter klopft«, versetzte er grob.
»Ganz recht«, stichelte sie zurück. »Allerdings hat der Tod, wie Ihr wohl wißt, Sir John, die Neigung, sich als erstes die Dicken zu holen.«
»Mylady«, unterbrach Athelstan. »Die Ereignisse des vergangenen Abends … Ihr habt niemand zu Sir Thomas' Gemach gehen hören?«
»Bevor die Bankettgäste hin und her liefen«, antwortete sie. »Während des Essens hörte ich die Nachtigall einmal singen. Ich war überrascht. Als ich meine Tür öffnete, sah ich Brampton mit einem Becher Wein in der Hand. Ich hörte, wie er die Tür meines Sohnes öffnete und dann wieder die Treppe hinunterging. Dann hörte ich nichts mehr, bis Sir Thomas in sein Schlafgemach ging. Sir Richard folgte ihm und wünschte ihm eine gute Nacht; dann kam Lady Isabellas Zofe und fragte, ob er noch einen Wunsch habe. Danach war es still im Hause, bis heute morgen. Pater Crispin kam herauf; ich hörte ihn an die Tür klopfen, dann ging er Sir Richard holen und kam mit ihm zurück.«
Cranston nickte. »Ich danke Euch, Lady Ermengilde. Ihr habt dem Mosaik ein Steinchen hinzugefügt. Brampton hat also wirklich den Becher heraufgebracht.« Er sah Sir Richard an. »So störend und schmerzlich es sein mag, ich muß doch darauf bestehen, die Leichen der beiden Männer zu sehen.« Er verneigte sich vor Lady Isabella. »Euren Gemahl zuerst, Mylady. Ihr habt doch nichts dagegen?«
Sir Richard führte sie durch die Halle und die breite, geschwungene Treppe hinauf. Als Cranston an Lady Ermengilde vorbeiging, rülpste er ziemlich laut.
Oben an der Treppe zeigte sich, daß der nach links führende

Korridor oder die Galerie nicht bemerkenswert war. Die Wände waren verputzt und frisch gekalkt, das Holzwerk schwarz gestrichen. Zwischen den drei Türen hingen Gemälde an der Wand, die aber jetzt mit schwarzen Schleiern verhängt waren. Die Türen waren mächtig, schwer und mit Eisenbändern verstärkt. Die nach rechts führende Galerie indessen sah anders aus. Türen und Wände waren ähnlich, aber der Fußboden bestand hier nicht aus breiten Bohlen, sondern aus schmalen Streifen eines hellen Holzes. Kaum hatte Sir Richard einen Fuß darauf gesetzt, da wußte Athelstan, daß die Galerie ihren Namen zu Recht trug. Wo man auch stand, jeder Schritt verursachte ein tiefes, leicht melodiöses Klingen, ähnlich dem Geräusch von einem Dutzend Bogensehnen, die gleichzeitig gespannt werden. Gleich links lag Lady Isabellas Zimmer; das mittlere gehörte Lady Ermengilde, und das letzte Sir Thomas. Darin herrschte jetzt eine furchtbare Unordnung. Der Fußboden vor der Tür war gesplittert, die Tür selbst aus den ledernen Angeln gebrochen und hing schief am Rahmen. Sir Richard schickte den wachestehenden Diener weg und schob die Tür mit Buckinghams Hilfe vorsichtig beiseite.
Athelstan sah sich um. Die Gesellschaft aus der Halle war mitgekommen und ließ die Galerie der Nachtigall ihr seltsames Lied singen. »Wo ist Pater Crispin?« fragte er. »Und Lady Ermengilde?«
»Unten in der Halle«, brummte Allingham. »Der Priester hat von Geburt an einen verwachsenen Fuß. Manchmal bereitet ihm das Treppensteigen Schmerzen. Und Lady Ermengilde ist alt. Die beiden lassen sich entschuldigen.«
Athelstan nickte und folgte Cranston in das Todeszimmer. Der Raum war vollkommen quadratisch, die Decke hatte ein sauberes Muster: Die schwarzen Balken bildeten einen scharfen Kontrast zum weißen Putz. Die Wände waren gekalkt und mit teuren farbigen Gobelins behängt, auf denen Szenen aus dem Alten und

Neuen Testament dargestellt waren. Teppiche gab es nicht, aber die Binsen auf dem Boden waren sauber, trocken und mit frischen Kräutern bestreut. Ein kleiner Schrank war da, eine große Kiste und zwei kleine Truhen am Fußende des mächtigen, vierpfostigen Bettes. Neben dem Bett stand ein kleiner Tisch; der Becher stand noch darauf, und drüben vor dem Fenster, auf einer marmornen Tischplatte, war das erlesenste Schachspiel aufgebaut, das Athelstan je gesehen hatte. Sir Richard bemerkte seinen Blick, und in diesem Moment kam Pater Crispin hereingehumpelt.

»Die Syrer«, erklärte Sir Richard.

Athelstan, ein begeisterter Schachspieler, ging hinüber und betrachtete die Figuren. Die Syrer waren von prachtvoller Schönheit. Jede einzelne der etwa neun Zoll hohen Figuren war ein Erzeugnis großartiger Handwerkskunst aus Gold und Silberfiligran. Athelstan pfiff leise und schüttelte voller Bewunderung den Kopf.

»Wie schön«, murmelte er. »So herrliche Figuren habe ich noch nie gesehen.«

Sir Richard war ihm gefolgt und nickte.

»Vor hundert Jahren ging ein Springall, einer unserer Vorfahren, mit König Edward I. auf einen Kreuzzug ins Heilige Land. Er machte sich einen Namen als großer Krieger. In Outremer gab es die geheime Sekte der Assassinen, geführt von einer mysteriösen Gestalt, die überall nur ›Der Alte vom Berge‹ genannt wurde.«

Er richtete sich auf und schaute hinüber zu Sir John, der, aufmerksam beobachtet von allen anderen, schwankend mitten im Raum stand; Sir Richards Bericht lauschte man nur mit halbem Ohr. Dieser hob spöttisch die Braue. »Nun, die Mitglieder dieser Sekte bekamen Haschisch zu essen und wurden dann ausgesandt, jeden zu töten, dessen Untergang ihr Führer bestimmt hatte. Sie hatten Burgen und geheime Orte hoch oben

in den Bergen. Unser Vorfahre fand einen davon, belagerte, eroberte und zerstörte ihn. Er machte stattliche Beute, und zum Lohn für seine Tapferkeit erlaubte ihm der englische König, dieses prachtvolle Schachspiel zu behalten. Mein Bruder«, fügte er leise hinzu, »war ein begeisterter Spieler.«
»In der Nacht des Todes war er mitten in diesem Spiel«, warf Pater Crispin ein und kam näher. »Sir Thomas war so zornig auf Brampton, daß ich ihm vorschlug, sich mit einer Partie zu besänftigen.«
Athelstan lächelte.
»Habt Ihr gewonnen, Pater Crispin?«
»Wir haben das Spiel nicht zu Ende gebracht«, murmelte Pater Crispin. »Wir mußten es wegen des Banketts unterbrechen. Ich bedrohte seinen Läufer – seinen Bischof, wie andere sagen.« Der Priester blickte auf, und seine Augen lächelten. »Es ist ja so leicht, einen Kirchenmann in die Enge zu treiben, nicht wahr, Bruder?«
»War Sir Thomas auch dieser Meinung?«
»Nein, er war wütend«, unterbrach Lady Isabella. »Während des Banketts zerbrach er sich ständig den Kopf darüber, wie er aus dieser Klemme herauskommen könnte.«
Athelstan nickte und ging zu Cranston hinüber, der die zertrümmerte Tür anstarrte.
»Verschlossen und verriegelt?« murmelte der Coroner.
»Ja«, antwortete Buckingham.
Cranston ging zur Tür, hockte sich nieder, um sie zu untersuchen, nickte und rappelte sich wieder auf.
»Und die Leiche?«
Lady Isabella schluckte ob solcher Schroffheit. Sir Richard trat ans Bett und zog die schweren Vorhänge zurück. Das große Bett war abgezogen worden, und Springalls Leichnam lag aufgebahrt starr und stumm unter einer Lederdecke. Cranston schlug die Decke zurück. Athelstan hatte schon viele Tote, männliche und

weibliche mit den schrecklichsten Verletzungen gesehen, aber er fand, diesen Mann umgab etwas Alptraumhaftes, wie er da im Bett lag im Nachthemd, die Augen halb offen und mit klaffendem Mund wie ein gestrandeter Fisch. Jemand hatte versucht, dem toten Kaufmann die Augen zu schließen, und da es nicht gelungen war, hatte man eine Münze auf jedes Lid gelegt. Eine war heruntergefallen, und Sir Thomas starrte blicklos zur Decke.

Zu Lebzeiten mußte er ein gutaussehender Mann gewesen sein mit seinem lohfarbenen Haar, dem scharfgeschnittenen Soldatengesicht und seiner militärischen Erscheinung. Im Tode sah er grotesk aus.

Cranston schnupperte an den Lippen des Mannes und drückte behutsam den kraftlos daliegenden Kopf zurück. Athelstan sah fasziniert zu; er bemerkte den leichten Purpurhauch im Gesicht des Toten. Cranston drehte sich um und winkte ihn heran, damit er sich den Leichnam genauer ansehe. Das tat er immer. Der Bruder hatte den Verdacht, es machte Cranston Freude, ihn über Toten brüten zu lassen. Je abstoßender, desto besser. Athelstan zog das Nachthemd hoch und untersuchte auch den Körper, ohne auf das Stöhnen und Ächzen hinter sich zu achten. Er sah sich kurz um: Lady Isabella war zur Tür gegangen, Sir Richard hatte den Arm um ihre Taille gelegt. Buckingham stand mit halbgeschlossenen Augen da. Die beiden Kaufleute machten Gesichter, als würde ihnen gleich schlecht werden. Draußen sang die Galerie der Nachtigall, und dann kam Lady Ermengilde herein. Ihre Hände umklammerten den schwarzen Samtrock, und auf ihrem Gesicht schimmerte Schweiß. Sie blickte Cranston an.

»Ist das notwendig?« fragte sie. »Ist das wirklich notwendig?«

»Jawohl, Madam, das ist es!« kläffte er zurück. »Bruder Athelstan, bist du fertig?«

Der Mönch untersuchte den Leichnam vom Hals bis zu den Lenden. Keine Spur von Gewalt, kein Schnitt. Dann die Hände. Sie waren sauber geschrubbt, und die Nägel gepflegt. Der Leichnam war bereit zum Einbalsamieren, ehe er dann in Tücher gewickelt, in den Sarg gelegt und feierlich bestattet werden konnte.
»Gift«, bestätigte Athelstan. »Keine Spur von sonstiger Gewalt. Kein Zeichen für einen Überfall.«
Er nahm den Becher zur Hand und schnupperte daran. Der Geruch war schwer, dunkel, feucht und gefährlich. Er verstopfte ihm Mund und Nase. Athelstan stellte den Becher rasch wieder hin und beugte sich über den Toten; er roch am Mund des Mannes, dem der gleiche beißende, faulig schwere Geruch entstieg.
»Belladonna und Arsen?« fragte Athelstan.
Buckingham nickte.
»Eine tödliche Verbindung«, bemerkte der Ordensbruder. »Der einzige Trost ist, daß Sir Thomas wenige Augenblicke, nachdem er den Becher hingestellt hatte, gestorben sein muß. Sir John, habt Ihr genug gesehen?«
Cranston nickte, richtete sich auf und setzte sich auf einen Stuhl neben dem Schachtisch. Sir Richard kam wieder herein.
»Ihr habt nichts Neues gefunden, Bruder?«
Athelstan schüttelte den Kopf. »Das kann ich auch für Sir John sagen: Der Leichnam ist freigegeben und kann beerdigt werden, wann immer Ihr es wünscht.« Er sah sich im Zimmer um. »Es gibt hier keine anderen Türen?«
»Keine«, antwortete Sir Richard. »Sir Thomas hat sich aus Sicherheitsgründen für diesen Raum entschieden.« Er deutete auf die Truhen. »Sie enthalten Gold, Schuldverschreibungen und Schriftstücke.«
»Und Ihr habt alles durchgesehen?«
»Selbstverständlich.«

»Habt Ihr etwas gefunden, was Bramptons merkwürdiges Benehmen vielleicht erklären könnte? Einen Grund dafür, daß er die Unterlagen seines Herrn durchwühlte?«

Sir Richard schüttelte den Kopf. »Nichts. Ein paar Darlehen an ziemlich mächtige Adelige und ein paar Bischöfe, die es besser hätten wissen sollen, aber weiter nichts.«

Athelstan ließ den Blick noch einmal durch das Schlafgemach wandern und betrachtete die erlesen schönen Schnitzereien an den vier Bettpfosten mit ihren gewundenen Schlangen und anderen Symbolen. Ein luxuriöses Gemach, aber nicht überladen. Er tippte sacht mit der Sandale auf den Fußboden. Dem Klang nach war er dick und schwer. Keine Falltüren.

»Hatte Sir Thomas ein ...?«

»Ein Geheimversteck?« Sir Richard vollendete den Satz. »Das bezweifle ich. Außerdem haben Master Buckingham und ich die Bücher durchgesehen. Es ist alles in Ordnung. Mein Bruder war ein ordentlicher Mann.«

»Dann sind wir hier fertig, Sir Richard. Ich würde gern Bramptons Leiche sehen.«

»Bruder Athelstan ...« Der Kaufmann zog spöttisch die Braue hoch und deutete auf Cranston, der mit zufriedenem Lächeln auf seinem Stuhl saß und fest schlief. »Euer Begleiter, der gute Sir John, scheint mir zu nichts mehr nutze zu sein. Vielleicht morgen ...?«

»Ja, ja«, antwortete Athelstan. »Aber vorher muß ich sehen, wo Brampton sich erhängt hat.«

»Ich werde mich darum kümmern, Sir Richard«, murmelte Buckingham.

Sir Richard nickte; der Schreiber verließ das Zimmer und kam wenige Augenblicke später mit einer Kerze in einem Metallgehäuse zurück. Er führte Athelstan aus dem Schlafzimmer, durch den Korridor und ins zweite Stockwerk hinauf. Hinter ihnen sang die Nachtigall, als wolle sie sich über Athelstan lustig

machen. Am Ende der zweiten Galerie befand sich eine enge hölzerne Wendeltreppe.
»Sie führt zu den Dachkammern«, sagte Buckingham, der ahnte, was der Bruder dachte.
Sie stiegen hinauf. Buckingham stieß eine wacklige Holztür auf, und Athelstan folgte ihm. Die Kammer war direkt unter die Dachtraufe gebaut. Die Decke war schräg, hoch an einem Ende, niedrig am anderen. Gleich hinter der Tür stand ein alter Tisch, daneben ein Schemel. Buckingham hielt die Kerze hoch, und Athelstan begutachtete den soliden Balken über dem Tisch. Ein Stück Seil hing daran, zerrissen und ausgefranst. Es schaukelte gespenstisch in dem Luftzug, der durch ein Loch zwischen den Dachpfannen hereinwehte. Auf dem Tisch, von einem schmutzigen Laken bedeckt, lag Bramptons Leiche. Athelstan nahm Buckingham die Kerze ab und sah sich um. Überall Müll: geborstene Krüge, zerbrochenes Glas, ein Koffer mit gerissenem Deckel und ein Berg alter Kleider. Es roch nach Feuchtigkeit und Staub und nach etwas anderem – nach Verfall und Moder, nach dem Atem des Todes. Athelstan trat an den Tisch und schlug das schmutzige Laken zurück. Da lag Brampton, ein kleiner Mann in grobem Leinenhemd, am Halse offen; seine dürren Beine steckten in einer dunkelgrünen Kniehose. Er hätte ausgesehen wie ein Schlafender, wäre die kuriose Kopfhaltung nicht gewesen. Der Hals war verrenkt und zur Seite gedreht. Die schweren Augenlider waren halb geöffnet, und auch der Mund stand im Tode offen. Ein dunkelblauer, beinahe purpurfarbener Streifen umgab den Hals wie ein Ring. Athelstan sah genauer hin. Das gelbe, faltige Gesicht trug keine Spuren von Gewalt. Das Ziegenbärtchen war noch feucht von Speichel, die Einkerbung an der Kehle ziemlich tief, und hinter dem Ohr, wo der Knoten gesessen hatte, leuchtete ein großer Bluterguß. Athelstan betrachtete die Hände; sie waren lang und schmal und manikürt wie die einer Frau. Gründlich untersuchte er die Fin-

gernägel und entdeckte Fasern vom Strick darunter. Buckingham hinter ihm murmelte finster, als hätte er Einwände gegen diese genaue Untersuchung.

Draußen auf der Treppe polterte es, und Cranston kam herein; die Wirkung des Weines war deutlich. Er ließ sich schwerfällig auf den Stuhl fallen und wischte sich mit dem Rand seines Mantels über das verschwitzte Gesicht.

»Alsdann, Mönch!« rief er. »Was haben wir hier?«

»Brampton«, antwortete Athelstan, »trägt alle Merkmale eines Erhängten, obwohl man einige Versuche unternommen hat, die Spuren eines solchen Todes zu beheben. Der Mund ist halb offen, die Zunge geschwollen und zerbissen, und am Hals findet sich die Spur einer Schlinge. Hinter dem linken Ohr ist ein Bluterguß, und Brampton hat im Todeskampf offenbar die Finger in das Seil gekrallt.« Er wandte sich an Buckingham. »Brampton kam also in der Absicht her, sich zu erhängen. Wird hier Seil aufbewahrt?«

Buckingham deutete in eine hintere Ecke. »Sehr viel sogar. Wir brauchen es oft, um Ballen damit zu verschnüren.«

»Aha, aha. Brampton nimmt also dieses Seil, klettert auf den Tisch, bindet ein Ende um den Dachbalken, knotet eine Schlinge, legt sie sich um den Hals und rückt den Knoten fest hinter das linke Ohr. Dann macht er in aller Ruhe einen Schritt vom Tisch, und sein Leben verlöscht wie eine Kerzenflamme.«

Buckinghams Augen wurden schmal, und ihn schauderte.

»Ja«, murmelte er. »So muß es gewesen sein.«

»Gut«, fuhr Athelstan im Plauderton fort, ohne sich um Cranstons wütenden Blick zu kümmern. »Vechey findet den Toten. Er sucht in dem Plunder hier nach einem Messer«, Athelstan berührt die Klinge auf dem Boden mit der Fußspitze, »schneidet Brampton herunter, stellt aber fest, daß er tot ist.«

»Ja«, antwortete Buckingham. »So ähnlich. Und dann kam er herunter und sagte uns Bescheid.«

Athelstan bückte sich und hob den Dolch vom Boden auf. Er hatte ihn gleich beim Hereinkommen gesehen, und es war offensichtlich, weshalb man ihn weggeworfen hatte. Der Griff war abgestoßen und zerbrochen, und die Klinge war an einer Seite schartig, aber die Schneide war noch sehr scharf. Athelstan kletterte auf den Schemel und dann auf den Tisch. Er betrachtete das zerfranste Ende des Seils. Ja, dachte er, Brampton war groß genug gewesen, um das Seil am Balken festzubinden, sich die Schlinge um den Hals zu legen und sorgfältig festzuzurren, bevor er vom Tisch getreten war.
»Master Buckingham«, sagte Athelstan, während er wieder herunterstieg, »wir haben Euch jetzt lange genug aufgehalten. Ich wäre Euch überaus dankbar, wenn Ihr Lady Isabella und auch Sir Richard meine Empfehlungen ausrichten und sie bitten wolltet, mich unten auf dem Söller zu erwarten. Ich möchte auch den Arzt dabeihaben. Er wohnt doch in der Nähe, oder? Und auch die Dienerschaft sollte befragt werden.«
Buckingham nickte; er war erleichtert, daß die eingehende Befragung seiner selbst vorüber war, und überließ es Athelstan, den dösenden Cranston auf die Beine zu stellen. Der Coroner sträubte sich murrend. Athelstan legte Sir John einen Arm um die Schultern und geleitete ihn vorsichtig die Treppe hinunter. Zum Glück war die Galerie verlassen. Er lehnte den Coroner an die Wand und tätschelte ihm sanft das Gesicht.
»Sir John! Sir John! Bitte wacht auf!«
Cranston riß die Augen auf.
»Keine Sorge, Bruder«, nuschelte er. »Ich bringe dich schon nicht in Verlegenheit.« Er stand breitbeinig und warf den Kopf hin und her, als könnte er so die Nebel aus seinem Hirn verjagen.
»Kommt«, sagte Athelstan. »Der Arzt und die Diener erwarten uns.«
Athelstan hatte nur zum Teil recht. Die Diener warteten in der kleinen, weißgekalkten Speisekammer neben der mit Steinplat-

ten ausgelegten Küche, aber der Arzt war noch nicht gekommen. Buckingham stellte sie vor, während Cranston zu einem großen Bottich wanderte und mit einem Becher Wasser herausschöpfte, das er geräuschvoll trank; den Rest spritzte er sich in das rosarote Gesicht. Athelstan befragte die Dienstboten geduldig; er zog es vor, sie als Gruppe vor sich zu haben, um ihre Gesichter beobachten und Anzeichen von List oder Verschwörung sogleich entdecken zu können. Es war mühselig genug, weil Buckingham neben ihm herumlungerte, als wollte er dafür sorgen, daß nichts Ungebührliches gesagt werde. Cranston schwankte währenddessen und rülpste und blökte wie ein betrunkener Trompeter. Etwas Neues erfuhr er nicht. Das Bankett war eine gesellige Angelegenheit gewesen. Oberrichter Fortescue war nach dem Mahl gegangen und Sir Thomas guter Dinge gewesen.

»Und Brampton?« fragte Athelstan.

»Der hat den ganzen Tag geschmollt«, quiekte die junge Spülmagd und hielt dabei den Arm eines vierschrötigen Knechtes fest umklammert. »Er blieb in seiner Kammer. Er …« Sie geriet ins Stottern. »Ich glaube, er war betrunken.«

»Hat einer von euch gehört, daß jemand im Haus herumschlich?« erkundigte sich Athelstan. »Spät in der Nacht, als alle sich zurückgezogen hatten?«

Die Magd errötete und schlug die Augen nieder.

»Durch den Hof ist niemand gekommen«, gab der junge Knecht hitzig an. »Sonst hätte er die Hunde geweckt.«

»Brampton – was war der für einer?« bellte Cranston.

Der alte Diener, der ihnen die Tür geöffnet hatte, zog verzweifelt die Schultern hoch. »Ein braver Mann«, sagte er mit zitternder Stimme.

»Und warum soll Sir Thomas dann zornig auf ihn gewesen sein?«

Der Alte wischte sich die rotgeränderten Augen. »Es hieß, er hätte die Papiere des Herrn durchwühlt. Ein Knopf von seinem

Wams«, stammelte er, »so habe ich es wenigstens gehört, wurde neben einer der Truhen gefunden, an denen man sich zu schaffen gemacht hatte.«
»Wonach hat Brampton gesucht?«
Grabesstille folgte Athelstans Frage. Die Dienstboten scharrten mit den Füßen und warfen Buckingham flehentliche Blicke zu.
»Guter Bruder«, vermittelte der Schreiber, »Ihr erwartet doch gewiß nicht, daß die Diener sich in den Geschäften ihres Herrn auskennen?«
»Brampton hat es anscheinend versucht«, zischte Cranston und ging wieder zu dem Bottich, um sich Wasser zu holen.
»Es sieht so aus«, bestätigte Buckingham honigsüß.
Athelstan starrte die Dienerschaft an. »Von denen erfahren wir nichts weiter, Sir John«, sagte er leise.
»Von mir auch nicht.«
Athelstan fuhr herum. Ein rundlicher Mann mit schütterem Haar stand in der Tür. Er sah einer Taube sehr ähnlich und trug einen dunklen Wollmantel, der ein schweres, mit dunkelrotem Samt geschlitztes Taftwams halb verdeckte. Athelstan sah eine grüne, gefütterte Hose und auch die Silberschnallen auf den zierlichen ledernen Reitstiefeln. Der kleine Kerl strahlte aufgeblasenes Selbstbewußtsein aus. Er hielt das glatte, mit Öl eingeriebene Gesicht leicht erhoben. Seine Nase ragte in die Luft wie ein Schnabel. In einer Hand hielt der Mann einen Spazierstock mit silbernem Knauf, in der anderen eine Parfümkugel mit würzigen Nelken, die er sich hin und wieder vor das Gesicht hielt.
»Wer seid Ihr, Sir?« fragte Athelstan.
»Peter de Troyes, Arzt.« Er sah Cranston an, und Abscheu lag in seinem Blick. »Und Ihr müßt Sir John Cranston sein, der Coroner der Stadt. Braucht Ihr meine Hilfe?«
Der arrogante Arzt lehnte sich gegen die Tischkante. Athelstan beobachtete Cranston aufmerksam und mit angehaltenem

Atem. Aus Erfahrung wußte er, daß Sir John alle Ärzte haßte und die ganze Bande am liebsten als einen Haufen Scharlatane aufgeknüpft hätte. Cranston lächelte zuckersüß und befahl Buckingham, die Diener fortzuschicken; dann ging er schwerfällig zu dem Arzt und baute sich vor ihm auf.

»Jawohl, Doctor de Troyes, ich bin der Coroner. Ich schätze Rotspon und einen ordentlichen Becher vom spanischen Weißen, und wenn es nach mir ginge, würde ich die Methoden und Tinkturen der Ärzte dieser Stadt gründlich untersuchen.« Sein Lächeln schwand, als de Troyes seinen rundlichen kleinen Brustkorb herausstreckte. »Alsdann, Master de Troyes, Arzt – Ihr habt den toten Sir Thomas untersucht?«

»Jawohl.«

»Und auch den Becher, aus dem er getrunken hatte?«

»Ganz recht, Sir John.«

»Und Ihr haltet es für eine Mixtur aus Belladonna und Arsen?«

»Ja, ja, genau. Die Haut der Leiche war leicht bläulich, und der Mund roch ranzig.« Er zuckte die Achseln. »Tod durch Vergiftung, das war ganz offensichtlich.«

Athelstan kam herüber. Der Arzt sah ihn nicht einmal an zur Begrüßung.

»Trat der Tod schnell ein?« fragte der Ordensbruder.

»O ja, und ziemlich lautlos. Ganz wie ein Anfall, und zwar zehn oder fünfzehn Minuten nach Einnahme des Trankes.«

»Meister Medikus«, sagte Athelstan, »bitte erweist mir die Höflichkeit, mich anzusehen, wenn ich Euch eine Frage stelle.«

De Troyes drehte sich um, und seine Augen glitzerten boshaft. »Jawohl, Bruder. Was gibt es denn?«

»Gewiß müßte Sir Thomas das Gift im Wein bemerkt haben? Ihr habt es gerochen. Warum er nicht?«

Der Mann schürzte die Lippen. »Ganz einfach«, antwortete er wichtigtuerisch. »Erstens hatte Sir Thomas schon tief ins Glas geschaut.« Er warf Cranston einen verschlagenen Blick zu. »Gift ist mit Wein gut zu kaschieren, und wenn in Magen und Kehle schon genug davon ist, wird das Opfer niemals etwas merken. Zweitens hat der Weinbecher die ganze Nacht hier gestanden.« Er befeuchtete sich die Lippen. »Da konnte der Geruch beißender werden.«

»Und die Phiole, die in Bramptons Truhe gefunden wurde, enthielt das gleiche Gift?«

»Ja. Eine tödliche Mixtur.«

»Wo kann man dergleichen kaufen?«

Der Arzt wandte den Blick ab. »Wenn man genug Geld hat, Sir John, und die richtigen Leute kennt, dann kann man in dieser Stadt alles und jeden kaufen.« De Troyes erhob sich von der Tischkante. »Habt Ihr sonst noch Fragen?«

Cranston rülpste, Athelstan schüttelte den Kopf, und der Arzt rauschte zur Tür hinaus, ohne sich noch einmal umzusehen. Sir Richard und die anderen warteten im Söller. Athelstan sammelte Schreibtablett, Papier und Federn ein und verstaute alles sorgfältig in seinem Lederbeutel. Er hatte sehr wenig niedergeschrieben, aber später würde er einen gründlichen Bericht aufsetzen. Hastig ging er zu Sir John, der mit gespreizten Beinen leise schwankend vor Lady Isabella stand und sie lüstern anglotzte. Sie starrte frostig zurück.

»Ich glaube«, stellte Sir Richard ruhig fest, »daß Sir John sich erst einmal ausschlafen muß. Vielleicht morgen, Bruder?«

»Vielleicht morgen, Sir Richard«, wiederholte Athelstan. Er schob behutsam einen Arm unter Cranstons Ellbogen und steuerte ihn zur Tür. Plötzlich schoß Sir John herum und starrte unter schweren, halbgeschlossenen Lidern die Gesellschaft an. Auch Athelstan wandte sich noch einmal um und sah, wie Sir Richards Hand von Lady Isabellas Schulter glitt. Etwas im Gesicht des Kaufmannes ließ Athelstan sich fragen, ob die beiden vielleicht mehr als nur verschwägert waren. War hier nicht nur Mord, sondern auch Ehebruch im Spiel?

»Ach, Sir Richard …?« rief Cranston.
»Ja, Sir John?«
»Die Söhne des Dives – wer oder was sind sie?« Athelstan sah, wie die Gruppe sich plötzlich straffte. Die Gesichter verloren den hochnäsigen, belustigten Ausdruck, mit dem sie Cranston betrachtet hatten, als wäre er ein königlicher Hofnarr und nicht der Untersuchungsrichter des Königs.
»Ich habe Euch eine Frage gestellt, Sir Richard«, nuschelte Cranston. »Die Söhne des Dives. Wer sind sie?«
»Ich weiß nicht, wovon Ihr redet, Sir John. Die böse Wirkung des Weines vielleicht …?«
»Der Wein hat auf mich nicht soviel Wirkung, wie Ihr glaubt, Sir Richard«, schnappte Cranston. »Ich werde Euch diese Frage noch einmal stellen.« Er verneigte sich in Richtung der Lady Isabella. »Gute Nacht!«
Cranston machte auf dem Absatz kehrt und schwankte mit aller Würde, die er aufbringen konnte, hinaus. Athelstan folgte ihm. Kaum hatten sie das Haus hinter sich gelassen, watschelte Cranston zielstrebig wie eine Ente, die das Wasser sieht, der freundlichen, halbgeöffneten Tür einer Schänke in der Cheapside entgegen. Athelstan blieb stehen und schaute zum sternenhellen Himmel.
»Oh, gütiger Gott!« stöhnte er. »Doch nicht schon wieder eine Erfrischung, Sir John?«
Dennoch eilte er hinterher; das Wasser hatte dem Coroner offenbar neue Lebensgeister geschenkt, und auch Athelstan wollte einen klaren Kopf bekommen und die Probleme, die ihn plagten, gründlich bedenken. Die Schänke war beinahe leer. Sir John bemächtigte sich eines Tisches neben den Weinfässern.
»Zwei Becher vom spanischen Weißen!« brüllte er. »Und …?« Er funkelte Athelstan an.
»Wein mit Wasser«, bat der Ordensbruder bescheiden.
Der Wein verschwand in Sir Johns unermeßlichem Schlund.

Neuer wurde bestellt, und der Coroner klatschte in die fetten Hände.

»Eine ausgezeichnete Arbeit!« dröhnte er und deutete mit einer Kopfbewegung zum Hause Springall. »Ein ganzes Nest von hochtrabenden Heuchlern.« Er sah Athelstan mit benebelten Augen an. »Was meinst du, Mönch?«

»Bruder«, korrigierte Athelstan ihn resigniert.

»Wen schert das?« blaffte Cranston. »Erstens: Ich frage mich, weshalb unser guter Lord Fortescue da war. Ich glaube, er ist ein bißchen später gegangen, als er behauptet.« Cranston rülpste. »Zweitens: Brampton. Die behaupten, er hätte die Papiere seines Herrn durchwühlt, und sie haben einen Beweis dafür; also ist es leicht, sich einen Streit zwischen ihm und Sir Thomas vorzustellen. Springall mochte sich hintergangen fühlen, und Brampton war wahrscheinlich wütend, weil man ihn ertappt hatte, und außerdem fürchtete er, entlassen zu werden.« Cranston trommelte mit seinen Wurstfingern auf dem weinfleckigen Tisch. »Aber wenn Brampton unschuldig war«, lallte er, »warum hat man ihn dann schuldig wirken lassen? Darauf haben wir noch keine Antwort.«

»Und wenn er schuldig war«, fügte Athelstan hinzu, »wonach hat er dann gesucht? Was für ein großes Geheimnis hütete Sir Thomas Springall?«

Athelstan schaute durch den Schankraum zu zwei betrunkenen Spielern hinüber, die einander über einem Würfelspiel knufften und stießen.

»Und trotzdem«, murmelte er, »warum sollte Brampton seinen Herrn ermorden und sich dann das Leben nehmen? Rache, gefolgt von Reue?«

Lautes Schnarchen beantwortete seine Frage. Cranston saß gegen die Wand gelehnt und hatte die Augen geschlossen, ein seliges Lächeln lag auf seinem runden, gutmütigen Gesicht.

»Wurde Sir Thomas wegen eines Geheimnisses ermordet?«

überlegte Athelstan. »Oder ist seine Frau eine Ehebrecherin, die mit dem Bruder ihres Gemahls ein doppeltes Spiel spielt?«
Manche Menschen töten für Gold, dachte er, und andere aus Wollust. Und Lady Ermengilde? Spielte sie auch eine Rolle in dieser Scharade? Versuchte sie ihrem Lieblingssohn einen Vorteil zu verschaffen? Und die beiden anderen – Vechey und Allingham? Zwei seltsame Kreaturen, die sich mästeten wie Flöhe an Sir Thomas und seinem Scharfsinn. Und natürlich der junge Buckingham. Athelstan überlief ein Schauder. Er kannte Männer wie Buckingham, mit ihren flatternden Lidern und den anmutigen, zierlichen Gebärden; Männer, die lieber Frauen gewesen wären, ihre Natur aber unter dem Mantel der Dunkelheit verhüllten, damit sie nicht erkannt und in Smithfield bei lebendigem Leibe gesotten würden. Und schließlich der gute Priester Crispin. War sein Bein wirklich so verwachsen, wie er vorgab? Als er dem Priester im Söller das erstemal begegnet war, hatte er wohl bemerkt, wie schwerfällig sein Gang war, aber als er sich später in Springalls Schlafraum zu ihnen gesellt hatte, war Athelstan aufgefallen, daß der Priester jetzt spanische Reitstiefel trug, deren einer einen leicht erhöhten Absatz hatte. In diesen Stiefeln hatte er sich leichtfüßig und flink bewegt.
Sir John stöhnte plötzlich und richtete sich auf.
»O Gott, Athelstan«, ächzte er, »mir wird schlecht.«
Und der Coroner erhob sich und wankte zur Tür.

Kapitel 3

Draußen blieb Sir John stehen, um sich zu übergeben; danach beteuerte er lautstark, es gehe ihm gut. Athelstan schlang seinen Arm um den des Coroners, und vorsichtig wanderten sie durch die Cheapside. Es regnete, und der Boden war noch glitschiger geworden. Die Wache hielt sie auf, eine Ansammlung von arroganten Dienern und Gefolgsleuten einiger großer Ratsherren. Sie hätten gern beide verhaftet und sich mit Vergnügen einen Ordensbruder vorgeknöpft, aber Athelstan ließ sie wissen, daß sein Begleiter kein geringerer als Sir John Cranston sei, dem es gerade nicht gutgehe. So traten sie beiseite und mühten sich, ihr spöttisches Grinsen zu verbergen. Als sie von der Cheapside in die Poultry einbogen, hörte Athelstan ihr brüllendes Gelächter hinter sich.

Das Haus des Coroners war ein hübsches, zweistöckiges Gebäude in einer Gasse abseits der Poultry. Athelstan hämmerte an die Tür, bis Sir Johns Ehefrau erschien – ein kleines Vögelchen von Frau, sehr viel jünger als Cranston, die ihren Gemahl begrüßte, als wäre er Hektor, der aus dem Krieg zurückkam.

»Die Last des Amtes«, zwitscherte sie. »Es ist die Last des Amtes, die ihn trinken läßt.«

Und sie packte Sir John bei der Hand und schob ihn ohne viel Federlesens die Treppe hinauf.

Athelstan blieb in der Diele stehen und sah sich aufmerksam um, denn es war das erste Mal, daß er in Cranstons Haus kam und seiner Frau begegnete. Das Zimmer am Ende der Diele war gemütlich und behaglich; saubere Binsen bedeckten den Boden, und vor dem Feuer stand ein hochlehniger Sessel. Es

duftete aus der Küche – das Abendessen, das Sir John verpaßt hatte. Athelstan merkte, wie hungrig er war.
Cranstons Frau Maude kam zurück; sie tat immer noch so, als hätte Athelstan ihren Gemahl von einem heroischen Schlachtfeld zurückgebracht, und nicht etwa halb betrunken, die Jacke mit Erbrochenem besudelt.
»Bruder«, sagte sie und nahm ihn bei der Hand; ihre hellen blauen Augen waren voller Leben. »Es ist das erste Mal, daß ich Euch sehe. Bitte, Ihr müßt noch bleiben.«
Athelstan ließ sich kein zweites Mal bitten: Dankbar ließ er sich auf einen Stuhl sinken und nahm die Fleischpastete und den Becher mit kühlem Wein, den Lady Maude ihm kredenzte. Danach führte sie ihn in eine Kammer unter dem Dach des Hauses. Athelstan sprach seine Gebete und das *Dies Requiem* für Springall, Brampton, seinen eigenen Bruder und andere, bekreuzigte sich und dankte Gott für einen gesunden Tag.
Er schlummerte wie ein Säugling und erwachte kurz nach dem Morgengrauen. Er hatte Gewissensbisse, weil er nicht zu seiner Kirche zurückgekehrt war, hoffte aber, seine wenigen Pfarrkinder würden es verstehen. Ob Simon, der Dachdecker, die Pfannen repariert hatte? War Bonaventura gefüttert worden? Und würde Watkin, der Mistsammler, dafür sorgen, daß die Türen verschlossen blieben und Godric in Sicherheit war? Und Benedicta, die Witwe, die jeden Morgen zur Frühmesse kam und deren Mann im Krieg des Königs jenseits des Meeres gefallen war …?
Athelstan setzte sich im Bett auf und bekreuzigte sich. Manchmal merkte er, wie Benedicta ihn anschaute, das hübsche Gesicht bleich wie Elfenbein, die dunklen Augen lächelnd …
»Keine Sünde!« murmelte Athelstan. »Keine Sünde.« Auch Christus hatte Freundinnen gehabt. Er starrte zu Boden. Zum ersten Mal erkannte er, wie wichtig ihm diese Frau war. Jeden Morgen in der Messe suchte er den Blick ihrer lächelnden Augen, als

verstünde nur sie allein seine Einsamkeit und könnte mit ihm fühlen.
Athelstan schüttelte den Kopf, zog sich an und ging hinunter in die Küche. Er bat eine erschrockene Magd um eine Schale heißes Wasser, ein sauberes Tuch und etwas Salz, um sich die Zähne abzureiben. Nach den Waschungen ging er, weil es im Haus immer noch ruhig war, hinaus, die Cheapside hinunter und zur Kirche von St. Mary Le Bow. Die Glocken läuteten im hohen Turm, der in einen stahlblauen Himmel aufragte. Athelstan sah, wie der Nachtwächter das Licht löschte, das Leuchtfeuer, das jeden Abend angezündet wurde, um Reisende durch die Straßen Londons zu leiten.
Drinnen ging die Frühmesse zu Ende; der Priester feierte das Meßopfer in Gegenwart von drei alten Weibern, einem Bettler und einem Blinden mit seinem Hund. Alle hockten auf den Steinplatten vor dem Altargitter. Athelstan wartete neben dem Taufbrunnen. Als die Messe zu Ende war, folgte er dem Priester in die Sakristei. Pater Matthew war ein freundlicher Bursche und erfüllte Athelstan sofort eine Bitte; er gab ihm Gewänder und Gefäße, damit er in einer der kleinen Seitenkapellen abseits des Mittelschiffs seine Messe zelebrieren könnte.
Als er die Messe gelesen und sein Brevier gebetet hatte, dankte Athelstan dem Priester, lehnte aber das angebotene Frühstück ab und wanderte wieder zur Cheapside zurück. Die breite Straße erwachte jetzt zum Leben. Die Suppenküchen waren geöffnet, die Markisen der Läden heruntergelassen, und schon sausten die Lehrjungen ein und aus und suchten Kunden für ihre Meister. Der Ordensbruder ging wieder zur Poultry und klopfte an der Haustür des Coroners. Cranston begrüßte ihn. Wie das bekehrte Laster persönlich stand er da – nüchtern, streng und voller Autorität, als wollte er die Erinnerung an den Abend zuvor auslöschen.
»Komm herein, Bruder.« Er sah Athelstan aus dem Augenwin-

kel an, als er ihn in die Diele bat. »Ich danke dir für deine Hilfe gestern abend, als ich ein wenig unpäßlich war.«
Athelstan verbarg sein Lächeln; Cranston winkte ihn auf einen Schemel und setzte sich ihm gegenüber auf einen mächtigen Stuhl mit hoher Lehne. Maude sang in der Küche leise beim Brotbacken, und der süße frische Duft erfüllte das Haus.
Seltsam, dachte Athelstan, daß ein Mann wie Sir John, der so sehr mit Blut und Gewalt beschäftigt ist, in einer so anheimelnden Umgebung lebt.
Cranston streckte die Beine aus und legte sie dann übereinander.
»Nun, Bruder – wollen wir einen klaren Fall von Selbstmord zu den Akten legen?«
»Diesem Urteil würde ich gern zustimmen«, antwortete Athelstan. »Aber etwas fehlt mir da noch. Etwas, das ich nicht einordnen kann, eine Kleinigkeit – wie ein loser Faden, der aus einem Gobelin hängt.«
»In Gottes Namen!« röhrte Cranston, erhob sich und ging in die Ecke des Zimmers, wo seine Stiefel standen. Er zog sie an und warf dem Bruder einen sauren Blick zu.
»Ich kenne dich, Bruder, und deine Nase für Unannehmlichkeiten. Wenn du das Gefühl hast, daß irgendwo etwas nicht stimmt, dann hast du recht. Aber wir wollen uns vorsehen; Springall gehörte zur Partei des Hofes, und wenn wir einen falschen Schritt tun – nun …« Er sprach nicht weiter.
»Was meint Ihr damit?« fragte Athelstan scharf.
»Das, was ich sage«, versetzte Cranston bissig. »Ich halte mich heraus aus den schlammigen Tümpeln der Politik. Das gibt mir das Recht, Trottel wie Fortescue zu beleidigen. Aber wenn ich bei Hofe Anstoß errege, dann halten mich seine Gegner für ihren Freund. Sieht es dagegen nur ein bißchen so aus, als wollte ich Partei für den Hof ergreifen, so bin ich ihr Feind.« Er knöpfte sich das Wams zu. »Gott weiß, wann wieder Ordnung herrscht.

Der König ist jung, noch ein Kind. Gaunt ist so ehrgeizig. Du weißt, durch seine Frau hat er Anspruch auf den Thron von Kastilien, durch seine Großmutter Anspruch auf den Thron von Frankreich. Und zwischen ihm und dem Thron von England – ein kleiner Junge.« Cranston schloß die Tür des Zimmers, damit seine Frau nichts hören konnte. »Vielleicht kommt es zu Gewalt. Um mich mache ich mir keine Sorgen, aber ich will nicht, daß bewaffnete Gefolgsleute meinen Haushalt in Angst und Schrecken versetzen, weil sie mich mitten in der Nacht verhaften.« Seufzend nahm er seinen Mantel und legte ihn sich schwungvoll um die Schulter. »Aber ich vertraue deinem Urteil, Athelstan. Irgendwas stimmt da nicht, aber Gott allein weiß, was es ist.«

Athelstan wandte den Blick ab. Er hatte gesprochen, fast ohne nachzudenken. Jetzt ließ er sich den Besuch im Hause Springall am Tag zuvor noch einmal durch den Kopf gehen. Ja, irgendwas stimmte dort nicht. Oh, alles war in säuberlicher Ordnung. Springall war ermordet worden, sein Mörder hatte Selbstmord begangen, und so war alles hübsch unter Dach und Fach. Aber die Sache war zu klar, zu eindeutig, und der Tod war anders. Er war gewalttätig, beschwerlich, dreckig. Wo er hinkam, zog er eine blutige Spur wie einen Schwanz hinter sich her.

»Wißt Ihr ...«, begann er.

»Was, Bruder?«

»Ach, ich muß nur an gestern im Hause Springall denken. Ein merkwürdiger Haufen. Und die beiden Todesfälle, so ordentlich.« Er sah Cranston an. »Das habt Ihr auch gemerkt, Sir John, oder? Alles war präzise unterzeichnet, besiegelt und abgelegt – als hätten wir es mit einer wohlvorbereiteten Maskerade zu tun gehabt. Was meint Ihr?«

Cranston setzte sich wieder.

»Das gleiche«, sagte er. »Ich weiß, ich habe zuviel getrunken; das tue ich immer. Aber es stimmt: Da war etwas zu spüren in diesem Haus. Etwas Böses, eine Aura, klamme Kühle trotz des Reichtums. Etwas, das nach meiner Seele griff. Jemand dort verbirgt etwas. Natürlich weißt du«, er lächelte, »daß *sie* die Söhne des Dives sind? Sie müssen es sein. Irgendein Hexenzirkel oder Geheimbund – und ich glaube, sie sind allesamt daran beteiligt. Hast du ihre Gesichter gesehen, als ich die Frage stellte?« Cranston warf den mächtigen Kopf in den Nacken und brüllte vor Lachen. »O ja, und diese Lady Ermengilde – von der habe ich schon gehört. Ein unangenehmes Stück – bösartig und giftig wie eine Viper. Na«, er schlug sich aufs Knie, »wir werden sehen.« Er stand auf und ging in die Küche. Athelstan hörte Lady Maude vergnügt quieken. Der Coroner kam grinsend zurück, rülpste einmal, und die beiden gingen hinaus auf die Straße.

Sie hatten die Cheapside zur Hälfte hinter sich gebracht, als ein dünnes Stimmchen rief: »Sir John! Sir John!«

Sie blieben stehen. Ein kleiner Junge kam gerannt; sein Gesicht war schmutzig, seine Kleider zerrissen, und er war so außer Atem, daß er kaum sprechen konnte. Sir John wich zurück, und Athelstan lächelte: Cranston schien immer ein wenig Angst vor kleinen Jungen zu haben – vielleicht eine Erinnerung aus der Kindheit, wo der fette Cranston von den anderen erbarmungslos geneckt worden sein mußte. Athelstan ließ sich vor dem Kleinen auf die Knie nieder und ergriff die magere, knochige Hand.

»Was gibt's, mein Junge?« fragte er sanft. »Was möchtest du?«

»Ich bringe eine Nachricht vom Sheriff«, keuchte der Junge. »Master Vechey ...« Er schloß die Augen, um sich zu erinnern. »Master Vechey ist erhängt unter der London Bridge gefunden worden. Der Sheriff sagt, er hätte sich umgebracht. Die Leiche ist abgeschnitten worden und liegt dort im Torhaus. Der Sheriff sendet seine Emp... seine Emp...«

»Seine Empfehlungen«, ergänzte Athelstan.

»Ja.« Der Junge klappte die Augen auf. »Empfehlungen – und Sir John soll sofort hingehen und den Leichnam untersuchen.«

Cranston stand hinter Athelstan. Er stieß einen leisen Pfiff aus. »Wir hatten also recht, Bruder.« Er warf dem Jungen eine Münze zu, und der huschte davon. »Da ist Übles im Gange. Ein Mord läßt sich erklären, ein Selbstmord begründen – aber noch ein Selbstmord?« Sein fettes Gesicht strahlte. »Ah, nein – Sir Richard mag aufgeblasen sein, Lady Isabella frostig, und Lady Ermengilde soll ruhig ungeduldig mit dem Stock auf den Boden klopfen: Vecheys Tod läßt sich nicht einfach beiseite wischen. Hier ist Übles im Gange, und du und ich, Athelstan, wir werden der Fährte wie zwei brave Hunde folgen, bis wir unser Wild vor Augen haben. Komm! Die Lebenden wollen vielleicht nicht mit uns sprechen, aber die Toten warten.«
Und ohne eine Erfrischung auch nur zu erwähnen, watschelte Cranston die Cheapside hinunter, und Athelstan marschierte hinter ihm her. Sie drängten sich durch den morgendlichen Verkehr, zwischen Mönchen und Ordensbrüdern, Hökern und Händlern hindurch, ignorierten die Schreie und Rufe der Stadt und bogen in die Fish Hill Street ein, die sie zur London Bridge hinunterführte. Bei der Schänke ›Zu den drei Fässern‹ machten sie halt, überzeugten sich, daß ihre Pferde gut untergebracht waren, und Cranston bezahlte die Rechnung. Philomel war erfreut, seinen Herrn wiederzusehen, und stieß ihn zärtlich mit dem Maul. Aber auf der Straße zur Brücke herrschte wieder großes Gedränge, und so beschlossen sie, die Pferde dort zu lassen und zu Fuß zu gehen.
Am Torhaus vor der Brücke blieb Cranston stehen und klopfte kräftig an die eisenbeschlagene Tür. Nichts rührte sich, und so hob Cranston einen herumliegenden Ziegelstein auf und hämmerte abermals an die Tür. Endlich wurde geöffnet. Ein kleines Wesen mit behaartem Gesicht, ein wahrer Kobold, erschien und spähte erbost zu Sir John hoch.
»Was wollt Ihr?« brüllte der Zwerg. »Haut ab! Das Torhaus ist auf Befehl des Königs geschlossen, bis der Coroner kommt.«

»Ich bin der Coroner«, brüllte Cranston zurück. »Und wer, Sir, seid Ihr?«

»Robert Burdon«, antwortete der Zwerg. Er rückte seinen Mantel zurecht und schob den Daumen unter den breiten Ledergürtel wie ein Ringkämpfer, der den Angriff seines Gegners erwartet. Sir John kümmerte sich nicht weiter um ihn, sondern drängte durch die Tür, aus der es ihnen klamm entgegenwehte.

»Wir sind hier, um Master Vecheys Leiche zu untersuchen.«

Der Zwerg rannte vor Cranston her und sprang auf und ab.

»Mein Name ist Robert Burdon!« schrie er. »Ich bin der Konstabler dieses Torturmes! Ich habe mein Amt unmittelbar vom König!«

»Das ist mir schnuppe«, versetzte Cranston. »Und wenn Ihr es unmittelbar vom Heiligen Vater hättet. Wo ist die Leiche?«

Er spähte in die kleine Kammer an der Treppe, wo das Männchen vermutlich aß, wohnte und schlief. Ein kleines Kind kroch auf Händen und Knien heraus, das Gesicht von Dreck verschmiert. Der Zwerg hob es auf, setzte es zurück in die Kammer und schlug die Tür zu.

»Die Leiche ist oben«, verkündete er wichtigtuerisch. »Was habt Ihr erwartet? Ich kann sie ja nicht hier unten behalten, bei Weib und Kindern. Die wird bald anfangen zu stinken.« Er deutete mit dem Daumen nach oben. »Der Tote ist auf dem Dach. Hinauf mit Euch!« Und behende wie ein Äffchen hüpfte er vor Cranston und Athelstan die Treppe hinauf. Oben angekommen, stieß er die Tür auf und führte sie hinaus auf das Dach, eine geräumige, ebene Fläche, von hohen Zinnen umgeben. Der Wind blies vom Fluß her und peitschte ihnen ins Gesicht. Cranston und Athelstan hielten sich die Nase zu, so schrecklich war der Gestank, der heraufgetragen wurde.

»Um Gottes willen!« rief Cranston, als er sich umsah. Vecheys Leichnam lag in der Mitte des Turmdaches neben einer wack-

ligen Hütte, die früher dem Wachtposten als Unterstand gedient hatte. Die Leiche lag ausgestreckt am Boden, und das Gesicht war mit einem schmutzigen Lumpen zugedeckt. Athelstan glaubte zunächst, der Gestank käme von dort, aber als er sich umschaute, sah er die verwesenden Köpfe, die in den Lücken zwischen den Zinnen auf spitze Stangen gespießt waren.
»Verräterschädel«, brummte Cranston. »Natürlich, hier werden sie aufgespießt.«
Athelstan schaute genauer hin und versuchte, nicht zu würgen. Wie alle Londoner wußte er, daß die Köpfe von Hochverrätern, nachdem die Körper zerhackt und gevierteilt worden waren, zur London Bridge gebracht wurden, um dort zur Schau gestellt zu werden. Schwarze Pfützen rings um die Spieße zeigten, daß ein paar der Köpfe noch nicht alt waren, obwohl alle bereits in Verwesung übergegangen waren; sie zerfielen im Regen, und der Wind zerzauste das seltsam seidige Haar. Große Raben, die damit beschäftigt gewesen waren, mit gelben Schnäbeln saftige Bissen herauszuhacken, zogen jetzt wütende Kreise am Himmel.
»Ihre Haare«, wisperte Athelstan. »Seht doch, sie sind gekämmt ...«
»Das mache ich!« krähte der Zwerg. »Ich kümmere mich schließlich um meine Köpfe. Jeden Morgen komme ich herauf und kämme sie, damit sie sanft und freundlich aussehen. Das heißt«, fuhr er verdrossen fort, »bis die Raben anfangen, an ihren Haaren herumzureißen – obwohl sie sich das meistens bis zum Schluß aufheben. O ja, ich kämme sie, und wenn ich damit fertig bin, singe ich ihnen etwas vor. Ich bringe meine Viola mit herauf. Am besten sind Schlaflieder.« Er sah zu Athelstan hoch und strahlte vor Stolz. »Ist niemals einsam hier oben«, erklärte er. »Was diese Köpfe wohl alles wissen müssen ...«
»Um Gottes willen«, murmelte Cranston. »Ich brauche eine Erfrischung. Aber sei's drum – heute früh habe ich einen mäch-

tigen Eid geschworen, nie mehr den Saft der Traube oder die gepreßte Süße des Hopfens anzurühren. Schauen wir uns Vecheys Leichnam an.«

Der Zwerg trippelte hinüber, um ihnen den unerwarteten Zuwachs seiner greulichen Sammlung zu zeigen. Er riß den Lumpen beiseite, und der Wind erfaßte ihn und wehte ihn gegen einen der aufgespießten Köpfe.

»Untersuche du ihn, Bruder«, flüsterte Cranston. »Mir ist übel. Der Wein von gestern ...«

Athelstan hockte sich nieder. Vechey trug die Kleider vom Tag zuvor. Das sanfte Gesicht war jetzt stärker aufgedunsen und schmutzig weiß. Die Augen waren halb offen, die Lippen schlaff, und man sah zwei Reihen schwärzlicher Zähne. Vechey schien ihn anzugrinsen und mit dem Geheimnis seines Todes zu verhöhnen. Athelstan drehte den Kopf zur Seite. Dabei blieb er mit dem Knie in seiner Kutte hängen und verlor das Gleichgewicht. Ein seltsames Gefühl durchfuhr ihn, als seine Hand den aufgetriebenen Bauch der Leiche berührte, und er stellte fest, daß die Beine des Toten naß waren. Er untersuchte die Einkerbung rund um Vecheys Hals; sie sah ähnlich aus wie die von Brampton: schwärzlich rot wie ein gespenstisches Halsband. Auch hier ein dunkel geschwollener Bluterguß hinter dem linken Ohr. Er hielt den Atem an und schnupperte an den Lippen des Toten. Nichts als der faulige Modergeruch des Grabes. Er untersuchte die Hände der Leiche. Keine Narben. Die Nägel sauber und ordentlich, und ein bißchen kürzer als bei Brampton. Keine Seilfaser, die darunter hängengeblieben wäre. Athelstan sah den Zwerg an.

»Wo ist die Schlinge?«

»Hab ich weggeworfen«, erwiderte der Kerl triumphierend. »Ich seh' ihn, schneid' ihn ab, mach' die Schlinge auf – und da fällt sie ins Wasser.« Seine Miene wurde ernst, sein Blick besorgt. »Wieso, hätte ich das nicht tun sollen?«

»Ihr habt Eure Sache gut gemacht, Robert«, sagte Athelstan ruhig. »Sehr gut. Dann habt Ihr den Toten also gefunden?«
»Nein, meine Kinder. Die haben gespielt, wo sie nicht sollten: bei den Pfählen unter der Brücke. Ihr kennt doch die hölzernen Schutzsperren vor den Brückenpfeilern?« Er schüttelte den Kopf. »Es sind so viele. Neun Kinder habe ich«, erklärte er. »Hätten eigentlich zehn sein sollen, aber der Älteste hat sich betrunken und ist in den Fluß gefallen.«
Cranston starrte den Zwerg an, fassungslos über so viel Potenz. »Und da habt Ihr ihn abgeschnitten?« fragte er. »Woher wußtet Ihr, daß es Vechey war?«
»Ich fand Münzen in seiner Tasche und ein Stück Pergament. Sein Name stand drauf. Seiner und noch einer. Thomas ...« Er schloß die Augen.
»Thomas Springall?«
»Richtig. Seht, ich hab's hier. Da steht noch was.«
Der kleine Wächter des großen Tores wühlte in seiner Tasche und förderte einen schmierigen Fetzen Pergament zutage. Zwei Namen standen darauf: Theobald Vechey und Sir Thomas Springall. Unter dem zweiten Namen stand, von gleicher Hand geschrieben: Genesis 3,1 und Apokalypse 6,8.
»Hier, Mönch«, knurrte Cranston. »Du bist der Prediger. Was hältst du davon?«
»Erstens, Sir John, wie ich immer wieder sage: Ich bin ein Ordensbruder und kein Mönch. Zweitens: Zwar habe ich die Bibel studiert, aber ich kann mich nicht an jeden Vers erinnern.«
Cranston griente.
»War da sonst noch was?«
Das Männchen hüpfte auf und nieder.
»Ja, ein paar Ringe und Münzen, aber die Leute des Sheriffs haben alles mitgenommen. Ich habe einen meiner Jungen zum Rathaus gejagt, und die haben Konstabler der Wache hergeschickt. Das muß ...« Er sog an seinem Finger. »Das muß kurz

nach Morgengrauen gewesen sein. Ich hörte, wie sie sagten, man habe nach Euch geschickt.«

»Na ...« Sir John seufzte. »Dann haben wir eine Leiche und einen Fetzen Papier, und die Konstabler des Sheriffs haben die Wertsachen – das heißt, niemand wird sie je wiedersehen«, fügte er bitter hinzu. Er schaute nach unten. »Der Mann baumelte einfach so da? Er hatte die Hände frei?«

»O ja«, antwortete der kleine Mann. »Baumelte einfach an einem der Balken, schaukelte frei wie ein Blatt im Wind. Kommt, ich zeig's Euch.«

Er führte Cranston und Athelstan die Treppe hinunter, vorbei an der geschlossenen Kammertür, hinter der seine umfangreiche Brut lärmte wie die heulenden Dämonen der Hölle. Sie gingen durch das Torhaus zurück, stiegen über eine roh in den Fels gehauene Treppe an der Flußböschung hinunter und traten unter die Brücke.

»Vorsicht!« schrie der Zwerg.

Die Themse strömte hoch und wütend daher, und das Wasser leckte gierig an ihren Füßen, als wollte es sie einfangen und in seine geschwollene schwarze Flut ziehen.

Die Brücke war auf neunzehn großen Bögen erbaut. Den letzten hatte Vechey auserwählt, um sich daran zu erhängen. Er war auf einen der großen Balken geklettert, die den Bogen stützten, hatte ein Stück Strick herumgebunden, sich die Schlinge um den Hals gelegt und war dann von dem mächtigen steinernen Sockel heruntergesprungen. Ein Stück Strick baumelte noch dort oben über dem Wasser.

»Wieso hängt sich ein Mensch da auf?« fragte Cranston.

»Das passiert oft«, antwortete der Torwächter. »Die Leute erhängen sich, sie ertränken sich, und immer suchen sie sich dafür die Brücke aus. Anscheinend lockt die sie an.«

»Vielleicht ist es der Bogen, der sich sozusagen über die Kluft zwischen Leben und Tod spannt?« erwog Athelstan. Er sah

Cranston an. »Bartholomew der Engländer hat eine berühmte Abhandlung geschrieben, in der er feststellt, wie seltsam es doch sei, daß sich die Menschen immer Brücken zum Sterben aussuchen.«
»Sag Bartholomew dem Engländer meinen Dank«, erwiderte Cranston trocken. »Aber das erklärt nicht, weshalb ein Londoner Kaufmann im Dunkeln hierherkommt, ein Seil um einen Balken schlingt und sich aufhängt.«
»Lotterweiber kommen hierher«, zwitscherte der Zwerg. »Dirnen! Huren!« erklärte er. »Die bringen oft ihre Kunden her.«
»Was hat Bartholomew der Engländer dazu zu sagen, Bruder?« wollte Cranston wissen.
»Das weiß ich nicht, aber wenn ich es weiß, werdet Ihr es als erster erfahren.«
Sie untersuchten noch einmal den Strick, und als sie sich vergewissert hatten, daß ihnen nichts entgangen war, stiegen sie die Steinstufen zu dem Pfad oberhalb der Uferböschung hinauf. Cranston dankte dem Torwächter für seine Mühe und drückte ihm unauffällig ein paar Münzen in die Hand.
»Für die Kinder«, brummte er. »Ein bißchen Gebäck, ein bißchen Zuckerwerk.«
»Und der Tote?«
Cranston zuckte die Achseln. »Schickt eine Botschaft an Sir Richard Springall. Der hat ein Haus in der Cheapside. Sagt ihm, Ihr hättet Vecheys Leiche. Wenn er sie nicht abholen läßt, werden die Männer des Sheriffs, die sich die Wertsachen des armen Vechey unter den Nagel gerissen haben, ihm ein Armengrab besorgen.«
»Am Kreuzweg«, sagte der Zwerg mit weit aufgerissenen Augen.
»Was heißt das?«
»Er meint, Sir John«, warf Athelstan ein, »daß Vechey Selbstmord begangen hat. Wie Brampton sollte man ihm einen Pfahl durchs Herz stoßen und ihn am Kreuzweg begraben. In vielen

Gegenden auf dem Lande tun die Leute das noch. Sie behaupten, daß dann die unruhige Seele des Toten nicht umgeht. Aber was heißt das schon? Es ist doch nur die sterbliche Hülle. Ich werde des armen Vechey in der Messe gedenken.«

Sie sagten dem kleinen Torwächter Lebewohl, holten ihre Pferde bei der Schänke ab und entschlossen sich angesichts des Gedränges, zu Fuß die Cheapside hinaufzugehen. Die Menschen wimmelten umeinander wie in einem Bienenstock, und das Getöse war so stark, daß sie sich nicht unterhalten konnten. Als die Straße breiter wurde und die Häuser nicht mehr so eng beieinanderstanden, entspannten sich beide. Athelstan streichelte Philomels Nase und schaute hinüber zu dem schwitzenden Cranston.

»Warum sollte Vechey sich umbringen?«

»Verdammt, das weiß ich doch nicht!« versetzte Cranston unwirsch und wischte sich den Schweiß vom Gesicht. »Wenn dieser arme Scheißer nicht wäre, könnte ich jetzt in den ›Gekreuzten Schlüsseln‹ sitzen, voll wie ein Bischofsfurz, und du wärest wieder in deiner baufälligen Kirche und könntest deine blöde Katze füttern oder die verdammten Sterne beglotzen. Oder versuchen, die Seele irgendeines miesen kleinen Schurken zu retten, der dir – ehe du dich versiehst – die Kehle durchschneidet.«

Athelstan grinste.

»Ihr braucht eine Erfrischung, Sir John. Ihr habt einen schweren Vormittag hinter Euch. Die Strapazen des Amtes, die anstrengenden Pflichten eines Coroners ... manch Geringerer würde darunter zerbrechen.«

Cranston starrte den Ordensbruder giftig an. »Ich danke dir, Bruder«, sagte er. »Deine tröstenden Worte sind Balsam für mein Herz.«

»Seid beruhigt, mein Sohn«, sagte Athelstan unbeirrt. »Dort drüben ist Springalls Haus. Und hier«, er drehte sich um und

wies auf ein großes grellbuntes Schild, »ist die Taverne ›Zum Heiligen Lamm Gottes‹. Der Körper braucht Erfrischung.« Er grinste. »Und da Euer Körper so groß ist, braucht er sie mehr als andere.«
Cranston klopfte sich feierlich auf seinen glockenförmigen Wanst. »Wie recht du hast, Bruder.« Er seufzte. »Der Geist ist ja willig, aber das Fleisch ist sehr, sehr schwach.«
In der Tat, die Schwäche ist besonders groß, dachte Athelstan. »Aber nicht jetzt«, sagte er hastig und laut, als er Cranstons erwartungsvollen Blick sah. »Sir Richard Springall erwartet uns. Wir müssen erst zu ihm.«
Cranstons Mund wurde störrisch und schmal.
»Sir John, wir müssen erst zu ihm«, beharrte Athelstan.
Cranston nickte, schaute aber trotzig wie ein Kind, dem man Süßigkeiten verweigert hat. Sie stellten ihre Pferde im ›Heiligen Lamm Gottes‹ unter und schlängelten sich über den lärmerfüllten Marktplatz. Eine schwarzgewandete Gestalt mit weißer Teufelsmaske vor dem Gesicht sprang zwischen den Ständen umher und schrie Schmähungen gegen die Reichen und Habgierigen. Ein Büttel in seinem gestreiften Mantel wollte ihn verhaften, aber der Teufel entwischte ihm unter dem Gejohle der Menge. Cranston und Athelstan beobachteten das Schauspiel; der Büttel jagte den Teufel, der seine Haken schlug. Der kleine dicke Beamte war bald schweißgebadet. Ein zweiter Teufel tauchte auf, genauso gewandet wie der erste, und die Menge brach in brüllendes Gelächter aus. Der Büttel war überlistet, getäuscht von den beiden Masken und ihrem Spiel der Illusionen.
»Genau wie das Leben, nicht wahr, Sir John?« fragte Athelstan. »Nichts, wie Heraklitus uns sagte, ist so, wie es scheint. Oder, wie Plato schreibt: Wir leben in einer Welt der Träume, und die Wirklichkeit ist unerreichbar für uns.«
Cranston warf einen letzten mitleidigen Blick auf den Büttel. »Ich scheiße auf die Philosophie«, stellte er fest. »Ich habe auf

dem Grund eines Weinbechers mehr Wahrheit gesehen und nach einem Krug gutem Sherry mehr gelernt, als ein trockener Philosoph mich in seinem staubigen Kämmerlein lehren könnte.«

»Sir John, Euer philosophisches Verständnis hört nie auf, mich in Erstaunen zu versetzen.«

»Nun, jetzt werde ich Sir Richard Springall in Erstaunen versetzen«, knirschte Cranston. »Ich habe ihm gestern nicht verziehen.«

Derselbe alte Diener führte sie in die Halle. Gleich darauf kam Sir Richard herunter, dicht gefolgt von Lady Isabella und Buckingham. Der letztere teilte ihnen mit, daß Pater Crispin und Allingham anderswo beschäftigt seien.

»Sir John, geht es Euch besser?« erkundigte sich Springall.

»Sir, ich war nicht krank. Im Gegenteil, gestern habe ich mich besser gefühlt als jetzt.«

Sir Richard schaute ihn an und weigerte sich, auf Cranstons rätselhafte Reden einzugehen.

»Ihr habt von Vecheys Tod gehört?« wollte der Coroner wissen.

Sir Richard nickte. »Ja«, sagte er leise, »wir haben davon gehört. Aber kommt – laßt uns diese Dinge nicht hier erörtern.«

Er führte sie in einen kleinen, behaglicheren Raum hinter der großen Halle; in einem Kamin brannte ein Feuer, und das Zimmer war gemütlich und nicht so abweisend mit seinen getäfelten Wänden und den Lehnstühlen, die im Halbkreis um das Feuer standen.

»Selbst im Hochsommer«, bemerkte Sir Richard, »ist es hier kühl.«

Athelstan roch den Duft der Kiefernscheite, die im Kamin brannten; darein mischten sich Sandelholz, Harz und etwas noch Aromatischeres: das schwere Parfüm der Lady Isabella. Er sah sie scharf an. Sie hatte inzwischen volle Trauerkleidung angelegt. Ein schwarzer Schleier umrahmte das schöne weiße Ge-

sicht, und ihre herrliche Gestalt war vom Hals bis zu den Knöcheln in ein Gewand aus schwarzer Seide gehüllt; das einzige Zugeständnis an die Welt der Farben waren der weiße Spitzenbesatz an Manschetten und Kragen und ein kleines juwelenbesetztes Kreuz, das an einer goldenen Kette um ihren Hals hing. Buckingham wirkte bleicher und ruhiger. Athelstan bemerkte, wie elegant er sich bewegte.
Es klopfte an die Tür.
»Herein!« rief Sir Richard.
Pater Crispin trat ein; der Schmerz des unbeholfenen Humpelns verzerrte sein schmales Gesicht. Er bemerkte Athelstans Blick und lächelte tapfer.
»Keine Sorge, Bruder. Ich habe meinen Klumpfuß von Geburt an. Ihr habt vielleicht schon bemerkt, daß ein Reitstiefel meine Beschwerden lindert. Manchmal vergesse ich meine Lahmheit, aber sie ist immer da. Wie ein bösartiger Feind, der stets darauf wartet, mich zu verletzen«, fügte er verbittert hinzu.
Lady Isabella ging auf den jungen Priester zu und ergriff seine Hand. »Ich habe davon gehört«, flüsterte sie. »Pater, es tut mir leid. Kommt, gesellt Euch zu uns.«
Man setzte sich. Ein Diener brachte ein Tablett mit Bechern, bis zum Rand gefüllt mit weißem Rheinwein, und einen Teller mit süßem Backwerk. Cranstons saure Miene verflog sogleich, und voller Genugtuung warf er Athelstan einen sardonischen Blick zu, während er zierlich an seinem Becher nippte.
»Alsdann«, sagte Sir John und schmatzte. »Ein dritter Todesfall. Master Vechey hat Selbstmord begangen.« Er hob drei Finger. »Ein Mord und zwei Selbstmorde im selben Haushalt.« Er starrte in die Runde. »Ihr trauert nicht?«
Sir Richard stellte seinen Weinbecher auf das Tischchen neben sich. »Sir John, Ihr macht Euch über uns lustig. Wir trauern um meinen Bruder. Er wird morgen beerdigt. Wir trauern um Brampton, dessen Leichnam in Tücher gehüllt und nach St.

Mary Le Bow gebracht wurde. Aber unsere Trauer ist keine bodenlose Grube, und Master Vechey war ein Kollege, kein Freund.«

»Ein finsterer Mann«, bemerkte Buckingham, »mit überschäumendem Ehrgeiz, aber ohne das dazugehörige Talent.« Er lächelte schmallippig. »Zumindest nicht auf dem Kampfplatz der Liebe.«

»Was wollt Ihr damit sagen?« fragte Cranston.

»Vechey war Witwer. Sein Weib starb schon vor Jahren. Wenn er getrunken hatte, sah er sich als Frauenheld, als einen Troubadour aus der Provence.«

Buckingham verzog das Gesicht. »Aber Ihr habt ihn selbst gesehen. Er war klein, fett und häßlich. Die Damen machten sich über ihn lustig und lachten hinter vorgehaltener Hand.«

»Was der Schreiber sagen will«, unterbrach Sir Richard, »ist dies: Master Vechey war verstrickt in die Freuden des Fleisches. Er hatte wenige Freunde. Nur mein Bruder hat wirklich auf ihn gehört. Es kann gut sein, daß Sir Thomas' Tod Vechey auf den Pfad der Selbstvernichtung gebracht hat.« Er spreizte die Hände. »Ich behaupte nicht, der Hüter meines Bruders zu sein; wie kann ich also beanspruchen, der Hüter Vecheys zu sein? Wir bedauern seinen Tod, aber wie könnten wir dafür verantwortlich sein?«

»Wann hat Master Vechey das Haus verlassen?«

»Etwa eine Stunde nach Euch.«

»Hat er gesagt, wohin er wollte?«

»Nein. Das hat er nie getan.«

Cranston lehnte sich zurück, legte den Kopf in den Nacken und ließ den rheinischen Weißwein über seine Zunge rollen. »Dann will ich eine andere Frage stellen. Wo wart Ihr gestern abend, Ihr alle?«

Sir Richard hob die Schultern und sah sich um. »Ein jeder ging seiner Wege.«

»Pater Crispin?«
Der Priester hüstelte und verlagerte sein Bein in eine bequemere Stellung. »Ich ging zum Vikar von St. Mary Le Bow, um Sir Thomas' Beerdigung zu verabreden.«
»Sir Richard? Lady Isabella?«
»Wir waren hier!« versetzte die Frau. »Eine trauernde Witwe wandert nicht auf der Straße umher.«
»Master Buckingham?«
»Ich ging zum Rathaus und überbrachte eine Botschaft von Sir Richard wegen des Prunkwagens, den wir zu bauen gedenken.«
»Meinem Bruder hätte das gefallen«, warf Sir Richard ein. »Er sah keinen Grund, weshalb wir keinen Beitrag zur königlichen Krönung leisten sollten.« Er hob die Stimme. »Überhaupt, was soll das eigentlich? Macht Ihr uns verantwortlich für Vecheys Tod? Wollt Ihr behaupten, wir hätten ihn zum Fluß hinuntergeschleppt und dort aufgehängt? Aus welchem Grund denn?«
»Der Coroner behauptet gar nichts«, korrigierte Athelstan sanft. »Aber, Sir Richard, Ihr müßt doch zugeben, daß es merkwürdig ist: so viele Todesfälle in einem Haushalt?«
»Sagt Euch das irgend etwas?« Cranston zog das schmierige Pergament aus der Tasche und reichte es Sir Richard, der es betrachtete.
»Vecheys Name, der meines Bruders und zwei Verse aus der Bibel. Ah!« Sir Richard blickte auf und lächelte. »Zwei Verse, die mein Bruder immer zitierte: Apokalypse 6, Vers 8, und Genesis 3, Vers 1.«
»Ihr kennt die Verse, Sir Richard?«
»Ja.« Der Kaufmann schloß die Augen. »Der zweite bezieht sich auf die Schlange, die in den Garten Eden kommt.«
»Und der erste?«
»Darauf, daß der Tod ein fahles Pferd reitet.«
»Warum pflegte Euer Bruder die zu zitieren?« wollte Cranston wissen.

»Weiß ich nicht. Er hatte Sinn für Humor.«
»Bei der Bibel?«
»Nein, nein, bei diesen zwei Versen. Er behauptete, die seien sein Schlüssel zu Ruhm und Reichtum. Manchmal, wenn er arg berauscht war, zitierte er sie.«
»Wißt Ihr, was er damit meinte?«
»Nein. Mein Bruder liebte Rätsel von Kindheit an. Er sagte einfach diese Verse auf, lächelte und verkündete, sie würden ihm großen Erfolg bringen. Was er damit meinte, weiß ich nicht.«
»Was für Rätsel gab Euer Bruder denn sonst noch auf?« fragte Cranston.
»Gar keine.«
»Doch.« Lady Isabella ergriff das Wort. Sie schob den schwarzen Schleier von ihrem Gesicht. »Ihr wißt doch – der Schuhmacher.«
»Ach ja.« Sir Richard lächelte. »Der Schuhmacher.«
»Lady Isabella«, sagte Cranston, »was war mit dem Schuhmacher?«
Sie spielte mit dem funkelnden Ring an ihrem Finger. »Nun, in den letzten paar Monaten sprach mein Gemahl immer wieder von einem Schuhmacher. Er behauptete, der Schuhmacher kenne die Wahrheit, und der Schuhmacher sei schuldig.« Sie schüttelte den Kopf. »Ich weiß nicht, was er damit meinte. Manchmal bei Tisch«, fuhr sie mit falschem Lächeln fort, »war er ganz wie Ihr, Sir John. Er schätzte einen großen Becher Rotspon. Und dann sagte er: ›Der Schuhmacher kennt die Wahrheit, der Schuhmacher kennt die Wahrheit.‹«
Cranston beobachtete sie aufmerksam. »Wann fing Euer Gemahl an, in diesen Rätseln zu sprechen?«
»Die Bibelsprüche? Vor ungefähr … ungefähr vierzehn, fünfzehn Monaten.«
»Und das Rätsel vom Schuhmacher?«

Cranston bemerkte, daß Lady Isabella angespannt und besorgt wirkte.
»Kurz nach Weihnachten? Ja. Das erstemal kam er beim Mummenschanz in der Dreikönigsnacht mit diesem Rätsel.«
Athelstan spürte, daß die Rätsel wichtig waren. Totenstille hatte sich über den Raum gelegt, unterbrochen nur von Cranstons schroffen Fragen, den nicht minder schroffen Antworten und dem Knacken und Knistern der Scheite im Feuer. Was befürchteten diese Menschen? fragte er sich. Was hatten die Rätsel zu bedeuten?
»Sagt mir«, forderte er die Gesellschaft auf, »hat sich im Hause irgend etwas ereignet, was diese Rätsel erklären könnte? Etwas im Leben Sir Thomas'? Sir Richard, Lady Isabella … Ihr standet Sir Thomas doch am nächsten.«
»Ich weiß es nicht«, sagte Sir Richard leise. »Mein Bruder sprach gern in Rätseln und von Lehren und Parabeln. Er war ein Mensch, der die Geheimniskrämerei um ihrer selbst willen liebte und solche Geheimnisse an seinem Busen barg wie andere Gold, Silber oder Edelsteine. Nein, etwas Besonderes ist hier nicht geschehen.«
»Seid Ihr sicher?« Cranston sah ihn an und balancierte den Becher auf seinen stämmigen Oberschenkeln. »Seid Ihr sicher, Sir Richard? Meine Erinnerung läßt mich im Stich, was die Einzelheiten angeht, aber gab es hier nicht schon vor acht Monaten einen Todesfall?«
Lady Isabella erbleichte, und Sir Richard blickte starr zu Boden. »Nein.«
»Kommt … kommt, Sir!« bellte Cranston. »Da war doch etwas.«
»Ja«, sagte Lady Isabella leise. »Sir Richard kann sich nur nicht erinnern.« Sie sah Sir John jetzt mit größerer Wachsamkeit an, als hätte sie erkannt, daß der Coroner nicht der Trottel war, als der er gern erscheinen wollte. »Das war Eudos Tod.«

»Ach ja, Eudo«, wiederholte Cranston. »Wer war das noch?«
Sir Richard hob den Kopf. »Ein junger Page. Er fiel aus dem Fenster und brach sich den Hals, draußen im Hof. Es gab keine Erklärung für den Sturz, aber Sir Thomas glaubte, daß der Junge in irgendeine törichte Posse verwickelt war. Er war auf der Stelle tot; er hatte sich den Schädel eingeschlagen und das Genick gebrochen.«
Cranston trank seinen Becher leer und strahlte, als beglückwünschte er sich selbst; dann grinste er Athelstan verschlagen zu, und dieser sah ihn wütend an. Hätte ihm der Coroner doch bloß früher davon erzählt!
»Ja, Eudos Tod. Ich lag damals mit Schüttelfrost krank darnieder, aber ich erinnere mich an die Akte mit dem Befund. Der arme Junge«, murmelte Cranston. »Dies ist ein Unglückshaus.« Er stand auf und musterte sein Publikum mit schwerem Blick. »Ich muß Euch alle eindringlich ermahnen, größte Vorsicht walten zu lassen. Es gibt etwas Bösartiges hier, einen bösen Fluch. Er wird vielleicht noch weitere Menschenleben fordern. Lady Isabella, Sir Richard …« Er verbeugte sich und ging hinaus.
Athelstan folgte ihm, blieb aber an der Tür stehen und sah sich noch einmal um. Alle waren sitzen geblieben, als hielte sie ein Geheimnis auf ihren Plätzen.
»Sir Richard?« fragte Athelstan.
»Ja, Bruder?«
»Darf ich Euch um die Erlaubnis bitten, die Dachkammer noch einmal zu sehen, in der Brampton starb?«
»Natürlich. Aber wie schon gesagt, sein Leichnam ist in Tücher gewickelt und nach St. Mary Le Bow gebracht worden.«
Athelstan lächelte. »Ja, aber da muß noch etwas sein.«
Er bat Cranston, auf ihn zu warten, und stieg die Treppe hinauf. Auf dem ersten Absatz blieb er stehen und warf einen Blick in die Galerie der Nachtigall. Er war so in Gedanken, daß er

zusammenzuckte, als Allingham plötzlich seine Schulter berührte.
»Bruder Athelstan, kann ich Euch helfen?«
Das lange Gesicht des Kaufmanns sah jetzt noch trauriger aus, und Athelstan war sicher, daß der Mann geweint hatte.
»Nein, nein, Master Allingham, danke. Ihr habt ohne Zweifel gehört, daß Vechey tot ist?«
Der Kaufmann nickte betrübt.
»Der Arme«, sagte Athelstan. »Ihr wißt wohl nicht, weshalb er sich das Leben hätte nehmen sollen?«
»Er war eine verstörte Seele«, antwortete Allingham. »Eine geplagte Seele, gequält und gepeinigt von seinen Gelüsten und Lastern. Rätselhaft war nur, daß er zuletzt immer wieder murmelte: ›Es waren nur einunddreißig, es waren nur einunddreißig …‹«
»Wißt Ihr, was er damit meinte?«
»Nein. Als wir gestern in Sir Thomas' Schlafgemach gingen, hörte ich nur, wie er es vor sich hin murmelte.« Allingham verdrehte die Augen. »›Nur einunddreißig‹, sagte er, ›ich bin sicher, es waren nur einunddreißig.‹ Ich erinnere mich noch genau«, fügte er hinzu, »weil Vechey ratlos und beunruhigt wirkte.«
»Und Ihr wißt nicht, wovon er sprach?«
Allingham schürzte die Lippen. »Nein, Bruder. Aber wenn ich es herausfinde, werde ich es Euch sagen. Einstweilen sage ich Euch adieu.«
Er stieg die Holztreppe hinunter, und Athelstan ging durch die Galerie und zum Dachboden hinauf. Oben stieß er die Tür auf und bereute sofort, daß er nicht um eine Kerze gebeten hatte. Es war finster und klamm in der Dachkammer. Ein Frösteln überlief den Ordensbruder. Hier herrschte eine unheimliche Atmosphäre, ein Gefühl drückender Bösartigkeit. Hatten die Kirchenväter recht, wenn sie behaupteten, daß die Seele eines

Selbstmörders für alle Zeit am Ort ihres Todes bleiben muß? Schwebte Bramptons Seele etwa hier, jetzt und in alle Ewigkeit, zwischen Himmel und Hölle?
Er sah sich um. Der Tisch war von seiner greulichen Last befreit und der von Müll übersäte Boden sauber gefegt worden. Es sah ordentlicher und aufgeräumter aus als am Tag zuvor. Was hatte er hier gesehen, das nachher an seiner Erinnerung gezerrt und gezupft hatte? Etwas, das nicht an seinem Platz gewesen war? Er lehnte sich an die Wand und versuchte verzweifelt, seine Gedanken zu klären, aber die Erinnerung wollte sich nicht fassen lassen. Seufzend sah er sich noch einmal um und ging wieder hinunter zu Sir John.
Der Coroner stand schlecht gelaunt an der Hauswand und trat von einem Bein aufs andere; er hielt Abstand von der Menschenmenge, die jetzt die Cheapside erfüllte. Er zog Athelstan dicht zu sich heran.
»Die lügen, was, Bruder? Irgendwas stimmt da nicht – aber was?«
»Ich weiß es nicht, Sir John, aber es kann viele logische Erklärungen geben. Vielleicht stimmt etwas nicht, und sie wissen es gar nicht. Vielleicht stimmt etwas nicht, aber nur einer oder zwei von ihnen kennen die Wahrheit. Oder – die letzte Möglichkeit – es stimmt etwas nicht, aber nur jemand außerhalb des Haushalts weiß darüber Bescheid.«
»Wer zum Beispiel?«
Athelstan sah sich um und senkte die Stimme. »Lord Gaunt. Vielleicht sogar der Oberrichter Fortescue; schließlich hat er gelogen: Er hat behauptet, er habe das Haus zum Abendläuten verlassen, aber Sir Richard sagt, es war viel später.«
Sir John rieb sich die Wange. »Ja, der Oberrichter Fortescue. Wir haben nicht einmal einen guten Grund für seine Anwesenheit. Wieso sollte er einen Londoner Kaufmann besuchen?« Der Coroner grinste böse und nagte mit großen weißen Zähnen an

seiner Unterlippe. »Ich freue mich darauf, eben diese Frage unserem Lord Oberrichter zu stellen – aber zuerst eine Erfrischung. Oh!« Cranston klopfte auf seine Tasche. »Ich habe die kleine Phiole mit dem Gift mitgenommen, die Brampton benutzt haben soll.« Er legte nachdenklich einen Finger an die Nase. »Ich habe da eine Idee – aber nicht jetzt. Jetzt brauche ich was zu trinken.«

Kapitel 4

Athelstan verzog schmerzlich berührt das Gesicht. Er hatte gehofft, Sir John möge der Appetit vergangen sein, aber dieser Mann war anscheinend ebenso unersättlich wie außerstande, aus seinen Erfahrungen zu lernen. Betrübt folgte er ihm nun über die Straße, als Sir John pfeilgerade dem ›Heiligen Lamm Gottes‹ zustrebte. Cranston stürzte sich in die trockene, dunkle Wärme. Er benutzte seinen nicht unbeträchtlichen Wanst, um sich einen Weg zwischen Hausierern, Kesselflickern, Arbeitern und Bauern zu bahnen, die frisch vom Lande in die Stadt gekommen waren, um den Gewinn aus ihren Erzeugnissen in große Kübel Ale zu verwandeln.

Sir John beschlagnahmte einen Tisch in der Ecke und begrüßte die Wirtin wie eine lange verschollene Schwester. Die Dame sah aus wie die weibliche Inkarnation des Teufels. Sie hatte eine ständig tropfende Hakennase, Haut, so rauh wie Sackleinen, und trübe, blutunterlaufene Augen. Sie mümmelte unablässig auf dem Zahnfleisch herum, und ihre Finger waren schmutzig und fettig bis zum Handgelenk. Ihr lincolngrüner Umhang bedeckte einen roten Rock, dessen Saum ein paar Zoll über ihren talgverschmierten Schuhen schwang. Bei ihrem Anblick betete Athelstan zu Gott um Vergebung, denn er empfand nur Abscheu. Mit ihren breiten Hüften, dem strähnigen grauen Haar und einem Gesicht, so runzlig wie ein alter Lederstiefel, sah sie aus wie eine der Hölle entstiegene Vettel. Athelstan starrte sie an und war zutiefst verwirrt darüber, wie unterschiedlich Frauen waren – wenn er diese Hexe etwa mit der schönen Lady Isabella verglich. Grimmig stellte er fest, daß sein Zölibats-

gelübde doch gewisse, durchaus tröstliche Vorteile mit sich brachte.
Cranston hingegen benahm sich, als wäre sie eine alte Freundin, und überhäufte sie mit Schmeicheleien. Sie zwinkerte boshaft und bedeutete ihm, sie werde gern alle seine Wünsche befriedigen.
»Genug davon, du böses Weib!« rief Cranston scherzend. »Speise und Ale zuerst, und später vielleicht noch andere Genüsse.« Er kniff ein Auge zu. »Später.«
Die Wirtin zog gackernd ab, kam nach einer Weile zurück und tischte ihnen große Krüge auf, aus denen das Ale schwappte, außerdem eine Schüssel Fleisch, das mit Zwiebeln und Lauch in einem Meer von Fett schwamm. Cranston stopfte sich den Mund voll. Er leerte einen Bierkrug, und als der Bruder zustimmend nickte, nahm er sich den zweiten vor.
»Du ißt nichts, Bruder?«
Athelstan stocherte in dem Essen herum. »Ich bin nicht hungrig. Außerdem frage ich mich, was wir als nächstes tun sollen.«
Cranston starrte mit vollen Backen zu der verrußten Decke hinauf und sehnte sich nach der Hammelkeule, die dort im Rauch hing.
»Es gibt nicht viel zu tun«, brachte er hervor. »Wir haben einen Verdacht, aber keinen Beweis. Oh, da stimmt etwas nicht, das wissen wir alle. Zwei Selbstmorde, ein Mord … aber nicht der geringste Beweis, nicht einmal ein Hinweis. Wir sollten unseren Bericht schreiben, dem Sheriff eine Abschrift schicken und dem Oberrichter Fortescue sagen, daß jedes Geheimnis, das Springall vielleicht hatte, mit ihm gestorben ist. Und dann sollten wir zu unseren Alltagsgeschäften zurückkehren.«
»Da stimmt etwas nicht«, wiederholte Athelstan. Er spähte durch die Schänke zu einer Gruppe von Männern, die mit einem Reliquienhändler ihren Schabernack trieben; der Mann behaup-

tete, er hätte Aarons Bart in seinem Sack und wollte ihn für ein paar Münzen verkaufen.

»Es ist, als wolle man einen glitschigen Fisch packen, oder eine schmierige Stange. Man glaubt, man hat sie, und dann entgleitet sie wieder.«

Cranston steckte die rote Kolbennase in seinen Bierkrug, nahm einen tiefen Schluck und setzte den Krug krachend wieder auf den Tisch.

»Also gut, Bruder – was stimmt nicht? Was glaubst du?«

»Ich glaube, es waren keine Selbstmorde. Ich glaube, alle drei wurden ermordet, und ich glaube, der Mörder läuft noch frei herum.«

»Und dein Beweis?«

»Ich habe keinen – nur ein unbehagliches Gefühl.«

»Verdammt noch mal!« brüllte Cranston. »Was haben wir denn hier? Ein Kaufmann, der gern in Rätseln spricht, wird von seinem Verwalter ermordet, der sich danach aufhängt; ein kleiner, dicker, mürrischer Kerl hält sich für einen Hektor bei den Damen, und als er erfährt, daß er es nicht ist, hängt er sich auf. Ein paar Rätsel auf einem Stück Papier. Sehen wir doch der Wahrheit ins Gesicht: Diese Leute da drüben«, er deutete in die Richtung des Hauses Springall, »trauern um niemanden. Ich habe fast den Verdacht, sie sind froh, daß Sir Thomas tot ist. Und Brampton! Und Vechey! Mehr Geld, weniger Finger im Topf, einen größeren Happen von der Beute für die, die übrigbleiben. Was du da spürst, Bruder, ist die menschliche Habgier! Schau dich nur um: Ein ganzes Meer davon umwogt uns, egal, wo wir gehen, sitzen, essen und beten. Komm, Bruder«, sagte er dann müde, »laß uns diesen Fall abschließen und auf Selbstmord befinden.«

»Bald«, sagte Athelstan leise.

Er bat um einen Becher Wasser, trank ihn aus, überließ Cranston seinem Bier und ging hinaus. Es war jetzt heller Nachmittag. An den Ständen und Buden auf der Cheapside herrschte reges Treiben, und das Geschrei der Verkäufer und die frechen Verwünschungen der Lehrjungen waren zu unerträglichem Getöse angeschwollen. Ein Ritter drängte sich durch die Menge; er war auf dem Weg zu einem Turnier irgendwo in der Nähe. Sein stählerner Hosenlatz war groß wie für einen Stier, und der Helm, der am Sattelhorn baumelte, sah aus wie die makabre Maske eines Henkers. Bei ihrem Anblick hatte Athelstan eine Idee. Sie ließ ihm keine Ruhe, und er drängte sich durch die Menge nach St. Mary Le Bow.

Pater Matthew ruhte; Athelstan argwöhnte, daß er ein wenig betrunken sei, aber der Priester begrüßte ihn außerordentlich freundlich und versuchte, ihm gleich einen Becher Rheinwein in die Hand zu drücken. Athelstan lehnte unumwunden ab, denn die wenigen Schlucke Ale, die er getrunken hatte, verursachten ihm schon Bauchkneifen genug. Auch wurde ihm ein wenig übel, wenn er an das Huhn dachte, das er beim Verlassen der Schänke auf dem Rand eines offenen Bierbottichs hatte hocken sehen. Er hoffte nur, daß die Wirtin das Bier durchseiht, ehe sie es Sir John servierte. Nicht einmal für des Coroners Eingeweide wäre Hühnermist bekömmlich.

Der Priester hörte Athelstan aufmerksam zu.

»Ja, ja«, murmelte er. Er kannte die Springalls, eine brave, aber ziemlich verschlossene Familie. Sie besuchten sonntags die Messe, sie spendeten großzügig für die Armen, und manchmal zelebrierte ihr Hauspriester die Messe in St. Mary. Besondere Großzügigkeit zeigten sie an Weihnachten, Pfingsten und Gründonnerstag.

»Und wie steht's mit Sir Thomas' Begräbnis?« fragte Athelstan.

»Das wird morgen früh stattfinden. Nach dem Requiem wird der Sarg hier beigesetzt.«

»Und Brampton, der Selbstmörder?«

Der Priester lehnte sich zurück, zuckte die Achseln und wischte sich die fettigen Hände an der Soutane ab. »Was können wir da tun? Brampton hat keine Verwandten, und er ist ein Selbstmörder. Das kanonische Recht gebietet ...«

»Ich weiß, was das kanonische Recht gebietet«, unterbrach Athelstan. »Aber um Gottes willen, Mann, zeige doch Christi Erbarmen ...«

Der Priester verzog das Gesicht. »Oh, der wird schon beerdigt werden.«

»Wo ist der Leichnam?«

»Im Totenhaus, einer kleinen Hütte hinter der Kirche, beim Friedhof.«

»Darf ich ihn noch einmal sehen?«

»Der Mann ist schon in Leichentücher genäht.«

Athelstan wühlte seine Börse hervor und nahm eine Silbermünze heraus. »Wenn ich das Tuch aufreiße, mußt du es wieder zunähen lassen. Irgendein altes Weib in deiner Pfarrgemeinde vielleicht ...?«

Pater Matthew nickte, und die Silbermünze war in Sekundenschnelle verschwunden. »Tu, was du willst«, brummte er.

Er lehnte sich hinüber zu den Schlüsseln, die an der Wand hingen, und nahm einen großen, rostigen herunter. Dann ging er in eine kleine Kammer und kam mit einer Riechkugel zurück, einem mit Kräutern und Nelken gefüllten Stoffball. »Das halte dir vor die Nase. Der Gestank wird schrecklich sein.«

Athelstan nahm Schlüssel und Riechkugel, verließ das Haus des Priesters und ging an der Kirche vorbei zu der vernachlässigten Hütte. Die Tür war verriegelt und abgeschlossen. Das riesige Vorhängeschloß wirkte seltsam fehl am Platze, denn jeder, der wollte, hätte hier einbrechen können. Athelstan schob den Schlüssel ins Loch, öffnete das Schloß und drückte die Tür auf. Drinnen war es dunkel und muffig. Intensiv säuerlicher Geruch erfüllte die Luft. Eine uralte Kerze stand festgewachsen im heruntergetropften Talg, und ein Stück Zunder lag daneben;

Athelstan zündete die Kerze damit an, und der Raum erwachte zum Leben.
Bramptons Leichnam lag auf dem Boden, eingewickelt in ein schmutziges, vergilbtes Leintuch, das von unkundiger Hand zusammengenäht worden war. Mit einem kleinen Messer, das er immer bei sich trug, schlitzte Athelstan die Leinwand behutsam auf. Der Gestank war atemberaubend. Die Verwesung hatte bereits eingesetzt. Athelstan war Anblick und Geruch des Todes gewöhnt, und so wurde ihm nicht flau, aber hin und wieder hielt er sich doch die Riechkugel als willkommene Erholung an die Nase.
Brampton sah inzwischen gräßlich aus. Sein Gesicht war bläulichgelb und sein Bauch so aufgedunsen, daß sich das dünne Leinenhemd darüber spannte. Der Bruder betrachtete den Leichnam gründlich – das Hemd, die Hose ... Stiefel waren keine da. Athelstan betrachtete die Fußsohlen und prägte sich sorgsam ein, was er sah. Dann schlug er ein Kreuz, betete ein Requiem für die arme Seele des Majordomus, verschloß die Hütte, brachte dem Priester den Schlüssel und wanderte zur Cheapside zurück.
Wie es wohl in St. Erconwald zugehen mochte? Wer würde Godric zu essen bringen? Würde Bonaventura zurückkommen, oder wäre er beleidigt, weil er ihn nicht gefüttert hatte? Würde er jetzt für immer in den stinkenden Gassen verschwinden? Athelstan wünschte sich, Cranston und diese ganze Angelegenheit los zu sein; wie gern hätte er auf seinem Kirchturm gestanden statt auf der Cheapside und hätte zu den Sternen hinaufgeschaut. Er lehnte sich an die Wand und suchte seine schuldigen Gedanken zu ergründen. Er vermißte Benedicta, die Witwe. Ihr Gesicht, unschuldig und engelhaft, war allezeit bei ihm. Wie lange kannte er sie jetzt? Seit sechs Monaten? Er flüsterte ein Gebet. Er hatte gesündigt. Jawohl, er wünschte sich zurück in seine Kirche, zu seinem geliebten Himmel und seinen Sternkar-

ten, und er wollte auf dem Turm stehen und sich vom Abendwind kühlen lassen, während er emporstarrte und sich in der Weite verlor. Brach er sein Gelübde mit diesen Wünschen? Hätte er lieber Student werden sollen? Oder Astrologe, einer jener kapuzenvermummten, gebückten Gestalten, die durch die Gänge von Oxford geisterten?

Und was machte die Planeten des Himmels so anziehend? Athelstan nagte an seiner Unterlippe. Es herrschte Ordnung dort. Ordnung in der Zeit. Ordnung in der Bewegung. Hatte Aristoteles vielleicht recht? Machten die Planeten und Sphären Musik, während sie durch das Universum kreisten? Ein Karren rumpelte vorüber, der Kärrner brüllte Verwünschungen. Aus seinen Träumen gerissen, wich Athelstan zurück und sah sich um.

Hier gab es keine Ordnung. Ein Bettler, das Gesicht von Geschwüren bedeckt, die Beine unterhalb der Knie amputiert, stolperte auf Holzkrücken umher. Eine Hure trippelte vorüber, die Augen von schwarzer Schminke umringt, die dicken, bemalten Lippen glänzend rot wie faulende Früchte. Sie grinste spöttisch und tat Athelstan mit einem Augenzwinkern ab.

Er überquerte die Straße. In der Mitte der Cheapside stand der Pranger, leer bis auf einen Mann, groß und dick, dessen Kopf zwischen den beiden hölzernen Riegeln eingeklemmt war. Hinter ihm qualmten die Überreste eines kleinen Feuers. Athelstan studierte den Anschlag über dem Kopf des Gefangenen und stellte fest, daß es sich um einen Metzger handelte, der faules Fleisch verkauft hatte. Der Ordensbruder hielt einen Wasserträger an, nahm seine Kelle und gab dem Kerl zu trinken. Der Gefangene schlürfte geräuschvoll und dankte ihm mit verquollenem Blick. Ein berittener Soldat trabte vorüber, und Athelstan dachte an den Helm des Ritters und an etwas, das er in der Dachkammer und am Torturm der London Bridge gesehen hatte …

Er zog nach Norden, nach The Elms bei Newgate, wo sich das

große, dreiteilige Schafott dunkel vor dem Himmel erhob; jeder Galgen trug seine greuliche Last, einen Leichnam, der am Halse aufgehängt baumelte, den Kopf schief, Hände und Füße gefesselt. Die Menschenmenge hatte sich zerstreut, und ein Scherge in der bunten Livree der Stadt würfelte mit zwei Kameraden, ohne sich um die düsteren Kadaver zu kümmern, die da über ihren Köpfen hin und her schwangen. Der Platz ringsum war leer. Seltsam, dachte Athelstan, wie es die Menschen lieben, ihre Brüder sterben zu sehen, und gleichzeitig Anblick und Gestank des Todes fürchteten wie die Pest.

Der Scherge blickte auf, als er herankam. »Was gibt's, Bruder?«

Athelstan deutete auf die drei Galgenvögel und bemühte sich, ihre purpurroten Gesichter, die schwarz herausgestreckten Zungen, die vorquellenden Augen und die naßfleckigen Hosen nicht weiter zu beachten.

»Diese Leute …?«

»Die haben heute früh gebeichtet, Bruder«, fiel ihm der Soldat ins Wort. »Bevor wir sie von der Leiter stießen.«

»Wie lange werden sie hängen?« fragte Athelstan.

Der Mann zuckte die Achseln; Athelstan bemühte sich, nicht auf den großen, gelben Furunkel an der rechten Wange zu starren, aus dem der Eiter quoll und das Gesicht verschmierte. Mit toten, vom Trunk benebelten Augen grinste der Soldat seine beiden Kumpane an, bleiche, pickelige Jungen, die außerordentlich betrunken waren.

»Die hängen bis Sonnenuntergang, Pater. Warum fragt Ihr?«

»Ich möchte sie ansehen.«

»Die sollen bis Sonnenuntergang hängenbleiben«, wiederholte der Scherge. »Ihre Kleider und was sie haben, gehören uns. Für jeden gibt es ein Leintuch, ein schnelles Gebet, und dann geht's ab in irgendein gottverlassenes Grab, auf daß sie vor ihren Schöpfer treten.« Er stieß gegen eine der baumelnden Leichen.

»Mit denen braucht ihr kein Mitleid zu haben, Pater. Die haben eine Frau ermordet – ihr die Kehle durchgeschnitten, nachdem sie ihr viehisch die Brüste aufgeschlitzt, sie vergewaltigt und mit Feuer gequält haben.«
»Gütiger Jesus, erbarme dich ihrer«, flüsterte Athelstan. »Aber ich bin hier auf Befehl des Coroners der Stadt, Sir John Cranston«, fuhr er laut fort. »Ich möchte sie sehen.«
Er wühlte in seiner Börse und warf zwei Kupfermünzen auf den Boden. Der Scherge rieb sich das Kinn, sah das Geld an, dann den Bruder und sog geräuschvoll die Luft zwischen den schwarzverfaulten Zähnen ein. Schließlich raffte er sich auf und kläffte einem der jungen Männer einen Befehl zu. Dieser lehnte die Leiter, die am Boden lag, an den Galgen und verneigte sich mit dramatischer Gebärde vor Athelstan.
»Bruder, die Leiter wartet auf Euch. Tut, was Ihr wollt.«
Athelstan kletterte langsam hinauf. Er untersuchte jede der Leichen und schaute sich an, wie der Strick hinter dem Ohr verknotet worden war. Er drehte jeden Leichnam hin und her, und der saure Geruch des Zerfalls ließ ihm den Atem stocken. Endlich stieg er wieder hinunter und warf noch eine Münze auf die Erde. Der Scherge blickte auf.
»Was jetzt, Bruder?«
»Wer hat diese Männer gehenkt?«
»Na, wir alle drei.«
»Nein, ich meine, wer hat ihnen die Schlinge um den Hals gelegt?«
»Ich!« Einer der pickligen Jungen stand auf. »Das war ich, Bruder. Ich verstehe mich darauf.«
»Würdest du sagen«, Athelstan mußte sich Mühe geben, angesichts des Wohlbehagens im Antlitz des jungen Mannes seinen Abscheu zu verbergen, »würdest du sagen, daß jeder Henker den Knoten auf seine eigene Weise bindet?«
»O ja, selbstverständlich!«

»Und an der Schlinge könntest du erkennen, wen du gehenkt hast und wen nicht?«
»Natürlich. Ein Goldschmied zeichnet seine Arbeit schließlich auch. Ein Maler, der ein Bild gemalt hat, erkennt sein Werk wieder. Genauso ist es mit dem Henker. Meine Knoten sind einzigartig. Ich binde sie mit Sorgfalt.« Der junge Mann grinste breit. »Ich verstehe mein Handwerk, Bruder. Ich sorge dafür, daß sie langsam sterben.«
»Warum?«
Der Kerl zuckte die Achseln. »Warum nicht?«
»Macht es dir Spaß?«
»Na, diese Schweine verdienen es, lange zu leiden.«
»Und wie leiden sie?«
»Oh, sie strampeln ordentlich. Sie strampeln immer.«
Athelstan deutete auf die Füße der Leichen. »Und deshalb hängt ihr sie immer ohne ihre Stiefel auf?«
»Ja, natürlich. Bei dem Gezappel würden sie sie sonst verlieren, und wir wären sie los. Ein Dieb unter den Zuschauern würde sie stehlen, und wir hätten das Nachsehen. Aber warum fragt Ihr, Bruder?«
Der Ordensbruder lächelte und machte das Zeichen des Kreuzes in die Luft. »Es hat weiter keinen Grund, mein Sohn. Gar keinen Grund.«
Athelstan wandte sich von der greulichen Szenerie ab und ging die Cheapside hinauf zum ›Heiligen Lamm Gottes‹. Er war sicher, daß Brampton und Vechey brutal ermordet worden waren, obwohl er noch nicht wußte, von wem.
Cranston döste; er hatte es sich am Kamin der Schänke gemütlich gemacht. Vor ihm auf dem Tisch stand eine stattliche Anzahl leerer Zinnkrüge. Die Wirtin kam herüber. Athelstan warf ihr eine Münze zu und bat sie, einen frischen Krug und ein bißchen Wein zu bringen, während er Sir John weckte. Der Coroner wachte auf wie ein Kind; er murmelte und wußte nicht,

wo er war. Athelstan erzählte ihm von seinem Besuch im Totenhaus und am Galgen. Aber der Coroner nickte wieder ein. Athelstan ging zu einem Faß mit schmutzigem Wasser, schöpfte eine Kelle davon und goß es dem Coroner ins Gesicht. Diesmal wurde Sir John wach. Er schüttelte sich wie ein Hund und stieß die furchtbarsten Flüche aus. Versöhnt war er erst wieder, als die Wirtin ihm einen schäumenden Krug vorsetzte und ihm verstohlen einen über die Maßen sehnsuchtsvollen Blick zuwarf, ganz so, als wäre er Paris und sie die schöne Helena. Angesichts solcher Schmeicheleien und da er wieder den Geschmack des Bieres auf den Lippen spürte, fand Sir John seine gute Laune wieder und hörte diesmal aufmerksam zu, als Athelstan erzählte. Er rülpste laut, als der Bericht beendet war, und stocherte sich mit einem Holzsplitter in den Zähnen herum. Athelstan glaubte schon, er werde wieder einschlummern, aber der Coroner nahm noch einen großen Schluck aus seinem Bierkrug.

»Sir John«, drängte Athelstan gereizt, »wir müssen über die Sache reden.«

»Ja, ja«, bellte der Coroner. »Bestelle mir noch so einen, und ich höre dir weiter zu.«

Athelstan gehorchte. Sir John war jetzt vollends wach, aber immer noch betrunken; rülpsend starrte er in der Schänke umher und murmelte, was für ein ausgezeichneter Laden dies doch sei. Athelstan dachte an das Huhn auf dem Rand des Bierbottichs und behielt seine Meinung für sich. Er nippte langsam an einem Becher Wein mit Wasser und beschloß, zu seiner Kirche zurückzukehren. Vielleicht war das Dach noch immer nicht repariert. Vielleicht ging Cecily, die Hure, immer noch ihrem Gewerbe nach. Und was mochte aus Godric geworden sein? Ob Benedicta ihn wohl vermißte? Er schaute durch das kleine Fenster. Die Sonne ging unter, und es war Zeit zu gehen. Der Fall Springall lag unter einem Gewebe von Lügen

verborgen. Er war zu müde, um jetzt weiter darin herumzustochern, und Cranston war zu betrunken.
Athelstan erhob sich. »Sir John, hört!«
Der Coroner blickte benebelt auf.
»Sir John, ich kann jetzt nichts mehr mit Euch anfangen. Ich muß zu meiner Kirche zurück. Morgen oder übermorgen, wenn Ihr in besserer Verfassung seid, könnt Ihr mich dort abholen.«
Athelstan nahm seine Ledertasche, marschierte zur Schänkentür hinaus, holte Philomel und ritt langsam durch die leeren Straßen zur London Bridge.
Cranston sah ihm nach und ließ sich dann wieder gegen die Wand sinken.
»Herrgott!« murmelte er. »Ich wünschte, du würdest bleiben, Athelstan! Bloß dies eine Mal ...«
Stöhnend schob er den Krug von sich. Er hatte genug getrunken und bereute es schon. Aber der Bruder war nicht der einzige, der ein Geheimnis hatte, und Sir John trank, um das seine zu ertränken. Niemand erinnerte sich daran – außer Maude, die ihre Gedanken für sich behielt –, daß in dieser Woche vor sieben Jahren sein kleiner Sohn Matthew plötzlich gestorben war, ein Opfer der Pest, die die Gassen und Straßen von London heimgesucht hatte. Cranston biß die Zähne zusammen und blinzelte heftig, wie er es immer tat, wenn ihm die Tränen wieder in die Augen stiegen. Jeden Tag mußte er an Matthew denken, an das kleine Engelsgesicht und die blauen, unschuldsvoll schimmernden Augen. Christus konnte ihm nicht vorwerfen, daß er trank. Er würde trinken und trinken, bis die Erinnerung fort wäre. Und warum auch nicht? Aber das Trinken benebelte seinen Verstand, und im Grunde seines Herzens wußte er, daß Athelstan mit seiner Mißbilligung recht hatte. Lärmende Trunkenheit half niemandem weiter. Im Hause Springall war gemordet worden, absichtlich und bösartig. Aber wo war der Beweis? Er versuchte sich mühsam zu erinnern, was der Bruder ihm da vorhin erzählt

hatte. Weder Brampton noch Vechey hätten Selbstmord begangen. Aber wo war der Beweis? Cranston strengte sich an, einen klaren Kopf zu bekommen. Auch er wußte ja, daß da was nicht stimmte. Etwas störte ihn an der ganzen Sache, etwas, das er heute morgen an der Brücke gesehen hatte …

»O Gott, Matthew, du fehlst mir so«, murmelte er. »Ach, die ganze Welt soll sich aufhängen!«

Er wollte neues Ale bestellen, als er an Maude dachte und an das Versprechen, das er ihr gegeben hatte. Wenigstens heute abend würde er halbwegs nüchtern nach Hause kommen. Cranston schob den Krug wieder von sich und verließ schwerfällig die Schänke, um sein Pferd zu holen und zu seinem Haus in der Poultry zurückzureiten.

Zwei Tage waren nach seiner Rückkehr aus der Stadt vergangen. Athelstan stand früh auf und ging, seinen kleinen Garten in Augenschein zu nehmen. Dort starrte er wütend umher: Ein Schwein hatte in seinem Kohlbeet herumgewühlt. Athelstan fluchte mit Ausdrücken, wie Cranston sie bei solchen Gelegenheiten benutzte. Er war wütend und aufgeregt. Bei seiner Rückkehr hatte er seine Kirche unversehrt vorgefunden; aber Godric war verschwunden.

»Wißt Ihr, Pater«, erklärte Watkin, der Mistsammler, »der törichte Halunke hat gedacht, er könnte sich davonmachen, und so schlich er sich durch die Sakristeitür. Natürlich warteten sie draußen auf ihn, die Männer des Sheriffs. Sie verprügelten ihn in der Gasse hinter der Sakristei, fesselten ihm die Hände und führten ihn ab nach Marshalsea. Wahrscheinlich wird er hängen.«

»Ja, Watkin«, wiederholte Athelstan. »Wahrscheinlich wird er hängen.«

Davon abgesehen war alles in Ordnung – nur Bonaventura war verschwunden und nicht mehr gesehen worden. Athelstan hoffte, daß ihm nichts passiert war und er mit erhobenem Schwanz

zurückkäme und miauend Fressen und Streicheln fordern würde.
Der Bruder blickte auf. Der Himmel war noch blau; die Sonne wurde stärker und verhieß einen schwülheißen Tag. Er seufzte. Als er seine Gebete gesprochen und die Messe gelesen hatte, war Benedicta hereingekommen und gleich am Taufbrunnen niedergekniet, statt durch das Kirchenschiff nach vorn zu kommen. Athelstan fragte sich, ob irgend etwas nicht in Ordnung war. Er ging zum Kircheneingang, um nachzuschauen, ob Watkins Sohn Crim auf der Treppe wartete, aber die Stufen waren leer. Er ging zurück, nahm eine Hacke, die innen an seiner Haustür hing, und bearbeitete damit wütend das Kohlbeet, um die Furchen wieder in Ordnung zu bringen. Wenn Crim käme, würde er nach Hob, dem Totengräber, sehen: Es hieß, er liege im Sterben, nachdem er ausgerutscht und unter einen Karren geraten war, der ihn überrollt und ihm den Brustkorb eingedrückt hatte.
Athelstan hatte seine Arbeit satt. Er warf die Hacke hin; hoffentlich hatte wenigstens das Schwein gut gespeist. Er ging zurück in die Kirche. Dort sah er sich um, und gleich war ihm wohler. Simon, der Dachdecker, hatte gute Arbeit geleistet. Das Dach war für den kommenden Winterregen gerüstet. Der Maler Huddle hatte die Wand abgekratzt und ein neues Fresko begonnen, sein erstes Kirchengemälde. Athelstan hatte verlangt, daß Huddle zuerst ein paar Kohleskizzen machte; anhand derer hatte er dem begabten jungen Mann ein paar Ratschläge erteilt: Daß Herodes den Statthalter Pilatus am Ende hinterrücks erstochen hat, steht nicht in der Bibel! Daraufhin waren die Kohlezeichnungen abgewaschen worden, und Huddle hatte von neuem begonnen: Ein wunderbar kraftvolles Gemälde von Verkündigung und Geburt Christi. Der Kirchenfußboden war gefegt und sauber gewischt worden – dank Cecily, der Hure, die sich ihre Pennies mit ehrlicher Arbeit verdient und ihn Zoll für Zoll geschrubbt hatte.

»Ehrlich, Pater«, hatte sie bekannt und sich dabei auf ihren Reisigbesen gestützt. »Ich habe mich geändert. Und ich werde mich noch mehr ändern.«
Athelstan schaute in ihre kindlichen Augen und fragte sich, ob die Frau vielleicht ein wenig schlicht war. Er wußte genau, daß er sie auf dem Kirchhof mit Simon, dem Dachdecker, zwischen den Gräbern hatte liegen sehen – und der war ein verheirateter Mann und Vater von drei Kindern.
»Also, Pater«, hatte sie geraunt, war näher gekommen und hatte vielversprechend die Hüften geschwenkt, »kann ich beim Mummenschanz der Gemeinde zu Fronleichnam die Jungfrau Maria spielen?«
Athelstan hatte sein Lächeln hinter einer strengen Miene verborgen und versprochen, die Angelegenheit mit dem Kirchenrat zu erörtern.
»Watkin, der Mistsammler«, hatte er gesagt, »nimmt seine Pflichten als Kirchenaufseher sehr ernst. Er hat seine eigenen Ansichten in dieser Frage.«
»Was Watkin sagt, ist mir egal«, hatte Cecily giftig erwidert. »Ich könnte Euch eine Menge über Watkin erzählen, Pater.«
»Danke, Cecily«, hatte er gesagt. »Bald sieht die Kirche viel schöner aus.«
Cecily putzte weiter. Athelstan hatte Gewissensbisse. Vielleicht ging er ein bißchen zu schroff mit ihr um. Cecily war ein braves Mädchen, das es nur gut meinte. Nichts sprach dagegen, sie die Jungfrau Maria spielen zu lassen. Das einzige Hindernis war Watkin, der Mistsammler, dessen beleibte Frau ebenfalls ein Auge auf die Rolle geworfen hatte.
Alles in allem gesehen, entschied Athelstan, war er zufrieden. Alles war gut, abgesehen von Godric, Bonaventura – und natürlich dem Ablaßkrämer. Huddle hatte ihm von dem Halunken erzählt, in grellbunten Gewändern hatte der sich auf die Kirchentreppe gestellt und sich erboten, jedem einen Ablaß zu

verkaufen, der den Preis bezahlen konnte. Athelstan schwor, sollte er den Burschen in die Finger bekommen, würde Cranston einen weiteren Mord aufzuklären haben.
Er lehnte sich an den Lettner, schaute zur reparierten Decke hinauf und fragte sich, wo Cranston sein mochte. Warum hatte er zwei Tage vergehen lassen? Schmollte er – oder war er nur vom Trinken krank? Athelstan konnte seine Pfarrei nicht einfach verlassen und in die Stadt gehen, aber er hätte gern mit dem Coroner gesprochen und sich bei ihm entschuldigt, weil er ihn zwei Abende zuvor so abrupt hatte sitzenlassen. Er hatte es nicht mit Absicht getan; er war nur so erschöpft gewesen, so müde der Springalls, der Morde, der Täuschungen und Lügen. Er glaubte nicht, daß Vechey und Brampton Selbstmord begangen hatten. Er vermutete, daß auch Springall nicht von Brampton ermordet worden war. Die wahren Mörder verbargen sich jetzt im Dunkel, lachten über ihn und Cranston und glaubten, daß beide die Wahrheit niemals herausfinden würden. Athelstan lächelte bitter. Wenn Cranston seinen Verstand zusammennähme, würde er die Schurken Lügen strafen.
Er hörte ein Geräusch und drehte sich um. Die Kirchentür öffnete sich, und Crim, der kleine Schlingel, kam herein. Seine Mutter hatte besondere Sorgfalt darauf verwandt, den Schmutz zumindest von Händen und Gesicht abzuschrubben.
»Guten Morgen, Crim«, rief Athelstan ihm zu. »Komm her.«
Er nahm eine kleine Kerze und entzündete sie an der großen Wachskerze, die vor dem Standbild der Madonna brannte.
»Nimm das; wenn ich jetzt durch die Straßen gehe, wirst du das Licht vor mir hertragen. Und hier …« Er trat hinter den Altar und holte ein Glöckchen hervor. »Läute damit. Wenn dir die Kerze ausgehen sollte, brauchst du keine Angst zu haben. Geh einfach weiter und läute die Glocke. Du weißt, wohin wir gehen?«
Der Junge machte große Augen und schüttelte den Kopf.

»Zu Hob, dem Totengräber.«
»Oh. Der stirbt aber, Vater.«
»Ja, Crim, das weiß ich. Und er muß mit Christus sterben; deshalb ist es wichtig, daß wir ihn besuchen. Verstehst du das?«
Der kleine Kerl nickte feierlich. Athelstan nahm den Schlüssel vom Gürtel, stieg unter dem rot flackernden Ewigen Licht die Stufen hinauf und schloß das Tabernakel auf. Er nahm das Viatikum hervor, legte es in einen kleinen Lederbeutel, den er sich um den Hals hängte, und ging dann in die Sakristei, um den einzigen Chorrock zu holen, den die Kirche besaß – ein verschossenes, rotgoldenes Gewand, das den Heiligen Geist als Taube mit nur einem Flügel zeigte, die verblichene Strahlen zu einem noch verblicheneren Christus hinunterschickte. Athelstan legte sich den Chormantel um die Schultern, befahl Crim, vorauszugehen, und beide verließen die Kirche, gingen die Treppe hinunter und in das Labyrinth der Gassen von Southwark. Athelstan war immer wieder überrascht ob der Wirkung, die sein Erscheinen hatte. Hier war er in einer Gegend, in der man für ein paar Kupfermünzen umgebracht werden konnte, aber beim Anblick der brennenden Kerze, beim Klang des kleinen Glöckchens und beim Erscheinen seines Chormantels neigten sich selbst die rohesten unter den Männern und Frauen vor den großen Mysterien, die er trug.
Hobs Behausung war eine finstere Hütte mit Lehmboden, in drei Kammern aufgeteilt; in der einen schliefen Hob und seine Frau, in der zweiten seine vier Kinder, und in der dritten wurde gekocht und gegessen. Die Hütte war ärmlich, aber sauber gefegt; ein paar Zinntöpfe und Pfannen, in kochendem Wasser geschrubbt, hingen an Nägeln an der Wand. Ganz hinten in der Hütte lag Hob auf seinem Bett. Sein Gesicht war bleich, und Blut schäumte rot auf seinen Lippen. Athelstan segnete den Mann, hielt seine Hand und tröstete seine brave Frau: Alles werde wieder gut werden. Dabei bemühte er sich, nicht das Blut

anzusehen. Er gab dem Mann die Sterbesakramente, segnete ihn und salbte ihn an Kopf, Brust, Händen und Füßen. Dann sprach er ein paar Worte mit Hobs Frau, während die Kinder um sie herum am Boden kauerten; er versprach, ihr zu helfen, und ging dann, den Chormantel immer noch um die Schultern gelegt, leise hinaus. Auf dem Rückweg zur Kirche hüpfte Crim vor ihm auf und ab.

Der Rattenfänger Ranulf erwartete ihn vor der Tür, einen friedlichen, gutgenährten Bonaventura auf dem Arm. Er wartete, bis Athelstan den schwarzen Beutel wieder ins Tabernakel gelegt hatte, und als Crim seinen Penny genommen hatte und wie der Wind davongejagt war, setzte er den Kater auf den Boden und kam zu Athelstan.

»Er hat hier gewartet, Pater. Aber wollt Ihr ihn nicht verkaufen?«

Athelstan lächelte. »Wenn du ihn haben willst, Ranulf, ist er dein. Aber ich bezweifle, daß er mitgeht.«

Der Mönch kniete nieder und kraulte den Kater zwischen den Ohren. Er sah auf und blickte dem Rattenfänger in das faltige, von der teerschwarzen Lederhaube umrahmte Gesicht.

»Der Kater ist ein Söldner. Wenn du ihn mitnimmst, kommt er heute abend zurück.«

Bonaventura pflichtete ihm bei, streckte sich und wanderte zu seinem Lieblingsplatz am Fuße der Säule.

Als Ranulf gegangen war, setzte Athelstan sich auf die Altarstufen, und seine Gedanken kehrten zu den Leichen zurück, die er gesehen hatte: Vechey, der kalt zwischen den greulichen Köpfen auf dem Torturm der London Bridge lag; Brampton, in schmutziges Leinen gewickelt im Totenhaus von St. Mary Le Bow; Springall, allein unter der ledernen Decke in dem großen vierpfostigen Bett in seiner Villa. Was hatte er bis jetzt übersehen? Er dachte an den sterbenden Hob in seiner Hütte und an dessen Frau, die Angst vor der Zukunft hatte. Würde er wohl ein wenig Geld für sie auftreiben können? Er hob die Hände vor das

Gesicht und roch das Chrisam, mit dem er Hob gesalbt hatte, an Kopf und Händen, Brust und Füßen … Die Füße!
Athelstan sprang auf. Jawohl, das war es! Bramptons Füße. Der Diener hatte keinen Selbstmord begangen. Das war unmöglich. Er war ermordet worden.
Athelstan schaute sich in der Kirche um und wünschte sich Cranston herbei. Die Sonne strahlte durch die hornverglasten Fenster, und Bonaventura räkelte sich entspannt nach erfolgreicher nächtlicher Jagd. Athelstan wandte dem vertrauten, heimischen Anblick den Rücken zu und kniete vor dem Altar nieder, den Blick auf das rote Licht gerichtet.
»O Gott«, betete er, »hilf mir jetzt. Bitte!«

In seinem Privatgemach in seinem Haus in der Poultry war auch Sir John in Gedanken versunken, als er sich, die Feder in der Hand, über seinen Schreibtisch beugte. Er war vertieft in die große Liebe seines Lebens: Er schrieb eine Abhandlung über die Aufrechterhaltung des Rechtes in der Stadt London. Cranston liebte das Recht, und seit seiner Ernennung zum Coroner entwarf er eigene Vorschläge zu einer Gesetzesreform. In einem Buch, gebunden in feinstes Kalbsleder, würde er sie schließlich einem mächtigen Patron vorlegen, der – das war Cranstons Traum – darin die Lösung aller Probleme Londons finden würde.
Sir John liebte die Stadt; er kannte jeden Stein, jede Kirche, jede Straße, ja, jedes Gäßchen. Von der Geschichte Londons fasziniert, bettelte er ständig bei den Mönchen der Westminsterabtei und den Kanzleibeamten des Towers, ihm Zugang zu Manuskripten und Dokumenten zu gewähren. Manche nahm er mit nach Hause und schrieb sie sorgfältig ab, ehe er sie in ihren ledernen Hüllen zurückbrachte. In gewissem Sinne wäre Cranston am liebsten mit dieser Arbeit niemals fertig geworden; er glaubte, daß seine Untersuchung von Nutzen sein werde,

aber insgeheim sah er sie auch als Fluchtmöglichkeit. Niemand wußte davon. Niemand außer Maude natürlich.
Cranston legte die Feder aus der Hand, und eine Woge des Selbstmitleids durchflutete seinen mächtigen Körper. Er schaute zum Fenster hinaus und hörte das Geschrei von der Cheapside, das Rattern der Karren, das Getrappel der Pferde, die nach Smithfield und zum Pferdemarkt trotteten. Er trank zuviel, das wußte er. Er mußte aufhören damit, mußte sein Leben ändern. Tugendhaft klopfte er sich auf den mächtigen Bauch. Nicht heute. Morgen vielleicht. Er fragte sich, was Athelstan treiben mochte, und überlegte, ob er nicht mit dem Ordensbruder sprechen, ihm sein Herz öffnen und seine Geheimnisse anvertrauen sollte, um dem Meer des Jammers zu entrinnen, in dem sein Körper badete und sein Geist ertrank.
Maude kam herein, und Cranston sah sie an wie ein begossener Pudel, denn selbst im Bett, beim Turnier der Liebe, versagte er zusehends. Er beobachtete seine Frau aus dem Augenwinkel, als sie geschäftig umherging und Wäsche stapelte, Truhen auf- und zuklappte, Kerzen in die Halter steckte. Er betrachtete ihre gefällige Gestalt, die vollen Brüste, das klare Antlitz, die strahlenden Augen, das bereitwillige Lächeln, ihren leicht wiegenden Gang. Cranston stand auf. Vielleicht war nicht alles in Ordnung, aber so schlimm war es nun auch wieder nicht. Er ging zu seiner Frau, umarmte sie und zog sie an sich.
»Oh, Sir John!« wisperte sie und schmiegte sich an ihn.
»Verriegle die Tür«, murmelte er gepreßt. »Verriegle die Tür. Ich will dir etwas zeigen.«
Sie drehte sich mit runden Augen um. »Ich glaube fast, ich habe es schon einmal gesehen.«
Dennoch wurde die Tür verschlossen und das Fenster zugeschoben, und Cranston bewies – zu seiner eigenen Befriedigung wie auch zu der seiner Frau –, daß das Alter doch noch nicht alle Säfte aus seinem Körper gesogen hatte. Als sie ineinander ver-

schlungen in dem großen Bett lagen und Maude beinahe in Cranstons gewaltigen Fettfalten versank, starrte Sir John zur Decke, rieb seine Wange am Haar seiner Frau und hörte zu, wie sie über dies und jenes plauderte.
»Was?« Plötzlich schob er sie heftig von sich.
»John, was ist los?«
»Was hast du gerade gesagt?«
Maude zuckte die Achseln. »Ich sprach von Agnes, der Frau von David, dem Fährmann. Du mietest ihn doch oft, damit er uns über den Fluß setzt. Nun, sie sagt, die Bootsleute und Dockarbeiter setzen eine Bittschrift auf und möchten, daß du sie dir ansiehst. Sie wollen, daß ein paar der Brückenbögen verbreitert und die Pfahlwehren versetzt werden. Der Wasserstand ist bei Flut so hoch, daß es gefährlich wird; die Boote werden gegen Stege und Pfeiler geworfen. Es sind schon Menschen ertrunken. Auch Kinder!«
Cranston setzte sich im Bett auf, und sein Bauch bebte vor Freude.
»Das war es, was nicht stimmte! Jetzt weiß ich, was ich an der Brücke gesehen habe!« Er umarmte seine überraschte Frau und küßte sie leidenschaftlich auf Stirn und Wangen. »Maude, was würde ich nur ohne dich anfangen? Du und deine Geschichten! Aber natürlich! Ich frage mich nur, ob Athelstan darauf gekommen ist ...«
Seinen Massen zum Trotz, sprang Cranston aus dem Bett. »Komm, Maude! Komm, Weib, schnell! Eine frische Hose, ein reines Hemd! Einen Becher Roten, eine Fleischpastete und einen Laib Weißbrot! Ich muß fort! Also los!«
Lady Maude war nicht minder flink auf den Beinen, und erbost funkelte sie ihren Gatten an. Gerade noch hatte er sie umarmt und leidenschaftlich geküßt, und jetzt sprang er in der Schlafkammer umher wie ein junger Geck und wollte ausgehen. Trotzdem eilte sie hurtig umher, zog Kleid und Kittel an und murrte,

daß – wenn andere Leute sie nicht gestört hätten – schon längst alles fertig wäre.
Sir John kümmerte sich nicht darum und zog sich hastig an. Jetzt wußte er, daß Vechey ermordet worden war. Ermordet worden sein mußte. Der Pegelstand des Flusses würde das beweisen. Er würde den verdammten Ordensbruder von seiner Sternguckerei losreißen, und zusammen würden sie zum Hause Springall gehen und dieses Mal Antworten auf ihre Fragen verlangen.

Kapitel 5

Als Athelstan um die Kirche herumkam, sah er den Coroner neben Philomel stehen. Das alte Roß war gesattelt und marschbereit. Cranston grinste.

»Guten Morgen, Bruder!« brüllte er so laut, daß die halbe Pfarrei es hören konnte. »Dein Pferd ist bereit, deine Satteltaschen sind gepackt.« Er hielt sie in die Höhe. »Federkiele, Griffel, Schreibtablett, Pergament – und ich habe dafür gesorgt, daß das Tintenhorn gut verschlossen ist; wenn es also ausfließt, mache nicht mich dafür verantwortlich.«

Athelstan war immer noch niedergeschlagen nach seinem Besuch bei Hobs Frau; er ignorierte den Coroner und ging an ihm vorbei in sein kleines Zweizimmerhaus. Cranston folgte ihm wie ein unerwünschter Windstoß; er rauschte herein und füllte den Raum mit seiner Masse.

»Wirklich, Bruder«, dröhnte er und sah sich um, »du solltest ein bißchen komfortabler wohnen. Hast du Wein?«

Athelstan deutete auf einen irdenen Krug und sah genüßlich zu, wie Cranston in tiefen Zügen trank, dunkelrot anlief und zur Tür stürzte, um auszuspucken.

»Um Gottes willen, Mann! Das ist ja mehr Wasser als Wein!« fauchte er.

»St. Dominikus und mein Orden«, versetzte Athelstan, »haben in ihrer Weisheit entschieden, daß Wein in seiner vollen Stärke nicht gut für Ordensleute ist«. Er klopfte Cranston auf den Bauch. »Vielleicht nicht einmal für die Coroner des Königs ...«

Cranston richtete sich zu voller Größe auf und blinzelte Athelstan an. »Mein Befehl ist, Brüderlein, daß du mich zur Cheap-

side begleitest, zur Schänke ›Bär und Knüppel‹. Du hast davon gehört?«
Athelstan schüttelte den Kopf, und sein Mut verließ ihn. Cranston grinste verschmitzt.
»Wir werden uns dort hinsetzen. Ich werde nüchtern bleiben und dir erzählen, wie Vechey ermordet wurde. Er hat nämlich keinen Selbstmord begangen.«
»Und ich, Lord Coroner, werde Euch erzählen, wieso Edward Brampton, Majordomus bei Sir Thomas Springall, sich nicht auf dem Dachboden des Hauses in der Cheapside aufgehängt hat.«
»Du hast also nachgedacht, Bruder?«
»Coroner, ich höre niemals damit auf.«
»Na, dann los!«
»Sir John, wir könnten hierbleiben und unsere Angelegenheit erörtern.«
Cranston drehte sich kopfschüttelnd um. »Hier? Wo jede kleine Rotznase von Southwark dauernd an deine Tür klopfen und dich mit ihren Klagen behelligen kann? O nein, Bruder. Der ›Bär und Knüppel‹ ist erst der halbe Weg. Von dort geht es weiter nach Newgate und vielleicht noch woandershin.«
Mit diesen Worten stapfte er hinaus. Athelstan flehte in einem kurzen Stoßgebet um Geduld, bekreuzigte sich und folgte. Cranston saß schon zu Pferde, er beobachtete ihn.
»Willst du deine Tür nicht abschließen?« fragte er.
»Wozu?« fragte Athelstan zurück. »Wenn ich es tue, werden Diebe einbrechen, weil sie denken, im Haus sei etwas Wertvolles.«
Cranston schnaubte ob der offensichtlichen Dummheit des Ordensbruders. Er wendete sein Pferd und ritt voran, hinaus in die Gassen von Southwark. Eine Horde kleiner Jungen erkannte Sir John; sie folgten ihnen von ferne und spotteten, Athelstans Beschwörungen zum Trotz, lauthals über die Leibesfülle des

Coroners. Garth, der Holzschneider, der auch den Totenkarren durch die Straßen fuhr, hockte vor der Schänke und trank und stimmte in das johlende Spottgeschrei ein.
»Sir John Cranston!« schrie er und klopfte sich auf den eigenen runden Bauch. »Ihr müßt schwanger sein. Was wird's denn – ein Junge oder ein Mädchen?«
Das war zuviel für den Coroner. Er zügelte sein Pferd und funkelte seinen grinsenden Peiniger an. »Wenn ich von dir schwanger wäre«, brüllte er, »dann würde es wahrscheinlich ein verdammt dicker Berberaffe!«
Und in dem ausgelassenen Gelächter, das auf diese Entgegnung folgte, ritten Athelstan und Cranston auf die London Bridge zu. Ungehindert überquerten sie die Brücke, und Athelstan lächelte, als sie durch das Tor auf der anderen Seite zur Fish Hill Street kamen. Er überlegte, wie es dem kleinen Mann im Torhaus wohl gehen mochte, dachte an die Schädel und beschloß, diese Bekanntschaft lieber nicht zu vertiefen.
Der schöne Tag lockte die Menschen in Scharen nach London; Pagen, Junker und Knappen, die ihre Ritter nach Norden zum großen Pferdemarkt in Smithfield begleiteten, in dessen Gefolge Turniere und Wettkämpfe stattfinden würden. Die Straßen waren voller Männer mit Helm und Waffen. Mächtige Schlachtrösser, mit Schabracken in allen Farben und furchterregendem Kriegsschmuck ausstaffiert, zogen majestätisch über den Fish Hill. Hoch im Sattel saßen die Ritter, prachtvoll anzusehen in ihren farbenfrohen Umhängen. Ihre schlitzäugigen Helme baumelten an den Sattelhörnern, und Junker trugen Lanzen mit flatternden Wimpeln vor ihnen her. Scharen von anderen folgten zu Fuß: das Gefolge großer Lords in bunter Livree und junger Gecken in leuchtender französischer Seide, die wie Schmetterlinge unter warmer Sonne und blauem Himmel durch die Stadt schwärmten. Die Schänken wimmelten von ihnen, und ihre bunten Kleider hoben sich ab von den schmutzigen Lederschür-

zen der Schmiede und den kurzen Wämsern der Lehrburschen mit ihren Mützen.
Als Cranston und Athelstan in die Cheapside einbogen, sahen sie, daß die festliche Stimmung sich auch hier ausgebreitet hatte. Stände waren aufgebaut worden, und Vermummte führten Mirakelspiele auf. Männer brüllten sich heiser in Hahnen- und Hundekämpfen und wütenden Schlachten zwischen Wildschweinen und räudigen Bären. Die Mistkarren waren in der Menge steckengeblieben, und überall türmten sich Berge von Müll und Abfall, über denen die Fliegen in dichten schwarzen Wolken wimmelten.
»Um Gottes willen«, brummte Cranston. »Komm, Athelstan.«
Sie mußten absteigen und sich durch das Gedränge zwängen, vorbei an Wasserleitung und Bleizisterne und durch eine enge Gasse, die zum Wirtshaus ›Bär und Knüppel‹ führte. Sie stellten ihre Pferde unter, setzten sich aber nicht in den Schankraum, sondern gingen in einen behaglichen Garten, der dahinter lag. Es war ein abgeschiedener Ort mit schachbrettförmigen Beeten, ein Quadrat, das durch schmale Kieswege in vier Teile aufgeteilt war. Eine Hecke unterschiedlicher Sträucher und Bäume umsäumte das Ganze, Weißdorn, Liguster, Hecken- und andere Rosen, alle miteinander verwachsen. Sie setzten sich im Schatten der Mauer auf Rasenbänke, und ihr Blick ging über Hochbeete mit Ysop, Lavendel und anderen duftenden Pflanzen. Ein schmuddeliges Weib brachte einen kleinen Tisch, auf den Athelstan sein Schreibtablett legen konnte und der natürlich auch Platz für einen Krug Wein und zwei Becher bot; Athelstan allerdings schüttelte den Kopf und bat um etwas Wasser. So saßen sie da und genossen den Blumenduft und die Kühle nach dem staubigen Ritt durch die Stadt.
»Hier könnte ich den ganzen Tag bleiben.« Athelstan lehnte sich an die Mauer. »So ruhig, so friedlich.«
»Du wärest wohl lieber wieder in deinem Kloster?«

Athelstan lächelte. »Das habe ich nicht gesagt.«
»Aber deine Arbeit gefällt dir nicht?«
»Auch das habe ich nicht gesagt.« Athelstan wandte sich um und sah Cranston an; das Antlitz des fetten Coroners war von Schweißperlen bedeckt wie Tautropfen. »Gefällt Euch denn die Eure, Sir John? Die Morde, die Betrügereien, die Lügen? Erinnert Ihr Euch«, fuhr er fort, »wie ich einmal Bartholomew den Engländer zitiert habe?«
Cranston machte ein erwartungsvolles Gesicht.
»Er hat ein Buch mit dem Titel *Die Natur der Dinge* verfaßt. Darin beschreibt er den Planeten Saturn als kalt wie Eis, finster wie die Nacht und bösartig wie Satan. Und er behauptet, dieser Planet regiere die mörderischen Absichten des Menschen.« Athelstan kniff die Augen zusammen und beobachtete die Bienen, die eine üppig blühende Rose umsummten. »Ich glaube oft, er regiert auch die meinen. Ihr habt gehört, wie Fortescue von meinem Bruder sprach?«
Cranston nickte.
»Mein Vater besaß einen blühenden Bauernhof im Süden, in Sussex. Ich war für ein frommes Leben bestimmt, und mein Bruder sollte den Acker bestellen. Nun führte eine Straße an unserem Hof vorbei zur Küste. Wir sahen immer wieder die Soldaten und Bogenschützen auf ihrem Marsch zum Hafen, wo sie nach Frankreich übersetzten, und dann sahen wir sie zurückkehren, beladen mit Kriegsbeute. Wir hörten Legenden und romantische Geschichten von Rittern in schimmernder Rüstung, von Schlachtrössern, die majestätisch über grüne Felder zogen. Eines Tages im Frühling verließ ich mein Noviziat und kam zum Hof zurück. Dem nächsten Trupp Soldaten, der vorüberzog, schlossen wir, mein Bruder und ich, uns an. Wir schifften uns in Dover ein, landeten in Harfleur und zogen mit einer der vielen Banden, die plündernd Frankreich durchstreiften.« Athelstan starrte zum Himmel hinauf. »Wir standen unter

dem Befehl des Schwarzen Prinzen und seines Generals Walter de Manny. Unsere Träume starben bald. Wir waren keine edlen Ritter, keine majestätische Armee, die sich an Regeln hielt. Wir begingen grauenhafte Taten, plünderten Städte und brannten sie nieder, schlugen Frauen und Kinder tot. Und eines Tages wurden mein Bruder und ich, die wir als Bogenschützen dienten, von einer Schar französischer Berittener vor einer Stadt überrascht; wir wollten gerade unsere Stellung beziehen und wie üblich Befestigungen in den Boden rammen, aber die Franzosen griffen früher an, als wir dachten. Plötzlich waren sie unter uns, hauten und stachen und töteten.«

Athelstan suchte sich zu fassen, ehe er fortfuhr.

»Als es vorbei war, lebte mein Bruder nicht mehr, und ich war um hundert Jahre gealtert. Ich kann es Euch ruhig erzählen, Cranston. Ich kehrte nach Hause zurück. Das Gesicht meines Vaters werde ich nie vergessen. So hatte ich ihn noch nicht gesehen. Er starrte mich nur an. Und meine Mutter? Sie kauerte in einer Ecke und schluchzte. Ich glaube, sie hörte nicht mehr auf zu weinen, bis sie starb. Und mein Vater folgte ihr bald darauf ins Grab. Ich kehrte zu meinem Orden zurück. Oh, sie nahmen mich auf, aber das Leben war hart. Ich mußte im stillen und öffentlich Buße tun und das feierliche Gelübde ablegen, nach meiner Ordination jede Pflicht auf mich zu nehmen, die meine Oberen mir auferlegten.«

Athelstan lachte schnaubend auf und beugte sich mit verschränkten Armen nach vorn, als redete er mit sich selbst und hätte vergessen, daß der Coroner neben ihm saß. »Jede Pflicht! Hartes Studium und die niedrigsten Arbeiten, die das Haus zu bieten hatte: Kloaken säubern, Gräben graben – und nach der Ordination: Geh hierhin, geh dorthin! Schließlich protestierte ich. Da machte der Pater Prior mit mir einen Spaziergang über die Wiesen und sagte, ich müsse mich in einer letzten Aufgabe beweisen.«

Er lehnte sich wieder an die Mauer.
»Und meine letzte Aufgabe war die Pfarrei St. Erconwald in Southwark.« Er starrte Cranston an. »Mein Pater Prior hat eine gute Wahl getroffen. Meine Eltern gaben mir die Schuld am Tod meines Bruders. In Southwark stirbt jeden Tag jemand. Männer und Weiber betrinken sich, sie geraten in Streit und prügeln in roher Gewalt aufeinander ein. In irgendeiner Gasse, irgendeiner Gosse wird ein Mann zerstückelt, weil er Ale gestohlen hat. Eine Frau schwimmt in einem Wassergraben, aufgeschlitzt vom Hals bis zu den Lenden. Und dann Ihr, Sir John. Nur für den Fall, daß ich es vergessen oder mich zurückziehen und hinter den Mauern meiner Kirche verstecken sollte – für diesen Fall seid Ihr hier, stets bereit, mich durch die Straßen zu führen und daran zu erinnern, daß es kein Entrinnen vor dem Mord gibt, kein Entrinnen davor, die größte Sünde von allen mit anzusehen: wie der Mensch seinen Bruder erschlägt.«
Cranston leerte seinen Becher und meinte: »Vielleicht ist dein Pater Prior weiser, als du glaubst.«
»Wie meint Ihr das?«
»Ich schreibe – schon seit Jahren – an einer Abhandlung über die Aufrechterhaltung des königlichen Friedens in London. Das schrecklichste Verbrechen ist der Mord – der Glaube, man könnte jemanden töten, fortgehen und sagen: ›Ich bin nicht verantwortlich.‹ Ich bin kein Theologe, Athelstan, und kein Gelehrter der Heiligen Schrift, aber das erste Verbrechen, das nach der Vertreibung aus dem Garten Eden begangen wurde, war ein Mord: Kain erschlug seinen Bruder Abel und behauptete nachher, er wisse nichts davon.« Cranston grinste. »Das erste große Geheimnis – ich meine, der erste Mord. Aber nicht das ist deinem Bruder geschehen.« Er wandte sich ab und spuckte aus. »Das war kein Mord. Es waren Jugendträume und heißes Blut, Köpfe voll dummer Geschichten über Troja und die Ritter der Tafelrunde. Nein, Mord ist etwas anderes. Und warum

begehen Menschen einen Mord, Athelstan? Aus Gewinnsucht? Und was wird sie davon abhalten? Der Strick? Die Folter?« Er hob die Schultern. »Geh nur mal hinunter nach Newgate, wie wir es nachher tun werden. Das Gefängnis ist voller Mörder. Die Galgen sind beladen wie Apfelbäume im Herbst, wenn ihre Äste sich unter faulenden Früchten biegen.«

Cranston rückte näher, und sein Gesicht war ernster als Athelstan es je gesehen hatte. »Mord, Raub, Brandstiftung – das alles kann dann verhindert werden, wenn der Übeltäter weiß, glaubt und im Grunde seines Herzens akzeptiert, daß er gefangen und bestraft werden wird. Je wachsamer wir sind, desto weniger Morde, desto weniger Tote wird es geben. Desto weniger Frauen werden aufgeschlitzt vom Hals bis zu den Lenden, desto weniger Männern wird die Kehle durchgeschnitten, und niemand wird in einer Dachkammer aufgehängt oder muß an einem Balken unter einer Brücke baumeln. Dein Prior weiß, Athelstan, daß du mit deinem schlechten Gewissen und deinem tiefen Gefühl für Gerechtigkeit gut geeignet bist für eine solche Aufgabe.«

Er lachte unvermittelt und wandte sich wieder seinem Wein zu. »Wenn dein Orden mehr Männer wie dich hervorbrächte, Athelstan, und weniger Prediger und Theologen, dann wäre London ein sicherer Ort. Aus diesem Grunde habe ich dich hierher in diesen stillen Garten gebracht und nicht in eine Schänke, wo ich mich besinnungslos trinken würde. Nein, ich will einen Plan schmieden und einen bösen Mörder fangen. Denjenigen, der Thomas Springall getötet und die Schuld auf den armen Brampton abgewälzt hat, weil er seinen Tod wie Selbstmord aussehen ließ. Und ich glaube, daß derselbe Schurke auch Vechey hingerichtet und den Leichnam wie ein Stück Aas unter die London Bridge gehängt hat.«

Athelstan trank in gierigen Zügen aus dem Wasserbecher und sah Cranston nicht an. Er hatte vom Tod seines Bruders gesprochen, und zum ersten Mal hatte jemand nicht ihm die Schuld gegeben. Er wußte, daß sich nicht sofort alles ändern würde; aber ein Saatkorn war ihm in die Seele gepflanzt worden: die Möglichkeit, daß er zwar eine Sünde begangen hatte, aber keinen Mord. Dafür würde er Buße tun, und dann würde sein Herz wieder rein sein. Er stellte seinen Becher hin.

»Ihr sagt, Springall wurde von jemand anderem ermordet, nicht von Brampton?« fragte er unvermittelt.

»Ja«, antwortete Cranston. »Und du sagst es auch. Aber wie können wir es beweisen? Der lose Faden in diesem verrotteten Gobelin ist Vechey. Du erinnerst dich vielleicht: Als wir seinen Leichnam untersuchten, waren seine Beine naß bis über die Knie, nicht wahr?«

»Ja.« Athelstan nickte.

»Wir wissen auch: Wenn Vechey Selbstmord begangen hat, muß er es in den frühen Morgenstunden, kurz vor Sonnenaufgang, getan haben. Richtig?«

Wieder nickte Athelstan.

»Aber das ist unmöglich«, fuhr Cranston mit selbstzufriedenem Schmunzeln fort. »Siehst du, nach Mitternacht fließt die Themse schnell und hoch. Das Wasser steigt und überflutet fast den Bogen. Der Abstand zwischen dem Wasserspiegel und dem Balken, an dem Vechey sich erhängte, beträgt höchstens einen Fuß.« Er hielt seine runden Finger in die Höhe. »Erstens: Sollen wir etwa glauben, daß ein Mann bis zum Hals durchs Wasser watet, um die Schlinge zu befestigen, an der er sich dann aufhängt? Oder daß er sich buchstäblich unter Wasser erhängt? Aber als Vecheys Leiche gefunden wurde, war er aus irgendeinem Grund wieder trocken – bis zu den Knien!«

Athelstan grinste. »*Mirabile dictu*, Sir John. Natürlich hatte der Fluß Hochwasser. Vechey hätte hinausschwimmen müssen, um sich aufzuhängen, und das ist ein Widerspruch in sich. Was also, glaubt Ihr, ist passiert?«

»Vechey wurde betäubt oder bewußtlos geschlagen und dann aufgehängt, damit man ihn so fände.«
»Aber warum solche Umstände?«
»Das habe ich mich auch gefragt«, antwortete Cranston. »Bedenke, wir wissen sehr wenig über den Mann. Vechey wechselte häufig die Weiber; er liebte weiches, parfümduftendes Fleisch, aber als achtbarer Bürger ging er weit entfernt von seinem Heim in der Cheapside auf die Pirsch. Also, denke ich, ging er zu den Bordellen und Hurenhäusern unten am Fluß. Auf irgendeine Weise wurde er dort gefangen, vergiftet oder auf den Kopf geschlagen, und der Besinnungslose wurde hinunter zur London Bridge getragen. Man legte ihm die Schlinge um den Hals und warf den Strick über den Balken. Der Mörder war sehr schlau und das Flußufer menschenleer. Die Brücke ist, wie der Zwerg uns sagte, sehr beliebt bei Selbstmördern. Der Mörder beging nur einen Fehler. Er hatte die Gegend wahrscheinlich begutachtet, als der Wasserpegel weit unterhalb der Pfahlwehren lag, und dabei vergessen, daß es Flut sein würde, wenn er wiederkäme, um Vechey aufzuhängen. Damit war jede geeignete Fläche, auf der ein Selbstmörder hätte stehen können, von Wasser bedeckt.«
»Trotzdem führte er seinen Plan aus. Warum?«
»Weil Vechey vermutlich schon tot war, erwürgt, bevor er die Brücke erreichte. Was sollte der Mörder mit der Leiche anfangen? Sie mit dem Würgemal der Schlinge ins Wasser werfen? Oder sie durch London karren, nach einem neuen Galgen suchen und so seine Verhaftung riskieren?«
Athelstan lächelte. »Ausgezeichnet, Sir John.«
»Und Brampton?« fragte Sir John.
»Vielleicht«, antwortete Athelstan, »erinnert Ihr Euch, vielleicht auch nicht: Bramptons Leichnam trug Hose und Leinenhemd. Erstens: Glauben wir wirklich, daß jemand, der sich gerade entkleidet, plötzlich beschließt, sich zu erhän-

gen, und nun barfuß auf den Dachboden steigt, um diesen schrecklichen Entschluß in die Tat umzusetzen? Und selbst wenn er es getan hätte: Der Fußboden in der Dachkammer war voller Glasscherben und Schmutz. Aber als ich Bramptons Fußsohlen untersuchte, fanden sich dort weder Schrammen noch Schnitte. Wenn er ohne Stiefel über diesen Boden gegangen wäre, hätten welche da sein müssen. Überhaupt war sehr wenig Staub an seinen Füßen. Bleibt nur eine Schlußfolgerung. Brampton starb wie Vechey. Er wurde besinnungslos, wahrscheinlich mit Wein oder Drogen betäubt, auf den Dachboden geschleppt. Man schlang ihm den Strick um den Hals. Er wehrte sich noch ein wenig – daher die Fasern unter seinen Fingernägeln –, aber er wurde ermordet und dort hängen gelassen, weil alle anderen glauben sollten, er hätte sich das Leben genommen.«

Cranston spitzte die Lippen und lächelte dann. »Höchst logisch, Bruder.«

»Ein anderer Faktor«, fuhr Athelstan fort, »ist der Umstand, daß Vechey und Brampton sich angeblich eigenhändig erhängt haben. Nun habe ich die Blutergüsse an ihren Hälsen untersucht. Es ist schon ein bemerkenswerter Zufall, daß die beiden Männer, einander einigermaßen fremd, sich die Schlinge an exakt die gleiche Stelle geknotet haben und daß Vechey, als er sich erhängte, Bramptons Beispiel in jeder Einzelheit gefolgt ist. Ich war auf dem Richtplatz und habe mir drei Gehenkte angesehen. Der Henker sagte, ein jeder habe sein eigenes Markenzeichen, und die drei Toten, die ich dort untersuchte, hatten den Knoten alle an der gleichen Stelle. Die einzige logische Schlußfolgerung ist, daß Brampton und Vechey von derselben Person aufgehängt wurden.«

Athelstan ergriff mit Schwung einen Federkiel, nahm den Deckel von seinem Tintenhorn und tauchte die Feder hinein. Cranston beugte sich herüber, und Athelstan merkte, daß er die

körperliche Nähe genoß; es war fast wie früher, wenn er mit seinem Bruder irgendeinen Streich ausbrütete.
»Wie es in der Schrift heißt: Die letzten werden die ersten sein. Fangen wir also mit Vechey an ...« Er schrieb den Namen nieder. »Erhängt unter der London Bridge. Dem Anschein nach hat er sich das Leben genommen, aber in Wahrheit wurde er ermordet. Von wem und wie?« Athelstan malte ein Fragezeichen und sah Cranston an.
»Vielleicht werden wir es bald wissen«, meinte Cranston. »Ich habe auf dem Weg zu dir eine Botschaft an die Kanzlei des Sheriffs im Rathaus geschickt und gebeten, zwei Gerichtssekretäre in die Schänken und Bordelle auf dieser Seite des Flusses zu entsenden. Vielleicht finden sie etwas heraus. Vechey war ein recht bekannter Mann, ein Goldschmied. Er dürfte sich entsprechend gekleidet haben, auch wenn er vielleicht Mantel und Kapuze trug. In solchen Lokalen pflegt man die Kundschaft zu kennen.«
»Zweitens ...« Athelstan schrieb weiter. »Da hätten wir Brampton, den Majordomus bei Sir Thomas Springall, der von eigener Hand auf dem Speicher des Hauses Springall zu Tode kam.«
Cranston sah zu, wie Athelstans Feder über das Papier eilte.
»Wir wissen, daß es Mord und nicht Selbstmord war. Aber wie und von wem begangen?«
Wieder ein Fragezeichen.
»Und schließlich«, schloß Athelstan, »wurde Sir Thomas Springall in seinem eigenen Schlafgemach durch einen Becher vergifteten Weines ermordet, den Brampton dort hinstellte. Wir haben Lady Ermengildes Versicherung, daß niemand in Sir Thomas' Zimmer war, nachdem Brampton ihn besucht hatte. Auch betrat niemand mehr seinen Raum, nachdem er sich zurückgezogen hatte. Wir wissen, daß Sir Thomas den Giftbecher in seinem Gemach und nicht auf dem Bankett trank, denn sonst hätte ihn der Tod öffentlich und in Gesellschaft ereilt.«

Athelstan schrieb sorgfältig. Cranston reckte den Hals und sah zu, wie die Worte in bläulich grüner Tinte Gestalt annahmen.
»So viele Fragen, Sir John, und so wenige Antworten. Wo fangen wir also an?«
Cranston stieß mit einem Wurstfinger auf die zuletzt geschriebenen Worte. »Dort fangen wir an. Wir haben Springalls Tod noch nicht restlos untersucht. Da aber liegt der Schlüssel. Wenn wir ihn finden, wird sich der ganze Rest wie ein Stück Tuch aufribbeln lassen.«
»Leichter gesagt als getan, Sir John. Und Ihr hattet erst einen Becher zur Erfrischung.«
»Genug des Übels für einen Tag, Bruder. Das solltest du wissen.«
Athelstan nahm seinen Federkiel erneut zur Hand. »Wir haben drei Rätsel. Erstens: Genesis, Kapitel 3, Vers 1. Zweitens: Apokalypse, Kapitel 6, Vers 8. Und drittens den Schuhmacher ...«
»Der Schuhmacher sagt mir gar nichts«, antwortete Cranston. »Aber die Bibelverse ... Anscheinend gefiel es Sir Thomas, seine Kollegen zu necken; sie dürften jedenfalls neugierig gewesen sein. Wahrscheinlich trug Vechey die Verse mit sich herum, weil er das Rätsel lösen wollte. Oh«, setzte der Coroner grinsend hinzu, »vergib mir, daß ich dir nichts vom Tod des Pagen Eudo erzählt habe, aber nach meiner Erinnerung war an dem Fall nichts Verdächtiges – ein Sturz aus dem Fenster eben.«
Der Bruder zog ein Gesicht. »Wenn Oberrichter Fortescue jetzt einen Bericht verlangen wollte, könnten wir ihm viele Fragen und wenige Lösungen vorlegen, Sir John.«
»Aus diesem Grund«, erwiderte der Coroner kurz angebunden und erhob sich, »gehen wir nach Newgate zu Solper.« Er grinste Athelstan an. »Jeden Morgen bekomme ich vom Rathaus eine Liste derer, die zum Strang verurteilt sind. Der junge Solper

stand heute auf dieser Liste, und das keinen Tag zu früh. Eine Ratte aus der Gosse – aber auch einer meiner besten Spitzel. Mal sehen, ob er leben will …«

Er ging mit großen Schritten davon, und Athelstan beeilte sich, sein Schreibtablett einzupacken, alles in die Ledertasche zu stopfen und ihm zu folgen. Cranston hatte bereits den Befehl gegeben, ihre Pferde auf die Cheapside hinauszuführen. Sie ritten über den Markt. Lärm, Geschrei und die staubige Hitze verhinderten jedes Gespräch. Cranston sah sich um.

Ja, auch das würde er in seiner Abhandlung erwähnen, nahm er sich vor. An jeder Ecke sollten Büttel postiert werden, von denen jeder den ihm zugewiesenen Teil des Marktes im Auge behielt, und andere sollten sich unter die Menschenmenge mischen. Das würde die Zahl von Dieben, Schwindlern und Beutelschneidern, die solche Orte heimsuchten wie die ägyptische Heuschreckenplage, drastisch verringern. Seine Gedanken schweiften umher, und er überließ es seinem Pferd, den Weg durch die Menge zu finden.

Athelstan zog sich die Kapuze über den Kopf, als er die Hitze der Sonne im Nacken spürte. Er fragte sich, was Sir John in Newgate wollte.

Sie ließen die Cheapside hinter sich und ritten auf die alte Stadtmauer zu, in der das berüchtigte Gefängnis untergebracht war; vorbei an der kleinen Kirche von St. Nicholas Le Quern in der Nähe der Blow Bladder Street und auf den großen, freien Platz vor dem Gefängnis, das im Grunde nur aus zwei mächtigen, durch eine große Mauer verbundenen Türmen bestand. Der Platz vor dem Newgate, dachte Athelstan, ist die Hölle auf Erden. In der Mitte war ein Markt, dessen Stände nach außen gewandt waren, aber Luft und Boden waren vergiftet von Blut, Schmutz und Kot aus dem Schlachthaus. Wenn das Vieh geschlachtet wurde, bahnte sich der Unrat seinen Weg, und manchmal sammelte sich das Blut in großen, schwarzen Pfützen, über denen

Schmeißfliegen wimmelten. Athelstan war froh, daß Cranston beschlossen hatte, den Platz zu Pferde zu überqueren.

Der Markt war voller Menschen, die sich schiebend und stoßend einen Weg zu den Ständen bahnten; Hitze, Staub und Fliegen förderten die Stimmung nicht. Vor dem Gefängnistor drängte sich jede Verworfenheit unter Gottes Himmel: Taschendiebe, Betrüger, Zuhälter, aber auch die Verwandten von Schuldnern und anderen Häftlingen, die versuchten, Zutritt zu den Ihren zu erhalten. Cranston und Athelstan stellten ihre Pferde an einer schmierigen Taverne unter und gingen zu Fuß, sich gewaltsam durch die Menge drängend, zu dem mächtigen Gefängnistor zurück. Davor stand ein Wärter auf einem Bierfaß; er läutete eine Glocke, die wie das Totenglöckchen den Lärm übertönte.

»Ihr Gefangenen«, brüllte er dazu, »die ihr für eure Bosheit und Sünde dort drinnen seid – wisset, daß es euch nach mancherlei Gnade bestimmt ist, vor der Mittagsstunde morgen zu sterben!«

Unaufhörlich brüllte er den üblichen Unsinn von Gottes Gnade und der Gerechtigkeit, die über alles gehe. Cranston und Athelstan drängten sich an ihm vorbei und hämmerten an das Tor. Ein Gitter tat sich auf, und dahinter erschien ein böse blickender, schmalgesichtiger, gelbhäutiger Kerl mit wäßrig blauen Augen und schmalem Mund.

»Was wollt Ihr?« fauchte der Kerl, und seine Lippen entblößten schwarze Zahnstummel. Cranston schob sein Gesicht dicht an das Gitter.

»Ich bin Sir John Cranston, Coroner des Königs für diese Stadt. Jetzt mach schon auf!«

Das Gitter schloß sich wieder, und man hörte Schritte. Eine kleine Seitentür in dem großen Tor öffnete sich. Ein mit einer Keule bewaffneter Wächter kam heraus und drängte die anderen zurück, während Cranston und Athelstan hereingewinkt wurden. Sie schoben sich an dem Torwächter vorbei, und sein

Gestank ließ sie schier würgen. Sie betraten die Wachstube, ein kleines Gelaß, wo der Gefängnisaufseher die neuen Gefangenen begrüßte.

»Ich will den Aufseher Fitzosbert sprechen!« befahl Cranston.

Der Torwächter grinste und führte sie durch einen dunklen, von üblem Geruch erfüllten Gang in eine zweite Kammer, wo der Aufseher von Newgate, Fitzosbert, hinter einem großen Eichentisch hockte wie ein König auf seinem Thron. Athelstan hatte schon von dem Mann gehört, aber er sah ihn jetzt zum ersten Mal. Tatsächlich kannte jeder, der in London irgend etwas mit dem Gesetz zu tun hatte, Fitzosberts furchterregenden Ruf. Fitzosbert, ein sehr reicher und daher mächtiger Mann, hatte als Aufseher des Gefängnisses von Newgate Zugriff auf alles, was die Gefangenen besaßen, und die Vergabe von Konzessionen – für Unterkünfte, Leinen, Kohle, Speisen, Getränke, sogar Weiber – unterstand ihm auch. Wer ins Gefängnis kam, mußte eine Gebühr bezahlen, und Athelstan erinnerte sich, daß eines seiner Gemeindekinder, weil er nicht hatte bezahlen können, für seine Armut verprügelt worden war, während Fitzosbert lächelnd danebengestanden hatte. Der Aufseher, so folgerte Athelstan, war kein angenehmer Mann, und als er ihn jetzt vor sich sah, glaubte er jede Geschichte, die er je gehört hatte. Der Mann hatte ein von Läusen zerstochenes Gesicht, schmutzigblondes Haar und karmesinrot bemalte Lippen. Die eingefallenen Wangen waren großzügig mit Rouge bestrichen, was die vorquellenden grauen Augen noch fischartiger aussehen ließ. Der Ordensbruder starrte den Mann an und kam zu dem Schluß, daß er wahrscheinlich lieber als Frau zur Welt gekommen wäre. Nur das konnte das kurze, spitzenbesetzte Wams und die enge rote Hose erklären. Athelstan lächelte und schwelgte in Rachephantasien. Eines Tages, dachte er, würde der Kerl vielleicht als Sodomit entlarvt werden, und dann, das nahm er sich vor, würde er zum ersten Mal in seinem Leben an einer Hinrichtung teilnehmen. Fitzosbert hatte ihn unterdessen mit einem kurzen Augenzwinkern abgetan und wandte sich mit kühler Miene Sir John zu, als wollte er zeigen, daß ihn dessen zur Schau getragene Autorität nicht einschüchtern könne.

»Ihr habt Vollmachten, Sir?«

»Ich brauche keine Vollmachten!« zischte Cranston. »Ich bin der Coroner des Königs, und ich wünsche einen Gefangenen zu sehen.«

»Welchen?«

»Nathaniel Solper.«

Fitzosbert lächelte. »Und was habt Ihr mit ihm zu schaffen?«

»Das geht Euch nichts an.«

Wieder lächelte Fitzosbert, aber Athelstan hatte schon mehr Heiterkeit und menschliche Wärme auf den Silberbeschlägen eines Sargdeckels gesehen.

»Ihr müßt es mir schon erklären, Sir John.« Der Kerl legte zwei weibisch mit Ringen geschmückte Hände vor sich auf die Tischplatte. »Ich kann niemandem, nicht einmal dem Regenten selbst, erlauben, durch mein Gefängnis zu spazieren und Gefangene zu besuchen, vor allem nicht solche wie Solper. Der Mann ist zum Tode verurteilt.«

»Aber er hängt noch nicht, und ich wünsche mit ihm zu sprechen, und zwar sofort!« Cranston beugte sich über den Tisch, stützte sich mit beiden Händen auf Fitzosberts Hände und drückte sie hart auf das Holz, bis der Aufseher blaß wurde und ihm Schweißperlen auf die Stirn traten.

»Nun hört mal zu, Master Fitzosbert«, fuhr Cranston langsam fort, »wenn Ihr es wünscht, werde ich jetzt gehen. Dann komme ich morgen zurück, und zwar mit einer Vollmacht des Regenten, ordnungsgemäß von ihm unterzeichnet und besiegelt, und begleitet von einem Trupp Soldaten aus dem Tower. Und dann werde ich durch dieses Gefängnis gehen, Solper besuchen und vielleicht auch ...« Er lächelte. »Jeder von uns hat Freunde.

Vielleicht ließe sich im Unterhaus eine Bittschrift einreichen. Eine Bittschrift, die eine Überprüfung Eurer Bücher verlangt. Ich bin sicher, die Barone des Schatzamtes würde es interessieren, was in einem Gefängnis des Königs so zu verdienen ist und was mit dem Euch anvertrauten Geld passiert.«

Fitzosbert schürzte die Lippen. »Ich bin ja einverstanden«, murmelte er.

Cranston trat zurück.

»Und jetzt, Sir: Solper!«

Der Aufseher stand auf und trippelte aus dem Zimmer. Athelstan und Cranston folgten ihm; der Ordensbruder war fasziniert vom tänzelnden Gang des Mannes. Er wollte eben Cranston in die Rippen stoßen und ihn zu seinen Überredungskünsten beglückwünschen, als er ein Geräusch hörte und sich hastig umdrehte. Zwei große Kerkerknechte mit Körpern wie Affen und Gesichtern wie grausame Mastiffs tappten stumm hinter ihnen her. Jetzt blieb auch Fitzosbert stehen und drehte sich um.

»Gog und Magog!« rief er. »Das sind meine Leibwächter, Sir John, meine Helfer für den Fall, daß ich angegriffen werde.«

Cranstons Hand fuhr zum Schwertgriff; er zog die mächtige Klinge aus der Scheide und klopfte sich damit auf die Stiefelspitze.

»Dies ist mein Bediensteter, Master Fitzosbert. Darf ich Euch daran erinnern, daß ich ein Beauftragter des Königs bin? Wenn mir etwas zustößt, so ist das Hochverrat.«

»Selbstverständlich.« Als Fitzosbert lächelte, sah er noch widerlicher aus als vorher. Sie gingen weiter, durch ein Labyrinth von gewundenen Gängen voller Lärm und Gestank, der Athelstan die Kehle zuschnürte. Er hatte gehört, daß Newgate ein Höllenloch sei, aber jetzt erlebte er es am eigenen Leibe und verstand, weshalb mancher Gefangene hier nach kurzer Zeit den Verstand verlor. Es gab viele, die unaufhörlich redeten oder sangen, während andere, Frauen zumal, die wußten, daß sie nicht lange hier sein würden, sich nicht wuschen und wie die Säue im eigenen Mist lagen. Es ging tiefer ins Gefängnis hinein, vorbei an einer offenen Kammer, wo die Gliedmaßen Gevierteilter sich stapelten wie Fleischstücke an einem Metzgerstand und darauf warteten, mit Salz und Kuminsaat eingerieben zu werden, bevor sie geteert würden. Athelstan schauderte, und er verschränkte die Arme unter dem üppigen Faltenwurf seiner Kutte. Irre Gesichter drückten sich an die Türgitter, Gefolterte flehten um Gnade. Die Schuldigen brüllten ihren Haß hervor, die Unschuldigen baten leise noch einmal um Gehör. Endlich blieb Fitzosbert vor einer Zellentür stehen und schnippte mit den Fingern. Einer der beiden Riesen schlurfte herbei, einen Schlüsselbund in der mächtigen Faust. Ein Schlüssel wurde ins Loch geschoben, die Tür öffnete sich. Fitzosbert flüsterte etwas, und der Riese nickte und drängte sich in die Zelle. Man hörte Schreie, Tritte, einen dumpfen Schlag, und dann brüllte der Oger den Namen Solpers. Gleich darauf kam er heraus und hatte den Unglücklichen beim Kragen seines zerlumpten Hemdes gepackt. Fitzosbert näherte sich dem Gefangenen und berührte sanft seine Wange.

»Master Solper, du hast Glück. Du hast wichtigen Besuch. Jemand, den du, glaube ich, kennst: Sir John Cranston und seinen«, er warf Athelstan einen koketten Blick zu, »Gefährten.«

Der Ordensbruder achtete nicht auf ihn, sondern starrte Solper an. An dem Gefangenen war nichts Bemerkenswertes: Er war jung, bleich und so verdreckt, daß man kaum erkennen konnte, wo ein Kleidungsstück endete und ein anderes begann.

»Wir brauchen einen Raum, um mit diesem Mann zu reden«, verlangte Cranston.

Der Gefängnisaufseher zuckte die Achseln und führte sie durch einen Korridor zu einer sauberen, leeren Zelle. Die Tür blieb offen, und Cranston winkte Solper, er solle sich setzen.

»Aufseher!« schrie er dann.

Fitzosbert kam wieder herein, und Cranston legte ein bißchen Silbergeld auf den Tisch.
»Wein, Brot und zwei Eurer saubersten Becher!«
Der Aufseher nahm die Münzen behende wie ein Steuereintreiber an sich. Wenig später kam einer der riesigen Wärter in die Zelle und brachte ein Tablett mit allem, was Cranston verlangt hatte. Er stellte es auf den Tisch, stapfte hinaus und schlug die Tür hinter sich zu. Der junge Gefangene saß unruhig auf seinem Schemel und beobachtete Athelstan. Cranston nahm einen der Becher und einen kleinen Laib Weißbrot und drückte ihm beides in die Hand.
»Na, Solper, so trifft man sich wieder.«
Der Mann leckte sich nervös die Lippen.
Cranston grinste wie ein Wolf. »Du bist verurteilt?«
»Gestern«, quiekte der junge Mann; seine Stimme war überraschend hell.
»Was warf man dir vor?«
»Münzfälschung.«
»Ah ja. Nun, darf ich bekannt machen, Bruder«, sagte er, zu Athelstan gewandt. »Master Solper, Fälscher, Dieb, Straßenräuber und Reliquienverkäufer. Noch vor zwei Jahren konnte Master Solper dir alles besorgen: ein Stück Stoff von den Mundtüchern des Letzten Abendmahles, ein Haar aus dem Bart des heiligen Joseph, ein Stück von einem Spielzeug des Jesuskindes. Was Master Solper nicht schon alles versucht hat ... weiß Gott. Bist du gebrandmarkt?«
Der junge Mann nickte und zog sein schmutziges Wams herunter. Athelstan sah das große »F«, das in die rechte Schulter gebrannt war und ihn als ›Felon‹ kennzeichnete, als Verbrecher.
»Zweimal verurteilt, zum drittenmal erwischt«, säuselte Cranston. »Du mußt hängen – und doch könntest du der Gerechtigkeit entgehen.«
Athelstan sah Hoffnung in den Augen des jungen Mannes auf-

flackern, während er unruhig auf seinem Schemel herumrutschte.
»Was wollt Ihr? Was muß ich tun?«
»Die Söhne des Dives ... hast du von denen schon mal gehört?«
Der junge Mann verzog das Gesicht.
»Ja oder nein?«
»Ja, die kennt doch jeder. In den Gilden«, fuhr der junge Mann fort, »gibt es kleine Gruppen oder Gesellschaften, die zu hohen Zinsen Geld an Adelige oder an andere Kaufleute verleihen. Sie geben sich Namen und Titel: die Wächter des Tores, die Wahrer des Schatzes ...« Er zuckte die Achseln. »Die Söhne des Dives sind auch so eine Gruppe.«
»Und ihr Anführer?«
»Springall. Sir Thomas Springall. Der ist sehr bekannt.«
»Nun zu einer anderen Sache.«
Cranston wühlte in einer kleinen Lederbörse, die er aus seiner Satteltasche genommen hatte, und zog die Phiole mit dem Gift hervor, die aus Springalls Haus stammte. Er nahm den Stopfen heraus und reichte ihm das Röhrchen.
»Rieche einmal daran.«
Der junge Mann hob behutsam das Gefäß an die Nase, schnupperte kurz, verzog das Gesicht und reichte die Phiole zurück.
»Gift.«
»Gut, Solper. Gift. Das ist der eigentliche Grund, weshalb ich hier bin. Wer die Söhne des Dives sind, hatte ich schon halb erraten. Aber wenn ich Gift kaufen wollte, ein seltenes, exotisches Gift wie Belladonna, gemahlene Diamanten oder Arsen – wohin würde ich da gehen?«
Der junge Mann sah zu Athelstan hinüber.
»Jedes Kloster, jedes x-beliebige Ordenshaus hat so was. Das Zeug wird oft für die Farben benutzt, die sie zusammenmischen, um ihre Manuskripte zu schmücken.«
»Ah ja; aber man kann ja nicht gut an der Klosterpforte anklop-

fen, um ein wenig Gift bitten und dann erwarten, daß der Vater Abt oder der Prior es einem gibt, ohne Fragen zu stellen. Ohne daß er sich sorgfältig notiert, wer man ist und wozu man es braucht. Wo also noch? Beim Apotheker, Master Solper?«
Cranston lehnte seinen massigen Wanst über den Tisch. Athelstan beobachtete ihn besorgt. Der Tisch war nicht der stabilste, und er ächzte und stöhnte protestierend unter der Last.
»Master Solper«, fuhr Cranston jetzt im Plauderton fort, »ich bin hergekommen, um dir dein Leben anzubieten. Das ist vielleicht nicht viel, aber wenn du meine Frage beantwortest, dann kann ich dafür sorgen, daß eine Begnadigung verfügt wird – unter den üblichen Bedingungen: daß du dem Reich abschwörst. Du weißt, was das bedeutet? Du mußt schnurstracks zum nächsten Hafen, dich einschiffen und wegfahren. Irgendwohin – Outremer, Frankreich, Skythien, Persien –, aber nicht England, und ganz gewiß nicht London. Du verstehst?«
Der junge Mann leckte sich die Lippen. »Ja«, murmelte er.
»Und wenn du meine Neugier nicht befriedigst«, fuhr Cranston fort, »klopfe ich an diese Tür und gehe, und morgen baumelst du. Also: Wenn ich in London ein Gift kaufen will, wohin gehe ich da?«
»Zum Nachtschattenhaus.«
»Wo ist das?«
»Es gehört Simon Foreman. Steht in einer kleinen Gasse ...«
Der junge Mann verdrehte die Augen und konzentrierte sich darauf, alles in die richtige Ordnung zu bringen. »Genau, die Straße heißt Piper Street. Das Nachtschattenhaus in der Piper Street. Simon Foreman verkauft alles – zu entsprechenden Preisen, und ohne Fragen zu stellen. Wahrscheinlich stammt das Gift aus dieser Phiole von ihm. Er könnte es Euch genau sagen.«
»Noch eine Frage. Sir Thomas Springall – du kanntest ihn?«
Der junge Mann deutete mit dem Kopf zur Tür. »Wie Fitzosbert hatte er eine Vorliebe für Knaben, je jünger und biegsamer,

desto besser; das munkelt man wenigstens. Er ging in Häuser, wo solche Leute sich treffen. Springall war auch Geldverleiher. Wucherer. Er hatte wenige Freunde und viele Feinde. Man tratschte über ihn.« Der junge Mann trank seinen Becher leer, hielt ihn mit beiden Händen umfaßt und starrte auf den Krug, in dem noch Wein war. »Es war nur eine Frage der Zeit, wann jemand die Informationen ausnutzen würde.« Er zuckte die Achseln. »Aber Springall hatte mächtige Freunde bei Hof und in der Kirche. Kein Büttel oder Konstabler hätte ihn je angerührt. Er und seinesgleichen treffen sich in einer Taverne vor der Stadt, an der Mile End Road – sie heißt ›Gaveston‹. Da könnt Ihr kaufen, was Ihr wollt, solange Ihr in gutem Gold bezahlt. Mehr weiß ich nicht.«

Im selben Augenblick schlug Fitzosbert draußen an die Tür.

»Sir John, seid Ihr fertig?«

»Ja!« rief Cranston. »Hör zu«, sagte er, zu Solper gewandt. »Du weißt ganz sicher nichts weiter?«

Der junge Bursche schüttelte den Kopf. »Ich habe Euch alles erzählt, was ich weiß. Die Begnadigung … Ihr werdet Euer Wort halten?«

»Selbstverständlich. Gott schütze dich, Solper«, knurrte er und ging zur Tür, die Fitzosbert gerade aufriß. Der Coroner schob den Gefängnisaufseher sanft vor sich her, nahm seine Börse hervor und ließ ihm ein paar Münzen klimpernd in die Hand fallen.

»Ich danke nochmals für Eure Gastfreundschaft, Fitzosbert«, sagte er. »Kümmert Euch um unseren Freund hier. Noch ein bißchen Wein, eine bessere Zelle, und morgen kommt ein Brief vom Rathaus. Ihr werdet entsprechende Maßnahmen ergreifen. Ihr versteht?«

Fitzosbert grinste und zwinkerte. »Selbstverständlich, Sir John. Ich werde alles tun, was mir ein so glänzender Coroner der Stadt befiehlt.«

Cranston zog eine Grimasse, und er und der Ordensbruder verließen diesen abscheulichen Ort, so schnell es die Würde zuließ. Als das große Tor von Newgate dröhnend hinter ihnen zufiel, lehnte Cranston sich dagegen und schnappte nach frischer Luft. Sein massiger Wanst bebte wie der eines gestrandeten Wales.
»Gott sei Dank!« prustete er. »Gott sei Dank dafür, daß wir wieder draußen sind. Bete zu deinem Gott und zu allen anderen, die du kennst, daß du niemals Fitzosbert in die Finger gerätst und in einer dieser gottverlassenen Zellen landest.«
Er schaute hinauf zu dem großen Turm, der über ihm wie ein Riese drohte.
»Wenn es nach mir ginge, ich würde den ganzen Bau bis auf die Grundmauern niederbrennen und Fitzosbert an einen himmelhohen Galgen hängen. Aber jetzt komm, Bruder – Whitefriars und das Haus Springall erwarten uns.«

Kapitel 6

Sie holten ihre Pferde und wanderten die Fleet Street hinunter auf das hohe weiße Kalksteingebäude von Whitefriars zu; auch hier war das Gedränge so groß, daß sie ihre Pferde am Zügel führen mußten.

»Glaubt Ihr, Solper hat recht, was Springall angeht?« fragte Athelstan.

Sir John nickte. »Ich hatte mir so was gedacht. Viele Männer haben diese Neigungen. Aber du kennst ja das Urteil für ein solches Verbrechen: Man wird gekocht, bei lebendigem Leibe in einem großen Faß über einem tosenden Feuer in Southwark. Kein normales Ende für einen mächtigen Londoner Kaufmann! Daher die Geheimniskrämerei, und daher vielleicht auch der böse Streit mit Brampton, die ziemlich weibischen Manieren dieses Buckingham und die Tatsache, daß Sir Thomas nicht bei seiner Frau schlief.« Er warf dem Bruder einen hinterlistigen Blick zu. »Ein solches Weib! Ein solcher Leib! Da läuft einem das Wasser im Mund zusammen. Warum sollte ein echter Mann sich solchen Freuden verschließen? He!«

Er blieb kurz stehen, um einem Gaukler zuzusehen.

»Springall führte, wie viele Männer«, fuhr er fort und ging weiter, »ein öffentliches Leben und ein privates Leben. Ich habe den Verdacht, daß wir, würde der Vorhang einmal wirklich beiseite gezogen, einen stinkenden Misthaufen finden.«

Er deutete auf die großen Häuser zu beiden Seiten, die vier Stockwerke hoch waren und die heiße Nachmittagssonne verdeckten. »In jedem dieser Häuser gibt es Schande und Sünde, Säumnisse und Schwächen. Es heißt sogar«, und scherzhaft stieß er Athelstan in die Seite, »daß es Laster wie die, denen Springall nachging, auch in Klöstern und unter Ordensbrüdern gibt. Was hältst du davon, Bruder, hm?«

»Ich würde sagen, Priester sind Menschen wie alle anderen, wie Rechtsanwälte oder auch Coroner, Sir John: Sie haben ihre Schwächen. Und wäre nicht Gottes Barmherzigkeit ...« Athelstan ließ den Satz unvollendet. »Aber warum sind wir hier?« fragte er ärgerlich, als er merkte, daß sie in die Nähe des großen Karmeliterklosters kamen.

Cranston berührte seinen Arm und deutete auf die hintere Ecke, jenseits des großen Tores. Ein ausgemergelter Bursche mit kohlschwarzem Haar, schmalen Lippen und großen, grüblerischen Augen fesselte des Bruders Aufmerksamkeit. Der Mann war ganz in Schwarz gekleidet, und sein Mantel war mit phantastischen Symbolen bedeckt, mit fünfzackigen Sternen, Monden und Sonnen; auf dem Kopf thronte ein spitzer Hut. Vor sich hatte er eine große Segeltuchplane ausgebreitet, auf der verschiedene Phiolen und kleine Tiegel lockten. Jetzt stand er bewegungslos da, und sein Aussehen lockte die Menschen an.

»Gib acht!« wisperte Cranston. »Der Bursche wird uns nachher den Weg zeigen.«

Der Mann zog zwei kleine Pfeifen hervor, steckte eine in jeden Mundwinkel und begann eine merkwürdig eindringliche Melodie zu spielen. Dann steckte er die Instrumente wieder ein und hob seine kräftigen Hände.

»Ladies und Gentlemen, Ritter, Höflinge, Mitglieder der Gilde!« rief er; dann gewahrte er Athelstan und fügte hinzu: »Ordensbrüder, Priester, Bürger von London! Ich bin Doctor Mirabilis. Ich habe in Byzantium und Trezibond studiert und bin über Land gereist bis zum großen Khan der Tataren. Ich habe Flotten von Schlachtschiffen im Schwarzen Meer gesehen und die Kriegsgaleonen des Kaspischen Meeres. Ich habe gespeist mit der Goldenen Horde des Dschinghis-Khan. Ich habe Wüsten durchquert und sagenumwobene Städte gesehen, und auf meinen Reisen habe ich so manches Geheimnis und Mysterium kennengelernt.«

Seine Behauptungen wurden mit brüllendem Gelächter aufgenommen. Cranston und Athelstan schoben sich ein wenig näher. Ein Lehrling von einem nahen Stand holte ein Ochsenhorn, schöpfte damit schmutziges Wasser aus einer Regentonne und begann, den Magier zu bespritzen. Doctor Mirabilis kümmerte sich nicht um ihn, sondern hob die Hände, und Geschrei und gutmütiges Gejohle verstummte.

»Ich werde euch zeigen, daß ich Macht über die Materie habe. Ja, Macht über die Vögel in der Luft.« Er wandte sich um und deutete hinauf zur Krone der Klostermauer. »Seht die Taube dort!« Jedermanns Blick folgte der Richtung, in die der Finger wies. »Und jetzt schaut«, fuhr der Bursche fort, und mit einem Stück schwarzer Holzkohle zeichnete er in rohen Umrissen einen Vogel auf die Klostermauer. Dann fing er an, die Zeichnung mit einer Nadel zu attackieren und dabei magische Beschwörungen zu murmeln. Das Getöse ringsum nahm zu. Cranston und Athelstan schoben sich noch näher heran und drückten dabei ihre Taschen mit den Händen an sich, denn in der Menge verbargen sich Beutelschneider und Taschendiebe wie Mäuse und Ratten in einem Heuschober. Mirabilis stach weiter auf sein Bild ein, fluchte leise vor sich hin und schaute zur Mauer hinauf, wo die Taube immer noch saß. Plötzlich aber, wie unter dem Einfluß der Magie gegen die Zeichnung unter ihm, zuckte der Vogel einmal und fiel dann tot herunter. Das ehrfürchtige »Ooh« und »Aah«, das dieses Ereignis begrüßte, hätte den Neid eines jeden Priesters oder Predigers erregt. Cranston grinste und nahm Athelstan beim Handgelenk.

»Warte noch ein Weilchen«, sagte er.

Doctor Mirabilis' Reputation war durch dieses Wunder deutlich gehoben, und so begann er nun, flaschenweise seine Tinkturen aus zermahlenen Diamanten, der Haut von mitternächtlich gefangenen Molchen, Fledermausflügeln, Majoran, Fenchel und Ysop zu verkaufen.

»Sichere Heilung«, rief er, »für alle Arten von Fieber, Schmerz und Zipperlein, an denen ihr leiden mögt!«

Für eine Weile war das Geschäft lebhaft; dann zog die Menge weiter zu einem alten Mann, der auf die unglaublichste Weise umhersprang und tanzte. Cranston gab Athelstan die Zügel seines Pferdes und begab sich zu dem ›Doctor‹.

»Hochverehrter Doctor Mirabilis«, begann er, »es tut gut, Euch einmal wiederzusehen.«

Der Mann blickte auf; seine Augen waren milchig blau wie die einer Katze. Er musterte Cranston und schaute dann an ihm vorbei zu Athelstan.

»Kenne ich Euch?« fragte er. »Wünscht Ihr meine Arznei zu kaufen?«

»Samuel Parrot«, versetzte Cranston, »von dir würde ich nicht einmal im Frühling grünes Gras kaufen.«

Der Blick des Burschen ging rasch nach links und rechts. »Wer seid Ihr?« fragte er leise.

»Gewiß hast du mich doch nicht vergessen, Mirabilis?« antwortete Cranston ebenso gedämpft. »Eine gewisse Verhandlung vor den Richtern des Rates über eine Medizin, die angeblich heilen sollte; statt dessen waren danach Männer und Frauen wochenlang schwer krank ...«

Der berühmte Doctor Mirabilis kam näher.

»Natürlich!« Sein Gesicht erstrahlte in einem Grinsen, das Zahnlücken offenbarte. »Sir John Cranston, der Coroner.« Es war ein scheußlich unaufrichtiges Grinsen. »Kann ich etwas für Euch tun?«

»Hier nicht«, sagte Cranston. »Aber in der Piper Street, im Nachtschattenhaus. Du kannst uns hinführen.«

Der Wundermedikus nickte; er wickelte Tinkturen und Elixiere in seine Leinwand und führte dann Cranston und Athelstan von Whitefriars aus durch ein Gewirr von Straßen, die so schmal waren, daß die beiden ihre Pferde weiter am Zügel führen mußten.

»Wie macht er das?« flüsterte Athelstan.

»Was?«

»Das mit dem Vogel. Mit der Taube.«

Cranston lachte. Doctor Mirabilis ging vor ihnen her. »Wenn du auf seinen kleinen Dachboden hinaufklettern würdest«, sagte er, »fändest du dort oben Körbe mit zahmen Tauben – du weißt schon, die Sorte, die Botschaften überbringen kann. Bei Gelegenheit verabreicht unser Freund einer von ihnen ein bißchen Nox vomica, ein langsam wirkendes Gift. Dann läßt er die Taube hinaus, und sie läßt sich irgendwo in der Nähe nieder. Durch die Wirkung des Giftes wird der arme Vogel regungslos sitzen bleiben, und nach einer Weile fällt er tot herunter. Da hast du seine Magie!« Er lachte wieder. »Manchmal klappt das natürlich nicht. Unser Doctor Mirabilis ist stets bereit, das Hasenpanier zu ergreifen, flink wie ein Reh, schnell wie ein Vogel.«

Der gelehrte Medikus schien zu ahnen, daß von ihm die Rede war; er drehte sich um, entblößte grinsend sein schlechtes Gebiß und winkte ihnen, ihm ein wenig schneller zu folgen.

Athelstan wußte jetzt, warum Cranston Mirabilis als Führer ausgesucht hatte. Southwark war schlimm, aber diese Gegend um Whitefriars war schlimmer. Obwohl hellichter Tag, waren Gassen und Gossen im Schatten der ringsum aufragenden Häuser in ein trübes Zwielicht getaucht. Eine stille, unheimliche Gegend, die bedrohlicher wirkte, je weiter sie kamen. Die Häuser waren jahrhundertealt; baufällig und ungepflegt duckten sie sich dicht aneinander, daß man fast den Sommerhimmel nicht mehr sah. Die Straßen waren schmutzig, Kot und Schlamm verkrusteten ihre Stiefel und Sandalen. Die meisten Hauseingänge gähnten leer. Nur hin und wieder kam ein Schatten herausgehuscht, der sich aber gleich wieder zurückzog, wenn er Cranstons langes Schwert gewahrte. Mirabilis wandte sich bald hierhin, bald dorthin, und Athelstan und Cranston hatten Mühe, mit ihm Schritt zu halten. Plötzlich blieb er stehen und deutete in eine Gasse, die wie ein langer, dunkler Korridor vor ihnen lag.

»Piper Street«, flüsterte er. »Lebt wohl, Sir!«

Und ehe Cranston etwas einwenden konnte, drückte Doctor Mirabilis sich in eine andere Gasse und war im Handumdrehen verschwunden.

Athelstan und Cranston gingen vorsichtig die Piper Street hinunter. Die Häuser zu beiden Seiten waren vernagelt und verrammelt. Endlich kamen sie zu dem, auf das Doctor Mirabilis' Beschreibung von Simon Foremans Haus paßte. An einer langen Eschenholzstange hing ein großes, verwittertes Schild.

Das ›Nachtschattenhaus‹ war durch einen gepflasterten Hof von der Straße getrennt, und ein Eisengitter verhinderte den Zutritt. Sogar bei Tageslicht strahlte es düsteres Mißtrauen aus, als hätte es sich am liebsten von den Nachbarhäusern zurückgezogen und in den Schatten geduckt. Das Haus hatte mehr Ähnlichkeit mit einem Gefängnis als mit einem Wohnhaus; die Fenster waren vergittert und die schwere Tür verriegelt und mit Eisenbändern verstärkt.

Cranston klopfte, doch nichts rührte sich, und er hämmerte noch einmal an die Tür. Hinter ihnen heulte ein Hund, und eine andere Haustür öffnete und schloß sich gleich wieder. Als sie zur Einmündung der Gasse schauten, sahen sie dort schattenhafte Gestalten. Cranston klopfte ein drittes Mal; Athelstan unterstützte ihn und hieb mit der Faust gegen die Tür. Nun hörte man leise Schritte, Ketten wurden gelöst und Riegel zurückgeschoben. Die Tür schwang auf, und dahinter erschien ein unauffälliger Mann. Er war von mittlerer Statur und sahnig weißer Gesichtsfarbe, und seine Augen blickten heiter. Unablässig kratzte er sich den kahlen Schädel. Mirabilis hatte wie ein Magier ausgesehen; Foreman wirkte dagegen wie ein Landpfarrer in seiner Barchentjacke, der Kniehose und den weichen Filzpantoffeln. Wie der Wirt einer fröhlichen Schänke forderte er sie nun auf, ihre Pferde anzubinden, und bat sie hinein. Drinnen sollten sie an einem Tisch Platz nehmen und warten, bis er in einer verborgenen Kammer irgendwelche Angelegenheiten zu Ende gebracht hatte. So setzten sie sich und schauten sich um. Das Zimmer war überraschend ordentlich, aufgeräumt und gepflegt. Im Kamin brannte munter ein Feuer. Überall standen Tische und Stühle, manche mit gesteppten Kissen belegt, und die Wände waren von Borden gesäumt, auf denen säuberlich beschriftete Arzneigläser standen. Athelstan studierte die Gläser und stellte fest, daß es sich um milde Arzneien gegen Fieber, Gliederreißen und andere Schmerzen handelte. Sie enthielten Kräuter wie Ysop, zerstoßene Ahornblätter und Moos – nichts, was man nicht überall in der Stadt bei jedem beliebigen Apotheker hätte kaufen können. Schließlich kam Foreman zurück; er zog sich einen Stuhl heran und setzte sich zu ihnen wie ein gütiger Onkel, bereit, sich eine Geschichte anzuhören oder ein lustiges Märchen zu erzählen.

»Nun, Ihr Herren, wer seid Ihr?«

»Sir John Cranston, Coroner, und mein Schreiber, Bruder Athelstan.«

Der Mund des Mannes lächelte, aber seine Augen wurden hart und wachsam.

»Und Ihr wollt etwas kaufen?«

»Jawohl. Rotes Arsen und Belladonna. Das verkauft Ihr doch?«

Eine unglaubliche Verwandlung ging mit Foreman vor sich. Die heitere Maske fiel, und sein Blick wurde noch wachsamer. Er richtete sich auf und schaute sich nervös um. Athelstan spürte, daß er sie niemals eingelassen hätte, wenn er vorher gewußt

hätte, wer sie waren, oder daß er doch zuvor wenigstens versteckt hätte, was immer er im Hause hatte.
»Nun, Sir?« beharrte Cranston. »Habt Ihr solches Gift?«
Foreman schüttelte den Kopf, ohne den Coroner aus den Augen zu lassen.
»Sir, ich bin Apotheker. Wenn Ihr eine Medizin gegen das Rheuma in Eurem Knie braucht, gegen Kopfschmerzen, oder weil schlechte Säfte Euren Magen in Aufruhr bringen, dann kann ich Euch helfen. Belladonna und rotes Arsen aber sind tödliche Gifte.« Er seufzte tief. »Nur sehr wenige Leute verkaufen sie. Sie sind kostspielig und höchst gefährlich in den Händen derer, die sie vielleicht benutzen, um Leben zu zerstören.«
Cranston lächelte, und sein Gesicht näherte sich dem des Apothekers.
»Gut, Master Foreman, ich will noch einmal von vorn beginnen. Ihr verkauft sehr wohl rotes Arsen, Nachtschatten, Belladonna und andere tödliche Tränke an jeden, der bereit ist, dafür zu bezahlen. Seht Ihr«, log er, »ich habe in meiner Tasche eine Vollmacht des Oberrichters, und ich werde hierbleiben, während mein Schreiber in die Stadt zurückeilt und die Schergen des Untersheriffs holt, um dieses Haus zu durchsuchen. Wenn sich dann nur ein Körnchen Gift findet, rotes Arsen, weißes Arsen, der Saft der Mohnblume oder irgendein anderer verdammungswürdiger Trank – nun, dann werdet Ihr Euch dafür verantworten, und zwar nicht im Rathaus, sondern vor dem Gericht des Königs! Gewiß gibt es Unterlagen hier im Hause! Aufzeichnungen dessen, was Ihr verkauft!«
Der Apotheker wurde noch bleicher, und Schweiß stand auf seiner Stirn. »Es gäbe viele«, zischelte er, »die Euch verfluchen würden, Cranston, wenn Ihr mich vor Gericht zerrtet. Ich habe mächtige Freunde.« Sein Blick ging zu Athelstan hinüber. »Äbte, Erzdiakone, Priester ... Männer, die nur allzu gern bereit

sind, mich zu verteidigen und meine Geheimnisse – wie auch die Ihren! – vor dem Licht des Gesetzes verborgen zu halten.«
»Schön«, sagte Cranston. »Jetzt verstehen wir einander, Master Foreman. Ich habe nicht vor, Euer übles Treiben zu beenden, was immer Ihr da kaufen, verkaufen oder ausbrüten mögt, oder Eure Geheimnisse aufzudecken. Vielleicht werde ich das später einmal tun.« Er schaute hinauf zu den Borden an der Wand. »Jetzt aber will ich nur eines wissen. Wer war im letzten Monat hier und hat Arsen und Belladonna gekauft? Gewiß werdet Ihr das hier erkennen.« Er holte das kleine, verschlossene Giftfläschchen hervor, und Foremans Augen weiteten sich überrascht. »Es gehört Euch, Sir«, drängte Cranston sanft. »Werft nur einen Blick auf Eure Borde; dort stehen ähnliche. Wer hat in den letzten Wochen dieses Gift gekauft?«
Er hielt das Gefäß hoch. Foreman stand seufzend auf und ging hinaus. Cranston zog seinen Dolch und legte ihn neben sich auf den Boden. Nicht lange, und der Apotheker kam zurück; er sah den Dolch und lächelte kühl.
»Dergleichen ist nicht notwendig, Sir John. Ich sage Euch, was Ihr wissen wollt. Alles, um Euch loszuwerden …«
Er setzte sich wieder. In der Hand hielt er eine Pergamentrolle. Er entrollte sie langsam und murmelte dabei vor sich hin.
»Eine Person«, sagte er schließlich und hob den Kopf, »hat diese Phiole mit beiden Giften vor ungefähr einer Woche gekauft, dazu ein seltenes, geruchloses Elixier, das das Herz stillstehen läßt, ohne nachweisbar zu sein.«
»Wie sah er aus?«
Der Apotheker lächelte. »Nicht wie ein Mann! Es war eine Lady, kostbar gekleidet. Aber sie trug eine Maske, um ihr Antlitz zu verbergen. Ihr wißt schon – wie die Damen bei Hofe sie tragen, wenn sie mit einem Galan irgendwohin gehen, der nicht ihr Gemahl ist. Sie kam her, und sie zahlte großzügig.«
»Was für eine Sorte Frau war sie?«

»Die weibliche Sorte«, antwortete der Kerl sardonisch; er sah jetzt, daß er diesem neugierigen Coroner nur wenig Handfestes zu bieten hatte.
»Beschreibt sie.«
Foreman rollte das Pergament zusammen und lehnte sich zurück. »Sie war groß. Und, wie gesagt, sie trug eine Maske und einen schweren schwarzen Mantel mit weißem Lammfellbesatz. Sie hatte die Kapuze tief heruntergezogen, aber ich konnte doch einen Blick auf ihr Haar werfen; es war von rötlichem Kastanienbraun, wie ein besonders schönes Blatt im Herbst. Majestätisch sah sie aus.« Er sah Cranston an und zuckte die Achseln. »Wieder eine von diesen Damen, dachte ich, die zum Gift greift, um ihr Liebesleben ein bißchen zu vereinfachen.« Foreman klopfte mit der Pergamentrolle auf seinen Schenkel. »Mehr, Ihr Herren, kann und werde ich Euch nicht sagen.«
Als sie die Apotheke verlassen und ihre Pferde losgebunden hatten, ritten Athelstan und Cranston, so schnell sie konnten, die Piper Street hinauf und zur Hauptstraße zurück. Ein- oder zweimal hätten sie sich beinahe verirrt, aber Cranston hielt immer noch seinen blanken Dolch griffbereit, und bald erreichten sie Whitefriars und dann die Fleet Street.
»Ihr wißt, wer die Dame war, Cranston, oder?«
Der Coroner nickte. »Lady Isabella Springall.« Er zügelte sein Pferd und schaute zu Athelstan herüber. »Die Beschreibung paßt auf sie, Bruder. Und ein Motiv hatte sie auch.«
»Welches?«
»Eine Vermutung – aber eine zutreffende, denke ich: Lady Isabella ist eine Ehebrecherin. Sie liebt nicht ihren Mann, sondern den Bruder ihres Mannes. Doch jetzt ist nicht die Zeit für Spekulationen. Fragen wir die Lady selbst.«
Als sie beim Hause Springall in der Cheapside angekommen waren, trat Cranston mit der vollen Majestät und Kraft des Gesetzes auf. Er sagte dem überraschten Buckingham, der sie

im Hausflur begrüßte, daß er Sir Richard, Lady Isabella und alle anderen Mitglieder des Haushalts unverzüglich in der großen Halle zu sehen wünsche. Der junge Schreiber schürzte die Lippen, als wollte er Einwände erheben.

»Ich sagte unverzüglich, Sir!« herrschte Cranston ihn an, und es kümmerte ihn nicht, daß seine Stimme durch das ganze Haus und den Innenhof schallte, wo Handwerker bei der Arbeit waren. »Ich will jeden sehen!« Er rauschte in die große Halle. »Hier!«

Er marschierte quer durch den Raum, erklomm am anderen Ende die Estrade, setzte sich dort ans Kopfende des Tisches und bedeutete Athelstan, sich zu ihm zu setzen. Achselzuckend förderte der Bruder sein Schreibtablett, Pergament, Tintenhorn und Federkiele zutage. Buckingham hatte wohl gemerkt, daß etwas nicht stimmte, denn schon nach wenigen Augenblicken erschienen Sir Richard und gleich darauf auch Lady Isabella in der Halle. Die Schönheit der letzteren war heute nicht mehr durch die Trauer getrübt. Ihre Augen waren nicht gerötet, und ihre Wangen blühten wie zwei Rosen. Sie trug ein dunkelblaues Gewand, und ein weißer Schleier verhüllte ihr kastanienbraunes Haar.

Sir Richard, in Kniehosen und offenem Batisthemd, wischte sich Staub von den Händen und entschuldigte sich: Er sei draußen bei den Handwerkern gewesen, die gerade letzte Hand an den Prunkwagen für die Krönung des jungen Königs legten. Cranston nickte nur und nahm die Erklärung gleichgültig entgegen.

Auch der Priester kam hereingehinkt, sein langes Haar umwehte sein ausgemergeltes Gesicht wie ein Schleier. Er warf einen von tiefem Abscheu durchdrungenen Blick auf den Coroner, sagte aber höflich: »Es geht Euch gut, Sir John?«

»Mir geht es gut, Priester«, antwortete Cranston. »Um so besser, da ich Euch alle hier sehe.«

Dem jungen Priester war der neue Unterton von Autorität in Cranstons Stimme offenbar nicht entgangen. Er blieb einen Moment lang regungslos stehen und starrte Sir John aus schmalen Augen an. Dann aber lächelte er wie über einen geheimen Scherz und setzte sich schwerfällig ans Ende der Tafel, wo er sein Bein ausstrecken konnte. Lady Ermengilde kam hereingerauscht, unterwürfig begleitet von Buckingham. Sie war ganz in Schwarz gekleidet und durchquerte die Halle wie eine lautlose Spinne. Vor dem Coroner blieb sie stehen.
»Ich lasse mich«, fauchte sie, »in meinem eigenen Hause nicht herbefehlen!«
»Madam«, Cranston blickte nicht einmal auf, »Ihr werdet Euch hinsetzen und hören, was ich zu sagen habe. Ihr werdet gehorchen, oder ich bringe Euch ins Gefängnis nach Marshalsea, und dann könnt Ihr dort sitzen und hören, was ich zu sagen habe.« Er sah Sir Richard und Lady Isabella an. »Ich will Euch nicht kränken. Ich weiß wohl, daß gestern das Begräbnis begangen wurde; aber auch für zwei andere Menschen wurden Seelenmessen gelesen, für Brampton und für Vechey nämlich, und von diesen beiden habe ich Neues zu berichten. Sie haben keinen Selbstmord begangen. Sie wurden ermordet.«
Cranstons Worte hingen in der Luft wie eine Henkersschlinge. Lady Ermengilde preßte die schmalen, feinen Lippen zusammen und setzte sich ohne weiteres Aufheben neben Athelstan. Sie schien erschrocken, versuchte aber angestrengt, dies hinter ihrer arroganten Maske zu verbergen. Sir Richard warf Lady Isabella einen nervösen Blick zu. Am unteren Ende trommelte der Priester leise mit den Fingern auf den Tisch und summte ein frommes Lied. Buckingham hatte die Hände ineinander verschränkt und starrte vor sich auf die Tischplatte. In seinem Gesicht malten sich Überraschung und Schrecken. Allingham kam als letzter dazu. Der hochgewachsene, hagere Kaufmann war nervös und fühlte sich offensichtlich unbehaglich; seine

Hand flatterte beständig zum Munde oder betastete sein fettiges Haar. Er murmelte eine Entschuldigung und setzte sich neben den Priester. Anscheinend war er nicht fähig, dem Coroner in die Augen zu sehen; er wagte nicht einmal, einen Blick in seine Richtung zu werfen.

»Sir John«, begann Sir Richard leise, »Ihr sagt, Brampton und Vechey seien ermordet worden? Aber wie? Warum? Brampton mag ein stiller Mann gewesen sein, aber ich kann mir nicht vorstellen, daß er sich in einem Haus voller Menschen auf den Dachboden treiben, eine Schlinge um den Hals legen und aufhängen läßt. Und das gleiche gilt für Vechey.« Er sah den Tisch entlang zu Allingham. »Stephen, da würdet Ihr mir doch zustimmen, oder?«

Der Angesprochene blickte nicht auf, sondern nickte nur und murmelte etwas vor sich hin.

»Was habt Ihr gesagt?« Cranston beugte sich vor. »Master Allingham, Ihr habt etwas gesagt. Was war es?«

Der Kaufmann rieb sich die Hände, als wollte er sie waschen.

»Es ist etwas Böses in diesem Hause«, sagte er schließlich. »Der Satan ist hier. Er steht in den Ecken, in stillen Winkeln, und beobachtet uns. Ich glaube, der Coroner hat recht.« Er hob den Kopf. Sein jammervolles Gesicht war bleich und, wie Athelstan sah, tränennaß. »Vechey wurde ermordet. Ich glaube, er wußte etwas.«

»Sssch, Mann!« rief Sir Richard. »Master Stephen, Ihr macht Euch zuviel Kopfzerbrechen. Ihr verbringt zu viele Stunden auf den Knien in der Kirche.«

»Was?« Athelstan legte die Feder aus der Hand. »Was wußte Vechey?«

Der hagere Kaufmann beugte sich vor; sein Gesicht war verzerrt und die Augen haßerfüllt.

»Ich weiß es nicht«, zischte er. »Und wenn ich es wüßte, würde ich es Euch nicht sagen, Bruder. Was könnt Ihr da tun?«

»Bei Eurer Treue zum König«, brüllte Cranston unvermittelt, »frage ich Euch: Wißt Ihr etwas über die Todesfälle, die sich in diesem Haushalt ereignet haben?«
»Nein«, knirschte Allingham. »Sie sind ein Geheimnis. Aber Sir Thomas liebte Rätsel und seine eigenen geheimen Späße. Es muß etwas hier im Hause geben, das alles erklärt.«
»Wovon redet Ihr, Mann?« fragte Sir Richard.
Aber Allingham rieb sich nur unbehaglich die Wange. »Ich habe genug gesagt«, murmelte er und verstummte dann vollends.
»Wenn das so ist«, begann Cranston wieder, »wollen wir kurz zusammenfassen, was wir eigentlich wissen. Verbessert mich, wenn ich mich irre – aber Sir Thomas Springall war Ratsherr und Goldschmied. Am Abend vor seinem Tod gab er ein großes Bankett, einen Festschmaus für seinen Haushalt, und lud dazu auch den Oberrichter Fortescue ein. Er trank tüchtig, ja?«
Lady Isabella nickte, und ihre schönen Augen waren unverwandt auf Cranston gerichtet. Sir Richard hingegen verfolgte, wie Athelstans Federkiel über das Pergament huschte.
»Das Bankett endete«, fuhr Cranston fort. »Sir Thomas zog sich zurück. Ihr, Sir Richard, wünschtet ihm eine gute Nacht, und Lady Isabella schickte ihre Zofe, um zu fragen, ob er noch einen Wunsch habe.«
Beide nickten bestätigend.
»Ihr, Lady Ermengilde, hörtet, wie Brampton während des Mahles einen Becher Wein in Sir Thomas' Gemach brachte?«
»Das habe ich nicht nur gehört«, gab sie zurück. »Ich habe meine Tür geöffnet und ihn gesehen. Dann ging er hinunter.«
»Wie war er gekleidet?«
»In Wams und Rock.«
»Und was trug er an den Füßen?«
»Die üblichen weichen Stiefel, die er immer anhatte.«
»Warum erinnert Ihr Euch daran?«

»Brampton war ein stiller Mann«, antwortete Lady Ermengilde, und ihre Stimme wurde weicher. »Ein guter Majordomus. Er bewegte sich ruhig und leise, wie ein guter Diener.«
»Und wie erschien er Euch?«
»Wie immer. Ein bißchen blaß. Er merkte, daß ich meine Tür geöffnet hatte, sah mich aber nicht an. Er ging die Treppe hinunter – nein! Er ging durch die andere Galerie zum zweiten Stock hinauf, wo seine Kammer liegt.«
»Habt Ihr ihn noch einmal gesehen?«
»Nein.«
»Und Ihr sagt, nur Sir Thomas und dann Sir Richard und Lady Isabellas Zofe sind durch die Galerie der Nachtigall gegangen?«
»Ja. Dessen bin ich sicher.«
»Und Ihr seid auch sicher, daß Sir Thomas in der Nacht nicht gestört wurde?«
»Ja, das sagte ich Euch doch, Mann!« schnappte sie. »Ich habe einen leichten Schlaf. Ich habe niemanden gehört.«
»Und Ihr, Pater Crispin?« Cranston lehnte sich zur Seite, um das Gesicht des jungen Geistlichen besser sehen zu können. »Ihr seid am nächsten Morgen hinauf. Lady Ermengilde hat Euch durch den Nachtigallenkorridor gehen hören. Als es Euch nicht gelang, Sir Thomas zu wecken, holtet Ihr Sir Richard, dessen Schlafgemach im Nachbargang liegt. Sir Richard kam mit Euch zurück. Noch immer konntet Ihr Sir Thomas nicht wecken, und so befahlt Ihr den Dienern, die Tür aufzubrechen?«
»Ja.« Der Priester nickte, und seine Augen leuchteten. »Genau so habe ich es getan.«
»Und als das Zimmer aufgebrochen wurde, waren alle hier Anwesenden zugegen …? Ihr gingt also hinein. Sir Thomas lag ausgestreckt im Bett, und ein Giftbecher stand neben ihm auf dem Tisch. Niemand sagte etwas …«
»Bis auf Vechey«, unterbrach Allingham. »Er sagte: ›Es waren nur einunddreißig!‹«

»Wißt Ihr, was er damit meinte?« fragte Cranston ihn.
»Nein. Ich wünschte bei Gott, ich wüßte es.«
»Man schickte also nach dem Arzt«, fuhr Cranston fort. »Master de Troyes. Er kam. Er untersuchte Sir Thomas' Leichnam, erklärte ihn für vergiftet und behauptete, das Gift sei in den inzwischen halbgeleerten Becher Wein gegeben worden, der neben Sir Thomas' Bett stand. Nun war Brampton spätabends gesehen worden, wie er mit einem Becher Wein in Sir Thomas' Schlafgemach gegangen war; danach hatte ihn niemand mehr lebend gesehen. Nachdem Sir Thomas tot aufgefunden worden war, entdeckte man Brampton an einem Balken erhängt auf dem Dachboden. Master Vechey war hier, als Bruder Athelstan und ich zum ersten Mal in dieses Haus kamen. Am späten Abend desselben Tages ging er aus, Gott weiß, wohin, und dann fand man ihn an einem Balken unter der London Bridge hängend. Nun haben wir Beweise – die wir vorläufig für uns behalten werden – dafür, daß weder Brampton noch Vechey Selbstmord begangen haben. Was jedoch das Geheimnis um den Tod Eures Gemahls angeht, Lady Isabella, so sind wir noch nicht weitergekommen.«
»Trotzdem könnte es Brampton gewesen sein.« Buckingham hatte das Wort ergriffen. Cranston sah ihn an.
»Wie kommt Ihr darauf?«
Der Schreiber zuckte die Achseln. »Ich nehme an, Ihr habt Eure Gründe, wenn Ihr behauptet, daß Brampton nicht von eigener Hand gestorben ist, aber das heißt ja nicht, daß er unschuldig ist an Sir Thomas' Tod.«
Cranston grinste. »Gut gedacht, Master Schreiber. Ihr würdet einen tüchtigen Advokaten abgeben. Ich werde es nicht vergessen.«
An der Tür entstand plötzlich Unruhe. Ein Diener kam hereingestürzt, beugte sich über Sir Richards Schulter und tuschelte ihm etwas ins Ohr. Der Kaufmann hob den Kopf.

»Sir John, da ist ein Bote, ein Gerichtssekretär, den der Sheriff schickt; er wünscht mit Euch zu sprechen.«
»Ich werde ihn empfangen, Sir Richard, wenn Ihr gestattet. Er soll hereinkommen.«
Der Gerichtssekretär, ein aufgeblasener junger Mann, kam hereinstolziert. »Sir John, eine Botschaft des Sheriffs.« Er sah in die Runde. »Sie betrifft Master Vechey.«
»Ja«, sagte Cranston. »Ihr könnt frei reden.«
»Er wurde in einer Taverne unten am Fluß gesehen. Der Wirt In den ›Goldenen Schlüsseln‹ sagt, ein Mann, auf den Vecheys Beschreibung paßt, habe spätabends dort getrunken. Er sei dann mit einer jungen, rothaarigen Hure losgezogen, die der Wirt nicht kannte.«
»Ist das alles?« fragte Cranston.
»Jawohl, Sir John.«
Cranston entließ den Gerichtssekretär. Athelstan merkte, daß die Stimmung der Anwesenden in der Halle sich besserte.
»Seht Ihr!« rief Lady Ermengilde frohlockend. »Man hat Vechey mit einer seiner Huren gesehen. Master Buckingham muß recht haben. Brampton kann trotzdem meinen Sohn ermordet haben, und Vecheys Tod hat vielleicht mit alldem überhaupt nichts zu tun.«
Athelstan sah, daß Cranston über die Neuigkeit nicht entzückt war.
»Trotzdem«, bellte dieser, »habe ich noch andere Fragen. Lady Isabella und Sir Richard, ich muß Euch bitten, noch hierzubleiben. Sie anderen mögen sich entfernen.«
Lady Ermengilde wollte protestieren, aber ihr Sohn beugte sich über den Tisch und berührte sanft ihr Handgelenk, während er ihr einen bittenden Blick zuwarf. Sie erhob sich, schaute Cranston kurz und verächtlich an und folgte den anderen hinaus. Sir John sah ihnen nach.
»Lady Isabella«, sagte er dann leise, »wart Ihr schon einmal

im Nachtschattenhaus in der Piper Street in der Gegend von Whitefriars?«

»Noch nie.«

»Und Ihr wißt auch nichts von einem Apotheker namens Simon Foreman?«

»Gehört habe ich von ihm, aber ich bin ihm noch nicht begegnet.«

Athelstan sah die Angst in Lady Isabellas Augen. Ihr Gesicht verlor seinen goldenen Schein und wirkte bleich und hager.

»Sir Richard?«

»Nein.« Der Kaufmann beugte sich vor, und seine Hand fuhr an seine Seite, wo für gewöhnlich sein Schwert hing. »Ihr kommt in dieses Haus«, zischte er, »und beleidigt Lady Isabella und mich, deutet an, wir verkehrten mit Schurken und Vagabunden. Seid nicht zu schlau, Cranston! Mein Bruder wurde vergiftet. Ich verwahre mich gegen die in Eurer Frage enthaltene Andeutung, einer von uns habe den Apotheker aufgesucht und das Gift beschafft, mit dem dieser Mord ausgeführt wurde.«

»Aber heute nachmittag«, antwortete Cranston im Plauderton, »waren Bruder Athelstan und ich bei diesem Apotheker. Er behauptet, Gift an eine Frau verkauft zu haben, auf die Eure Beschreibung paßt, Lady Isabella. Sie trug einen schwarzen, mit weißem Pelz verbrämten Mantel, hatte kastanienbraunes Haar und glich Euch in Größe und Erscheinung.«

»Ich war noch nie in Whitefriars, und ich habe noch nie eine Apotheke aufgesucht!«

»Aber einen schwarzen, mit weißem Pelz verbrämten Mantel, den habt Ihr schon?«

»Ja, wie Hunderte von Frauen in der Stadt!«

»Und Ihr seid Foreman noch nie begegnet?«

»Ich weiß es nicht. Es kann sein. Mein Mann hatte viele seltsame Freunde. Aber warum sollte ich ihn denn umbringen?« Lady Isabella erhob sich halb von ihrem Stuhl. »Er war ein guter

Mann. Er hat mir alles gegeben, was eine Frau sich wünschen kann.«

»Lady Isabella«, wandte Cranston geschmeidig ein, »es ist bekannt, daß Euer Gemahl sonderbare Vorlieben und Eigenarten hatte. Habt Ihr ihn geliebt?«

»Das, Sir, ist genug!« Sir Richard packte Cranston beim Handgelenk, aber der Coroner schüttelte ihn ab.

»Nun reicht's!« Cranston war wütend über die Arroganz dieser Leute, die glaubten, sie könnten ihn herumstoßen, wie es Ihnen beliebte. »Ich bin ein Beamter des Königs, und hier ist die Krone betroffen. In diesem Fall geht es vielleicht nicht nur um Mord, sondern auch um Verschwörung und Hochverrat!«

Sir Richard setzte sich wieder; er atmete schwer. Lady Isabella legte ihren Arm in den seinen; sie sah ihn an und schüttelte den Kopf.

»Mylady«, sagte Athelstan sanft, »es ist am besten, wenn Ihr die Wahrheit sagt. Ihr müßt! Euer Gemahl wurde ermordet. Zwei Menschen hat man brutal hingerichtet. Es kann leicht sein, daß der Mörder noch einmal zuschlägt. Sir John und ich irren in London umher und spielen Blindekuh – aber es ist ein tödliches Spiel. Euer Mann, Lady Isabella, hatte Geheimnisse – deshalb wurde er ermordet. Brampton sollte den Sündenbock spielen, aber das Glück und die Umstände haben uns feststellen lassen, daß er unschuldig war. Auch er wurde ermordet, aber es sollte wie ein Selbstmord aussehen. Vechey hatte etwas gesehen oder gehört; deshalb wurde auch er zum Schweigen gebracht. Und nun, Lady Isabella, bei Eurem Eid auf den neuen König: Habt Ihr je den Apotheker Simon Foreman besucht?«

»Nein!«

Athelstan starrte sie an. »Habt Ihr Euren Mann geliebt?«

»Nein. Er war ein sanfter, gütiger Mann, aber er hat mich im fleischlichen Sinne nicht gekannt. Er hatte seine eigenen Vorlieben ...« Ihre Stimme versagte.

»Er fand Gefallen an jungen Männern?« fragte Athelstan.
»Er war ein Sodomit!« bellte Cranston. »Er liebte junge Männer! Ihn gelüstete nach ihnen!«
Athelstan sah ihn an und schüttelte den Kopf. Lady Isabella schlug die Hände vors Gesicht und schluchzte bitterlich.
»Mylady«, drängte er. »Euer Gemahl ...«
»Er hat mich allein gelassen. Ich habe nicht gefragt, was er dachte oder tat.«
»Und Ihr, Sir Richard, liebt Ihr Lady Isabella?«
Der verblüffte Kaufmann riß sich zusammen. »Ja. Ja, das tue ich!«
»Ihr seid ein Liebespaar?«
»Ja.«
»Dann hattet Ihr beide ein Motiv?«
»Wofür?« Sir Richards so aufbrausende Art war dahin. Kraftlos hing er auf seinem Stuhl und blickte ernst, als hätte er die Todesgefahr erkannt, in der sie sich befanden.
»Für einen Mord, Sir.«
Der Kaufmann schüttelte den Kopf. »Ich mag meines Bruders Weib begehrt haben«, murmelte er, »aber nicht sein Leben.«
»Aber vor dem Oberhofgericht würde es anders aussehen«, versetzte Cranston. »Es würde so aussehen, Sir Richard, als hättet Ihr Eures Bruders Weib begehrt *und* seinen Reichtum. Es würde so aussehen, als hättet Ihr zu seinen Lebzeiten mit ihr die Ehe gebrochen und Euch dann mit ihr verschworen, ihn zu ermorden und Brampton die Schuld in die Schuhe zu schieben.«
»Dann«, antwortete Sir Richard matt, »müßte ich ja auch für den Tod Vecheys und Bramptons verantwortlich sein. Aber ich habe Zeugen. Ich war den ganzen Abend mit meinem Bruder beim Mahl. Ich habe ihm dann eine gute Nacht gewünscht, und die restliche Zeit war ich bei Lady Isabella. Wir teilten ein Bett«, gestand er.

»Und in der Nacht, als Vechey starb?« fragte Cranston unvermittelt.
»Da war es genauso. Wir haben Diener im Haus. Im Hof sind Handwerker. Alle werden Euch bestätigen, daß ich hier war, die Rechnungsbücher führte und draußen die Holzschnitzarbeiten begutachtete, die für den Prunkwagen zur Krönung des Königs angefertigt werden.«
Lady Isabella richtete sich auf und stützte sich auf die Armlehnen ihres Stuhles.
»Wenn wir Sir Thomas ermordet hätten«, sagte sie, »hätten wir in seine Kammer eindringen, ihm gewaltsam das Gift in den Schlund oder wenigstens in den Weinbecher geben, die Kammer verlassen und die Tür von innen verriegeln und verschließen müssen. Wie hätten wir das anstellen sollen? So etwas, Sir, ist unmöglich!« Ihr Blick richtete sich auf Athelstan und wurde flehentlich. »Ich bitte Euch, Bruder, glaubt uns doch. Wenn wir zusammen im Bett lagen, wie hätten wir da hinuntergehen, Brampton packen, ihn auf den Speicher schleppen und dort aufhängen sollen? Nein. Und ich war auch nicht in Whitefriars. Ich habe Simon Foreman nicht besucht. Ich habe kein Gift gekauft. Ich bin unschuldig – zwar nicht frei von Sünde, wohl aber frei von der Sünde des Mordes an meinem Mann und anderen. Ich schwöre vor Gott, daß ich damit nichts zu tun habe.«
»Ihr schicktet Wein zu Brampton hinauf?«
»Ja, als Friedensangebot.«
»Und war Brampton in seiner Kammer?«
»Nein, später erfuhr ich, daß er gerade den Rotwein in das Gemach meines Mannes trug.« Sie wischte sich die Augen. »Der Diener ließ den Wein in Bramptons Kammer stehen und kam wieder herunter. Das ist alles; ich schwöre es.«
Ihren Tränen zum Trotz fragte Athelstan sich immer noch, ob der Ehebruch sie auch zu einer Meuchelmörderin oder viel-

leicht zur Helferin bei einem Mord gemacht haben mochte. Der Bruder spürte wachsende Ungeduld. Wie war Sir Thomas ermordet worden? Und wie war Brampton aufgehängt worden? Und Vechey? Er spielte mit dem Gedanken, jeden in diesem Haus minutiös festlegen zu lassen, was er in der Nacht getan hatte, in der Sir Thomas ums Leben gekommen war, und auch in der folgenden Nacht, als Vechey verschwand – aber er sah ein, daß das vergebens war. Zudem gab es keinen echten Beweis, der die Morde mit irgendeinem der Hausbewohner in Zusammenhang gebracht hätte. Vielleicht waren sie auf Befehl eines anderen verübt worden? Aber wer hatte den Befehl gegeben? Und wie? Und warum?
Athelstan stand auf, verließ die Estrade und ging unten auf und ab, die Fingerspitzen an die Lippen gelegt. Cranston beobachtete ihn aufmerksam. Der gewitzte Ordensbruder würde ein Faktum gegen das andere abwägen, und der Coroner war durchaus bereit, Athelstan den nun errungenen Vorteil nutzen zu lassen.
»Lady Isabella, Sir Richard«, begann der Bruder, »ich habe keinen echten Beweis, der Euch überführen würde. Gleichwohl haben wir genug Indizien, um einen Haftbefehl ausstellen und Euch nach Newgate, Marshalsea oder sogar in den Tower bringen zu lassen.« Er hob die Hand. »Aber uns liegt an Eurer Zusammenarbeit. Wir wollen die Wahrheit wissen. ›Die Söhne des Dives‹ … Ihr gehört ihnen an, nicht wahr, Sir Richard?«
Der Kaufmann nickte.
»Jeder hier in diesem Haushalt gehört ihnen an, nicht wahr?«
»Ja«, gab Sir Richard bedrückt zu. »Ja, das stimmt. Die Kirche verdammt den Wucher und das Verleihen von Geld zu hohen Zinsen. Die Gilden verdammen es ebenfalls. Aber in jeder Gilde, in jedem Zunftbetrieb schließen sich Kaufleute zu einer Gesellschaft zusammen. Sie geben sich seltsame Namen. Unserer ist ›Die Söhne des Dives‹. Wir verleihen heimlich Geld an den, der es braucht, berechnen aber viel höhere Zinsen als die Lombar-

den oder die Venezianer. Dafür wird das Geld schnell ausgezahlt, und die Rückzahlung erstreckt sich über mehrere Jahre. Wir suchen unsere Kunden sorgfältig aus und nehmen nur solche, die für ein Darlehen geradestehen können und für das Geld, das sie aufnehmen, auch gut sind. Das ist kein großes Geheimnis; unsere Gilde ist voll solcher Gesellschaften.«
»Und die Rätsel? Der Schuhmacher?«
Sir Richard und Lady Isabella schüttelten den Kopf. »Das wissen wir auch nicht«, murmelten sie einstimmig.
»Und die Bibelzitate aus der Genesis und der Geheimen Offenbarung? Ihr habt keine Ahnung, was sie bedeuten könnten?«
Wieder ein einstimmiges Nein. Athelstan kehrte an den Tisch zurück, rollte das Stück Pergament zusammen und packte Federkiel und Tintenhorn ein. »Sir John, für den Augenblick wollen wir es dabei belassen. Sir Richard und Lady Isabella wissen jetzt, daß wir nicht so dumm oder unfähig sind, wie wir manchmal scheinen. Seid getrost, Sir Richard: Am Ende werden wir die Wahrheit entdecken, und der Mörder, wer immer er oder sie auch sein mag, wird bei The Elms hängen, wo ganz London zuschaut.«
Cranston schürzte die Lippen und nickte, als hätte Athelstan gesagt, was zu sagen war. Sie verabschiedeten sich vom Kaufmann und seiner Geliebten.
Als sie das Haus Springall verlassen hatten und in der Cheapside warteten, daß ein Hausknecht ihre Pferde vorführte, spürte Athelstan, daß Cranston wütend auf ihn war. Aber der Coroner schwieg, bis sie im Sattel saßen und das Haus hinter ihnen lag, bevor er anhielt und seinem Zorn freien Lauf ließ.
»Bruder Athelstan«, begann er wütend. »Ich möchte dich doch daran erinnern, daß *ich* der Coroner des Königs bin und daß diese beiden da«, er deutete zurück zum Hause Springall, »Sir Richard und seine kostspielige Geliebte, des Mordes schuldig sind!«

»Sir John«, antwortete Athelstan, »ich bitte um Vergebung.«
»Er bittet um Vergebung!« äffte Cranston ihn nach, und dann beugte er sich vor und packte Athelstans Sattelhorn. »Du bittest um Vergebung! Hättest du den Mund gehalten, Bruder, dann hätten wir die Wahrheit vielleicht herausgefunden. Aber nein! Wir haben festgestellt, daß Lady Isabella beim Apotheker war. Wir haben festgestellt, daß sie und Sir Richard ein Liebespaar sind, unzuchttreibende Ehebrecher, und da wäre es nur eine Frage der Zeit gewesen, wann wir das Geständnis von ihnen bekommen hätten, daß sie auch für Sir Thomas' Tod und den der anderen verantwortlich sind.«
»Ich bin anderer Meinung, Sir John. Es gibt keinen echten Beweis für ihre Beteiligung an den Morden. Oh, Ehebrecher sind sie wohl.« Athelstan merkte, daß auch in ihm der Zorn aufstieg. »Aber wenn es darum ginge, Sir John, dann würden wir die halbe Cheapside wegen Ehebruchs hängen und wüßten immer noch nicht, wer der Mörder ist.«
»Jetzt hör mir mal gut zu!« Sir John beugte sich herüber, und sein Gesicht lief rot an vor Wut. »In Zukunft, Bruder, wäre ich dir dankbar, wenn du dich an die Regeln der Höflichkeit halten und mit mir beraten wolltest, ehe du irgendwelche Erklärungen abgibst. Wie gesagt: *Ich* bin hier der Coroner.«
»Dann laßt Euch daran erinnern, Sir John«, versetzte Athelstan und lehnte sich im Sattel zurück, »daß ich Schreiber und Priester bin, nicht aber Euer Botenjunge oder Schoßhund! In diesen Dingen werde ich aussprechen, was ich für das beste halte, und wenn Ihr es so schwierig findet mit mir, dann schreibt meinem Pater Prior. Ich hätte nichts dagegen, von dieser Bürde befreit zu werden.«
Der Bruder sprach jetzt so laut, daß die Vorübergehenden stehenblieben und ihn neugierig anstarrten. »Glaubt Ihr denn, mir macht diese Arbeit Spaß, Sir John? Herumlaufen und den Fetten und Reichen des Landes zuzuhören, wie sie ihre gehei-

men Sünden offenbaren und sich jedesmal über uns lustig machen, wenn wir wieder in einer Sackgasse gelandet sind und nicht mehr weiterkönnen? Glaubt Ihr das?«

Athelstan wandte sein Pferd. »Ich schlage vor, Sir John, jeder von uns begibt sich jetzt nach Hause und denkt nach über das, was geschehen ist. Vielleicht können wir morgen oder übermorgen in unseren Ermittlungen fortfahren.«

»Du gehst nach Hause, wenn ich es sage!« brüllte Sir John

»Ich gehe, wann ich will!« erwiderte Athelstan.

Und ohne eine Antwort abzuwarten, trieb er Philomel die Cheapside hinunter und ließ den vor Wut kochenden Coroner zurück.

Kapitel 7

Als Athelstan in St. Erconwald ankam, bereute er seine übereilten Worte schon. Sir John hatte ja recht. Er hatte über Lady Isabellas und Sir Richards Schuld und Unschuld befunden, ohne sich vorher mit dem Coroner zu beraten. Dabei hätte Cranston vielleicht gern noch ein paar Fragen gestellt. Es reute ihn, daß er Sir John nicht beiseite genommen, ihm den Frieden und eine Erfrischung angeboten hatte, einen Rotwein in einer der Tavernen an der Cheapside. Schließlich gab es in diesem Fall noch andere Fäden, lose Fäden, die es zu verknoten galt. Wer zum Beispiel war die rothaarige Hure gewesen, die Vechey in den Tod gelockt hatte? Lady Isabella? Aber viele Huren trugen rote Perücken.

Als er Philomel in den Stall gebracht hatte, fielen Athelstan die Verse aus der Heiligen Schrift ein, und er studierte die große, ledergebundene Bibel, die er angekettet im einzigen Schrank seines Hauses verwahrte. Genesis 3, Vers 1: »Die Schlange aber war listiger als alle Tiere des Feldes, die Gott geschaffen hatte.« Athelstan übersetzte laut, während er las: »Hat Gott wirklich gesagt, ihr solltet nichts von diesem Baume hier im Garten essen?« Und dann die andere Stelle – Apokalypse 6, Vers 8: »Ich sah«, murmelte Athelstan, »ein fahles Roß, und der auf ihm saß, des Name ist ›der Tod‹, und die Unterwelt ist sein Gefolge …« Was konnte das bedeuten? Athelstan war sicher, daß in diesen Texten der Schlüssel zu dem Geheimnis lag.

Und Sir John? Athelstan fragte sich, ob er nicht zu ihm reiten und Frieden schließen sollte. Aber er war müde, hatte genug von allem, und solche Dinge mußten warten.

Er ging hinaus, schloß die Kirche auf und sah nach dem Rechten; dann brachte er Philomel einen Eimer Wasser und Bonaventura ein Schälchen Milch, die er an der London Bridge gekauft hatte. Noch immer war er aufgewühlt. Er ging ins Haus, legte sich auf sein Strohlager und schaute zu der abblätternden Decke hinauf. Er versuchte, sich zu beruhigen – zuerst mit einem Psalm: »*Exsurge domine, exsurge et vindica causam meam* ... Erhebe dich, o Herr, erhebe dich und richte meine Sache ...«
Athelstan ließ seine Gedanken wandern, zurück zu Cranston und dem erschrockenen, angstvollen Gesicht der Lady Isabella. Dann schüttelte er den Kopf, um diese Gedanken zu vertreiben. Wie es wohl am Abendhimmel aussehen mochte? Und ob der Pater Prior ihm eine Kopie der Schriften Richards von Wallingford schicken würde? Richard, ehedem Abt von St. Alban, hatte die wundersamsten Instrumente zum Messen und Bestimmen der Sterne erfunden; Athelstan hatte sich mit einem Bruder unterhalten, der Wallingfords sinnreiche Uhr gesehen hatte, mit Rädern darin, die wie durch Zauberei eingerichtet waren; eine Uhr, die nicht nur die Stunden maß, sondern auch Tierkreise und Sternzeichen anzeigte, die Phasen des Mondes und die Stellung der Sonne, der Planeten und der Himmel. Athelstan leckte sich die Lippen. Er hätte ein Vermögen für eine solche Uhr gegeben, alles, was er besaß, nur um sie ein paar Stunden in den Händen halten zu dürfen. Vielleicht würde der Pater Prior ihm helfen? Aber er hatte ihn schon um eine Abschrift des Kalenders des Karmeliters, Nicholas von Lyn, gebeten.
Die Kammerdecke erinnerte ihn an die Kirche; zwar war das Dach jetzt repariert, aber eigentlich sah sie immer noch kaum besser aus als ein Schweinestall.
Er hörte Stimmen draußen, stand auf, spähte aus dem Fenster und stöhnte leise auf. Natürlich, er hatte es vergessen – das Treffen mit seinen Pfarrkindern! Sie wollten sich in der Kirche

versammeln und über den Prunkwagen für das Fronleichnamsfest sprechen.
Athelstans Vorahnungen zu dieser Versammlung erwiesen sich als richtig. Das Treffen war kein fröhliches. Zuvorderst unter seinen Gemeindekindern saßen Watkin, der Müllsammler, und sein Weib, eine Frau mit der Gestalt eines Rammbocks, hartgesichtig und mit eisengrauem Haar, das ihr bis auf die Schultern hing. Cecily, die Hure, machte unaufhörlich spitze Bemerkungen und deutete an, daß sie mehr über Watkin wisse als seine eigene Frau. Ranulf, der Rattenfänger, und Simon, der Dachdecker, sowie eine Schar anderer drängten ins Kirchenschiff und setzten sich einander gegenüber auf die beiden einzigen Bänke der Kirche, während Athelstan zwischen ihnen auf dem Altarstuhl Platz nahm.
Sticheleien beeinträchtigten das Zusammentreffen. Nichts wurde geklärt, und Athelstan hatte das Gefühl, er hätte entschiedener auftreten müssen. Als die Versammlung beendet war, schauten ihn alle seine Pfarrkinder vorwurfsvoll an. Er entschuldigte sich, sagte, er sei müde, und versprach, sie würden wieder zusammenkommen, und dann würde man gewiß eine Entscheidung fällen. Murmelnd und murrend trotteten sie hinaus – alle bis auf Benedicta. Sie blieb am Ende der Bank sitzen, den Mantel um sich gewickelt.
Athelstan schloß die Tür hinter seinen Pfarrkindern. Als er zurückkehrte, schien Benedicta zu weinen, so sehr zuckten ihre Schultern. Aber als sie den Kopf hob, sah er, daß sie lachte. Tränen rannen ihr übers Gesicht.
»Du findest unsere Pfarrversammlung lustig, Benedicta?«
»Ja.« Er bemerkte, wie leise und kultiviert ihre Stimme klang. »Ja, Pater, das tue ich. Ich meine ...« Sie spreizte die Hände und kicherte wieder.
Athelstan sah sie streng an, aber sie konnte ihre Heiterkeit nicht bezähmen. Ihre Schultern bebten vor Lachen, und ihre Alaba-

sterwangen röteten sich. Auch Athelstan konnte ein Lächeln schließlich nicht mehr unterdrücken.
»Ich meine, Cecilys Sehnsucht nach der Rolle der Jungfrau Maria!« fuhr sie fort. »Und das Gesicht, das Watkins Weib gemacht hat!« Sie lachte so ansteckend, daß Athelstan mitlachte, und zum ersten Mal seit seiner Ankunft in St. Erconwald hallte das Kirchenschiff von Gelächter wider. Endlich fand Benedicta die Fassung wieder.
»Es schickt sich nicht«, bemerkte sie, und in ihren Augen funkelte die Heiterkeit, »daß eine Witwe und ihr Pfarrer in der Kirche so laut über die Gemeinde lachen. Aber ich muß sagen, daß ich noch nie in meinem kurzen Leben etwas so Komisches erlebt habe. Wir müssen wirklich ein Kreuz für Euch sein ...«
»Nein«, antwortete Athelstan und setzte sich neben sie. »Kein Kreuz.«
»Was ist es dann, Pater? Warum seid Ihr so traurig?«
Athelstan starrte an ihr vorbei auf das blau-rot-goldene Gemälde, das an der Wand Gestalt annahm. Was ist mein Kreuz? dachte er. Eine mächtige Bürde, eine wahre Todsünde des Fleisches mit kahlem Schädel, pfiffigen braunen Augen und einem Gesicht, so rot wie ein blutiger Lappen. Sir John Cranston, Lord vom dicken, fetten Bauch, Meister der stämmigen Beine und eines Arsches, so wuchtig, daß Athelstan ihn insgeheim den »Roßzermalmer« nannte. Aber wie konnte er Benedicta erklären, was es mit Cranston auf sich hatte?
»Nein, kein Kreuz, Benedicta. Nichts – außer der Einsamkeit vielleicht.«
Er merkte plötzlich, wie nah er ihr war. Sie erwiderte seinen Blick ruhig. Ihr rabenschwarzes Haar quoll unter der Haube hervor. Ihr Gesicht war so glatt. Er sah fasziniert den großzügigen Mund und die Augen, so schön und dunkel wie die Nacht. Unvermittelt hustete er und stand auf.

»Du bist noch geblieben, Benedicta. Wolltest du mich sprechen?«
»Nein.« Auch sie erhob sich, als spürte sie die jähe Kälte zwischen ihnen. »Aber Ihr solltet wissen, daß Hob gestorben ist. Ich war bei ihm zu Hause, ehe ich herkam, und sah seine Frau.«
»Gott schütze ihn«, flüsterte Athelstan. »Gott schütze uns alle, Benedicta! Gott schütze uns alle!«

Am nächsten Tag vermied Athelstan jeden Gedanken an Sir John und die schrecklichen Morde im Hause Springall. Statt dessen vertiefte er sich in seine Aufgaben als Gemeindepfarrer. Der neue Almosenkasten wurde beim Taufbrunnen aufgestellt und mit einem Schloß versehen. Er versuchte, den Zwist zwischen der Hure und der Frau des Müllsammlers zu schlichten, und erreichte auch tatsächlich eine gewisse Einigung: Cecily würde die Madonna spielen, vorausgesetzt, Watkins Weib könnte die Base der heiligen Jungfrau sein, die heilige Elisabeth. Watkin würde den stolzen Part des St. Georg übernehmen, während Ranulf, der Rattenfänger, sich eifrig bereit fand, das Kostüm des Drachen anzulegen.
Es gab andere, ernstere Dinge. Hob, der Totengräber, wurde am späten Nachmittag bestattet, und Athelstan veranstaltete eine Sammlung; er selbst gab der armen Witwe, was er konnte, und versprach ihr mehr, sobald die Umstände es erlauben würden. Er schlief gut in dieser Nacht, und in aller Frühe stand er auf und stieg die feuchte, schimmelige Treppe im Kirchturm hinauf; oben sah er die Sterne klar am Himmel stehen und studierte ihre Stellung zueinander, bevor sie mit dem Morgengrauen verblaßten.
Am Vormittag war er dann unten in der Kirche und bereitete den Leichnam von Meg aus Four Lanes für das Begräbnis vor. Meg mit dem wallenden schwarzen Haar, dem weißen Gesicht und einer Nase, so krumm wie ein Adlerschnabel. Im Leben war sie

keine Schönheit gewesen, aber im Tode sah sie scheußlich aus; ihre fettigen Locken fielen strähnig auf ihre schmutzigen Schultern. Ihr Gesicht bestand aus Knochen, über denen die Haut sich spannte, straff und durchscheinend wie ein Stück Stoff. Die hellen, meergrünen Augen lagen jetzt stumpf und tief in ihren Höhlen.

Ihr Mund stand offen; ihr Körper, schmutzigweiß wie der Bauch eines gestrandeten Fisches, war von Striemen und Blutergüssen übersät. Die Leiche war gleich nach der Frühmesse von Gemeindemitgliedern gebracht worden. Athelstan hatte von einer alten Dame, die in einem der Häuser hinter der Kirche wohnte, ein Gewand geborgt und Megs Leichnam so würdig bekleidet wie möglich. Der Gemeindekonstabler, ein kummervolles Männchen, hatte ihm berichtet, daß Meg ermordet worden sei.

»Das tragische Ende«, klagte er, »eines traurigen Lebens!«

Athelstan hatte ihn ausgefragt: Anscheinend hatte irgendein Schurke, hitzig in der Wallung der eigenen Säfte, Megs Körper gekauft und sich seiner bedient, ehe er ihr ein Messer zwischen die Rippen stieß. Kurz nach dem Morgengrauen war ihre Leiche, kalt und steif, in einem Gestrüpp gefunden worden, das von Ratten wimmelte. Niemand würde Anspruch auf die Tote erheben, und Athelstan wußte, daß die Gemeindewache sie verscharren würde wie den halbverwesten Kadaver eines Hundes. Aber die Frühmesse war gut besucht gewesen, und die Mitglieder der Gemeinde hatten anders entschieden. Tab, der Kesselflicker, der zur Beichte gekommen war, hatte sich angeboten, aus dünnen Brettern eine Art Sarg zu zimmern. Er hatte ihn draußen auf der Kirchentreppe zusammengesetzt und vor dem Lettner auf Böcke gestellt. Athelstan segnete Meg ein, besprengte den offenen Sarg mit Weihwasser und betete, der gute Christus möge ihrer armen Seele gnädig sein. Mit Tabs Hilfe nagelte er den Deckel zu, sprach die Totengebete und schrieb ihren Namen unter den der anderen Verstorbenen der Gemeinde, derer in der wöchentlichen Requiemsmesse gedacht wurde.

Danach gab Athelstan Tab und seinen beiden Lehrlingen ein paar Pennies, damit sie den Sarg zur Kirche hinaus und auf den alten Friedhof trugen. Athelstan folgte ihnen und sang Verse aus den Psalmen. Megs Sarg wurde in ein flaches Grab im trockenen, harten Boden hinabgesenkt. Athelstan nahm sich vor, hier ein Kreuz aufzustellen und so bald wie möglich eine Messe für ihre Seele und die des armen Hob zu lesen. Von Gewissensbissen geplagt, ging er zur Kirche zurück. Er hatte seine Zeit damit vergeudet, die Sterne anzustarren, während Menschen wie Meg aus Four Lanes eines schrecklichen Todes starben und hernach in obskure Gräber gelegt wurden. Athelstan empfand Zorn; er kniete vor der Statue der Jungfrau nieder und betete für Meg und den üblen Halunken, der ihre arme Seele ohne Beichte in die Finsternis geschickt hatte. Dann stand er auf und wollte gerade in sein Haus gehen und sich den Schmutz von Megs Grab von den Händen waschen, als Cranston die Tür aufstieß, als kündete er das Jüngste Gericht, und hereinstolziert kam.

»Mord, Athelstan!« dröhnte er. »Verdammter Mord! Übler Totschlag!«

Athelstan wußte, daß Cranston ihn gern erschreckte und großes Vergnügen an dramatischen Auftritten und Abgängen hatte, und er wußte nicht, ob er lachen oder weinen sollte. Cranston blieb stehen, die Beine gespreizt, die Hände in die Hüften gestemmt. Der Bruder setzte sich auf die Altarstufen und schaute in das runde, muntere Gesicht.

»Wovon redet Ihr, Sir John?« fragte er unwirsch.

Der grinsende Koloß stand da und schwieg. »Die Springalls!« schrie er schließlich. »Es ist schon wieder was passiert. Diesmal wurde der arme Allingham tot in seiner Kammer gefunden, ohne die Spur einer Wunde an seinem Körper. Oberrichter Fortescue ist wild wie eine Katze. Übrigens, wo steckt deine eigentlich?«

»Bonaventura ist wahrscheinlich verschwunden, als sie Euch kommen hörte«, brummte Athelstan. »Aber warum? Was ist mit dem Oberrichter? Was hat er mit Bonaventura zu tun?«
»Fortescue springt herum wie eine Katze auf heißen Steinen und verlangt, daß etwas geschieht, aber er weiß auch nicht besser als ich, *was* geschehen soll. Jedenfalls müssen wir los, Athelstan. Zurück zum Hause Springall.«
»Sir John, ich habe hier zu tun. Zwei Todesfälle, zwei Beerdigungen.«
Der Coroner kam auf ihn zu, und ein boshaftes Grinsen lag auf dem Satyrgesicht. »Aber, aber, Athelstan. Das weißt du doch besser.«
Natürlich wußte der Bruder es besser. Er wußte, daß er keine Wahl hatte, und murrend packte er seine Satteltaschen, zäumte Philomel auf und ging zu Cranston, der vor der Kirche auf seinem Pferd hockte. Athelstan hinterließ ein paar Anweisungen bei Tab, dem Kesselflicker, der jetzt in der nächsten Schänke saß und vertrank, was er bei Megs Beerdigung verdient hatte. Dann machten sie sich auf den langsamen Ritt hinunter zur London Bridge und hinüber zur Cheapside. Cranston war allerbester Laune, unterstützt und befördert von einem wundertätigen Weinschlauch, der niemals leer zu werden schien. Athelstan wollte sich für seinen Anteil an dem Streit vor ihrem letzten Auseinandergehen entschuldigen, aber der Coroner winkte ab.
»Nicht deine Schuld, Bruder«, dröhnte er. »Nicht deine. Die Säfte, und die Hitze des Tages … Wir streiten alle mal. Kommt in den besten Familien vor.«
Und so ließen sie die London Bridge hinter sich und näherten sich Fish Street Hill, Athelstan betend und schimpfend, Cranston furzend und im Sattel schwankend. Als der Wein schließlich doch zur Neige ging, verfinsterte sich des Coroners Stimmung natürlich, und er verkündete, daß er keinen Rattenfurz auf murrende Mönche gebe.

»Befehl ist Befehl«, knurrte er und warf dem Ordensbruder einen finsteren Blick zu, bevor er sich und die Pferde mit einer Schilderung des Mahles unterhielt, das sein armes Weib für den kommenden Sonntag bereitete.
»Ein regelrechtes Bankett«, verkündete er. »Eberkopf, Schwan, Hirschbraten, Quittentorte, dicke Milch mit Apfelsahne ...«
Athelstan hörte nur mit halbem Ohr zu. Allingham war also tot. Er dachte an den Kaufmann, lang, hager und kummervoll von Gestalt. Wie aufgebracht er gewesen war bei ihrem letzten Besuch im Hause Springall.
Im Haus an der Cheapside war Athelstan erstaunt zu sehen, wie ruhig und gefaßt Sir Richard und Lady Isabella waren. Er begriff plötzlich, daß Cranstons Behauptung, Allingham sei ermordet worden, im Grunde nur eine Vermutung war. Sir Richard begrüßte sie höflich, und Lady Isabella stand an seiner Seite. Sie war in dunkelblauen Samt gekleidet und trug eine hohe weiße Leinenhaube auf dem Kopf. Sie berichtete, wie sie zu Master Allinghams Kammer hinaufgegangen waren, die Tür verriegelt vorgefunden und den Handwerkern im Hofe befohlen hatten, die Tür aufzubrechen.
»Allingham lag tot auf dem Bett; der Schlag oder ein Apoplexus hat ihn getroffen«, stellte Sir Richard fest. »Wir wissen nicht, wie es geschah. So schickten wir nach Pater Crispin.« Er deutete auf den Priester, der neben der Tür zur Halle auf einem Stuhl hockte. »Er untersuchte Allingham und hielt ihm wohl auch ein Stück Glas vor die Lippen, aber es war kein Hauch von Atem mehr in ihm. So tat er, was zu tun er mittlerweile gewohnt ist – er gab ihm die Sterbesakramente. Ihr wollt den Leichnam sehen?«
Athelstan drehte sich um und sah Cranston an, der aber nur die Achseln zuckte.
»Ihr glaubt also, Allingham ist eines natürlichen Todes gestorben?«

»Oh, natürlich! Was denn sonst? Es gibt keine Spur von Gewalt, kein Anzeichen von Gift«, antwortete Sir Richard.

Athelstan erinnerte sich an das, was Foreman gesagt hatte – daß die Lady, die bei ihm in der Apotheke gewesen sei, ein Gift gekauft habe, das geruchlos und nicht nachweisbar war, aber das Herz stehenbleiben ließ. Er glaubte, daß Sir Richard und Lady Isabella die Wahrheit sagten, zumindest dem Buchstaben nach; für sie und vielleicht sogar für einen kundigen Arzt war Allingham eines natürlichen Todes gestorben. Aber Athelstan glaubte anderes. Er stimmte Sir John zu: Allingham war ermordet worden.

Der junge Schreiber, Buckingham, der jetzt, da die Beerdigungen vorüber waren, festlicher gekleidet war, führte sie hinauf in das erste Stockwerk und dann über eine weitere Stiege zum zweiten Stock des Hauses. Das mittlere Zimmer in diesem Stockwerk gehörte Allingham. Die Tür war aus den ledernen Angeln gerissen worden, und ein Handwerker reparierte sie gerade. Er schob ihnen die Tür auf, und sie traten ein.

Es war eine kleine, aber behagliche Kammer, und das Fenster bot einen Blick auf den Garten. Auf dem Bett, einer kleinen Schlafstatt mit vier Pfosten und vielen Kissen, lag Allingham und schien zu schlafen. Athelstan schaute sich im Zimmer um. Ein kurzer, farbiger Wandteppich zeigte Simeon, wie er das Jesuskind begrüßte. Ein paar Kästen, ein Tisch, ein hochlehniger Stuhl, etliche Schemel und ein Schrank, dessen schwere Eichenholztür offenstand, bildeten die Einrichtung. Athelstan bemerkte den Duft von Kräutern, die in den Schrank gestreut waren, um die Kleider darin frisch zu halten.

Er ging zum Bett, schaute den Toten an und sprach ein kurzes Gebet. Cranston setzte sich auf die Bettkante und starrte die Leiche an, als wäre der Mann lebendig und sollte in ein freundliches Gespräch gezogen werden.

Athelstan wußte, daß Cranston all seinem Gepluster und Suff

zum Trotz durchaus in der Lage war, den Toten aufmerksam und scharfsichtig zu untersuchen. Er machte sich ebenfalls an die Arbeit. Die Haut des toten Kaufmannes ähnelte den kalten Schuppen eines Fisches. Der Rigor mortis hatte eingesetzt, aber noch nicht vollständig. Athelstan drückte den Mund auf und roch daran. Der Geruch war leicht würzig, aber nicht ungewöhnlich; weder Haut noch Fingernägel oder Gesicht waren verfärbt. Er betrachtete die Finger, aber auch hier war nichts zu bemerken außer einem leichten Chrisamduft an den Händen, die der Priester gesalbt hatte. Athelstan kam sich ein wenig albern vor, wie er hier mit Sir John auf dem Bett saß und Buckingham und Sir Richard auf sie herabschauten. Hinter ihnen stand Lady Isabella auf Zehenspitzen und spähte über deren Schultern, als verfolgte sie ein Maskenspiel oder einen Mummenschanz. Dann ertönten hinter ihr die dumpfen, schlurfenden Schritte des Pater Crispin, der nun auch heraufkam.

»Sagt mir«, bat Athelstan, »wer hat den Toten gefunden?«

»Ich«, antwortete Sir Richard. »Wir waren alle früh aufgestanden. Pater Crispin ritt mit einem der Pferde, einem jungen, durch Aldgate hinaus, um es auf den Feldern ein wenig galoppieren zu lassen. Als er zurückkehrte, stellte er das Pferd in den Stall und kam, um mit uns zu frühstücken. Da bemerkten wir, daß Allingham, obgleich im allgemeinen ein Frühaufsteher, noch nicht heruntergekommen war. Wir sandten einen Diener hinauf. Er versuchte, Stephen zu wecken, doch es gelang ihm nicht, und er kam wieder herunter. Pater Crispin hatte leider gerade einen Weinbecher umgestoßen und tupfte das Malheur mit einem Mundtuch auf. Als der Diener mich bat, ging ich hinauf; Pater Crispin, Master Buckingham und Lady Isabella folgten mir. Allingham war nicht zu wecken, und so schickten wir nach den Arbeitern im Hof. Sie kamen mit einem Balken und drückten die Tür ein.«

Athelstan ging zur Tür und betrachtete sie eingehend. Riegel und Schloß waren heillos zerstört, als der behelfsmäßige Rammbock zu Werke gegangen war.

»Stephen Allingham lag in seinem Bett, wie Ihr ihn jetzt seht«, fuhr Sir Richard fort. »Pater Crispin untersuchte ihn und stellte kein Lebenszeichen mehr fest.«

»Was geschah weiter?«

»Nichts. Wir legten den Toten nur zurecht; er lag hingestreckt halb im Bett, halb auf dem Boden.«

»Nichts Verdächtiges?«

»Nein.«

»Doch, eines.« Pater Crispin meldete sich zu Wort, ohne sich um Sir Richards warnenden Blick zu kümmern. »Ich konnte nicht begreifen, warum Allingham, wenn er einen Anfall hatte, nicht versuchte, den Schlüssel umzudrehen, die Tür zu öffnen und um Hilfe zu rufen, und ich dachte mir, vielleicht hat das Schloß geklemmt.« Er zuckte die Achseln. »Ich ging also zurück und sah nach. Der Türgriff saß fest. Ich versuchte, ihn freizubekommen, und benutzte das Mundtuch, das ich gedankenlos aus der Halle mit heraufgebracht hatte, um ihn besser packen zu können. Aber es half nichts – vielleicht wegen der Art und Weise, wie die Tür aufgebrochen worden war. Das Schloß selbst schien in Ordnung, war allerdings durch das gewaltsame Eindringen aufgebogen. Der Schlüssel lag auf dem Fußboden.«

»Und wie hat Master Allingham sich in den letzten Tagen benommen?«

»Mißgelaunt«, antwortete Sir Richard. »Er sonderte sich ab. Einmal hörte meine Mutter, Lady Ermengilde, wie er etwas vor sich hin murmelte, dieselbe Zahl, die auch Vechey erwähnt hatte – einunddreißig. Und etwas über Schuhmacher.«

»Ja, das stimmt«, sagte Lady Isabella. »Bei Tisch starrte er nur finster auf seinen Teller und sagte kein Wort. Er müsse besser darauf achten, was er esse und trinke, sagte er einmal. Er verbrachte viel Zeit unten im Hof bei den Tischlern und Malern,

die den Prunkwagen für die Krönungsprozession bauen. Stundenlang redete er mit ihnen, besonders mit dem Tischlermeister, Andrew Bulkeley.«
»Was gab es denn da so Wichtiges?« fragte Cranston.
Lady Isabella hob die schönen Schultern, eine Bewegung, die sogar Athelstan den Atem stocken ließ.
»Ich weiß es nicht«, murmelte sie. »Er ging hinunter und betrachtete den Fries, den Bulkeley schnitzte – der den Wagen krönen und später in der Hauskapelle auf der anderen Seite des Hauses hängen soll. Vielleicht solltet Ihr einmal mit ihm sprechen?«
Cranston sah zu Athelstan hinüber und nickte. »Ach, und noch eine Frage, Lady Isabella«, sagte er dann. »Ich möchte sie hier in Gegenwart Eures Haushaltes stellen. Der Reichtum Eures Gemahls ... hat er ein Testament gemacht?«
»Ja, es ist bereits beim Kanzleigericht in Westminster Hall. Warum fragt Ihr?«
Athelstan bemerkte, daß ihre Wangen gerötet waren und Sir Richard unruhig hin und her wanderte.
»Wer sind die Erben?«
»Sir Richard und ich.«
»Ihr bekommt sein ganzes Vermögen?«
»Ja, alles.«
»Und Ihr, Sir Richard«, fuhr Cranston fort, »habt nun sicher alle Memoranden, Dokumente, Haushaltsbücher und Konten Eures Bruders durchgesehen. Habt Ihr dabei irgend etwas Verdächtiges gefunden? Vielleicht Darlehen an mächtige Männer, die nicht zurückgezahlt haben?«
Sir Richard lächelte. »Nichts dergleichen. Oh, die mächtigen Lords haben meinem Bruder Geld geschuldet und schulden es jetzt mir, aber keiner würde wagen, seinen Verpflichtungen nicht nachzukommen. Bedenkt, daß sie dies nur einmal tun könnten. Wer würde ihnen danach noch einmal Geld leihen?«

Cranston klopfte sich auf den Schenkel und grinste.
»Die Welt der Finanzen, Sir Richard, ist ein Buch mit sieben Siegeln für mich – und natürlich auch für unseren Bruder Athelstan mit seinem Armutsgelübde. Komm, Bruder!« Er stand auf, und Athelstan folgte ihm hinaus.
»Wo wollt Ihr hin?« Sir Richard eilte ihnen nach.
»Na, zu Master Bulkeley natürlich. Ich möchte gern wissen, was Master Allingham im Hof so wichtig fand.«
Sir Richard führte sie durch die mit Steinplatten ausgelegte Küche und die Speisekammer auf den großen Hof, um den das Haus gebaut war. Hier herrschte emsiges Treiben. Hunde sprangen herum und scheuchten die Hühner und Gänse auseinander, die im hartgestampften Boden nach Futter pickten. Stallmeister, Hufschmiede und Knechte führten Pferde in die Ställe und heraus und untersuchten Beine, Hufe und Felle nach Verletzungen oder Mängeln. Ein paar kleine Jungen, Kinder der Bediensteten, spielten Verstecken hinter Karren, Körben und Strohballen. Mägde huschten mit Wasserkrügen zu den Küchentüren hinein, während andere sich im Schatten die Zeit mit Würfeln und anderen Glücksspielen vertrieben. Küchenjungen schleppten dampfende, blutrote Fleischklumpen aus der Küche und warfen sie in große Fässer mit Pökellake, um sie zu konservieren. Auf der anderen Seite des Hofes hantierten Zimmerleute geschäftig an einem mächtigen, bunt verzierten Wagen, dessen vier Seiten gerade mit Tuch und Schnitzereien verziert wurden. Sir Richard führte Cranston und Athelstan zu den Arbeitern.
»Ach, übrigens, Sir Richard«, sagte Cranston, »die Syrer, diese wunderschönen Schachfiguren … was ist eigentlich aus ihnen geworden?«
Sir Richard stand da, wandte das Gesicht der warmen Sonne entgegen und schaute in den blauen Himmel. »Zu kostbar, um sie offen zur Schau zu stellen. Master Buckingham hat sie

geputzt und in eine Truhe eingeschlossen. Sie sind in Sicherheit. Warum fragt Ihr?«
Cranston hob die Schultern. »Nur so …«
Der Lärm rings um den Wagen war schrecklich; allenthalben wurde gehämmert und gesägt und mit Holz hantiert. Die Luft war schwer von Sägemehl und dem süßlichen Duft frischgeschnittenen Holzes. Der Prunkwagen, den Springall hier bauen ließ, würde nur ein kleiner Teil der gewaltigen Krönungsprozession sein, aber aus der Nähe betrachtet sah er noch prächtiger aus. Er war groß – ungefähr neun Fuß hoch. Der Wagen werde, erklärte der Kaufmann, ein Tableau tragen, welches den König ehren und zugleich den Glanz der Goldschmiedezunft widerspiegeln solle, und auf großen Tafeln ringsum hatten Zimmerer und Holzschnitzer kunstvolle Szenen geschaffen.
»Es sind vier Tafeln«, sagte Sir Richard. »Eine vorn, eine hinten, und jeweils eine an den Seiten des Wagens. Dort wird man sie befestigen, und darüber kommt eine Plattform, auf der das Tableau steht. Alles muß seine Richtigkeit haben«, bemerkte er. »Wir wollen nicht, daß irgend etwas der Gilde Schande oder Unehre bereitet, wenn unser Wagen durch die Cheapside rollt.«
So hatte man keine Kosten gescheut. Besonders gründlich betrachtete Athelstan jeden der hölzernen Friese, die die vier letzten Dinge darstellten: den Tod, das Jüngste Gericht, den Himmel und die Hölle. Er bewunderte die Vielfalt der Szenen und die Begabung der Handwerker vor allem in der Abbildung der Hölle. Man sah den Teufel, wie er die Bösen in den Hades schleppte; jede der verdammten Seelen wurde von einer Gruppe scheußlicher Dämonen bewacht. Im Mittelpunkt der Schnitzerei war ein Schuhmacher, der sich gegen vier zottige Teufel zur Wehr setzte, die versuchten, ihn den Armen eines Wesens zu entreißen, das Athelstan zunächst für eine junge Dame hielt; bei näherer Betrachtung aber erkannte er an Schwanz und kurzgeschnittenem Haar, daß es das Abbild einer männlichen Hure

war. Den Beruf des Teufelsopfers – Schuhmacher – erkannte man an dem Werkzeugbeutel in der einen und dem halbfertigen Schuh in der anderen Hand.

»Wer hat das geschnitzt?« fragte Athelstan Sir Richard.

»Andrew Bulkeley.«

»Wo ist er?«

Sir Richard drehte sich um und rief den Mann; ein kleiner Glatzköpfiger kam herüber. Er war noch fetter als Cranston, und sein ungeheurer Wanst war in eine schmutzige weiße Schürze gehüllt. Er sah aus wie einer der unbekümmerten Teufel, die er geschnitzt hatte, mit seinem fetten, fröhlichen Gesicht, seiner Stupsnase und den großen blauen Augen, in denen boshafte Heiterkeit zu tanzen schien.

»Master Bulkeley«, sagte Athelstan lächelnd und schüttelte die dargebotene Hand, »Eure Schnitzereien sind ausgezeichnet.«

»Danke, Bruder.« In seinem Tonfall lag das sanfte Gurren eines wärmeren, frischeren Klimas.

Athelstan deutete auf die Abbildung der Hölle. »Diese Schnitzerei hier ist dein Werk?«

»Ja, Bruder.«

»Die Idee auch?«

»O nein, Bruder. Sir Thomas selbst hat vorgeschrieben, was wir machen und wie wir es schnitzen sollten.«

»Aber warum der Schuhmacher, und warum die männliche Hure?«

Der Handwerker wischte sich mit dem Handrücken über den Mund. »Das weiß ich eigentlich nicht. Ich habe solche Szenen schon oft gemacht. Es ist immer das gleiche. Irgend jemand wird der warmen Umarmung einer Schar junger Damen entrissen. Aber diesmal hatte Sir Thomas, glaube ich, einen privaten Scherz im Sinn. Er bestand darauf, daß es ein Schuhmacher und daß die Hure ein Mann sein müsse. Mehr weiß ich nicht. Er hat

bezahlt, ich habe gemacht, was er wollte. Habt Ihr die anderen schon gesehen?«
»Ja, danke«, sagte Athelstan und schaute zu Cranston hinüber.
»Master Allingham war hier, um sich die Schnitzereien anzusehen?« wollte Cranston wissen.
»Ja.«
»Weißt du, warum?«
»Nein.«
»Hat er sich für irgendeine Schnitzerei besonders interessiert?«
Der Handwerker zuckte die Achseln. »Er hat sie sich alle angeguckt – meistens, wenn wir nicht da waren. Aber er wollte immer wieder wissen, weshalb Sir Thomas sich für bestimmte Themen entschieden habe. Ich habe ihm das gleiche gesagt wie Euch.«
Athelstan wandte sich an den Kaufmann. »War Euer Bruder von Schuhmachern besonders fasziniert?«
»Ich habe Euch doch gesagt«, entgegnete Sir Richard ungeduldig. »Er liebte Rätsel. Vielleicht hat ein Schuhmacher ihn beleidigt. Ich weiß es nicht!«
Athelstan nahm Sir John sanft beim Ellbogen. »Ich habe genug gesehen. Vielleicht sollten wir gehen?«
Der Coroner machte ein verwundertes Gesicht, willigte aber wortlos ein. Sie gingen durch die Küche und den Hausflur zur Vordertür. Fast waren sie draußen, als Sir Richard rief: »Bruder Athelstan! Sir John!«
Beide fuhren herum.
»Ihr kommt immer wieder her, aber Ihr habt immer noch keinen Hinweis darauf gefunden, daß die Todesfälle oder ihre Gründe in irgendeiner Weise zusammenhängen. Ist es nicht so?«
Der Kaufmann hatte ein wenig von seiner Arroganz wiedergefunden, und Cranston konnte sich nicht zügeln. »Jawohl, so ist es, Sir Richard. Bis jetzt haben wir nichts Schlüssiges gefunden. Aber ich kann Euch durchaus etwas Neues mitteilen, und Ihr mögt es dann den anderen weitersagen.«

»Ja, Sir John?«
»Wie immer die Umstände aussehen mögen, und was immer Ihr darüber denkt – Stephen Allingham wurde ermordet. Ihr solltet Euch allesamt vorsehen.«
Bevor dem erschrockenen Kaufmann eine Antwort einfiel, hatte Cranston schon Athelstans Ellbogen ergriffen und steuerte ihn hinaus auf die in der Sonne brütende Straße.
»Als wir das letzte Mal hier waren«, witzelte Athelstan, »habt Ihr mich ermahnt, meinen Mund zu halten und nicht unaufgefordert Dinge hinauszuposaunen, Sir John. Aber das gleiche habt Ihr heute getan. Es gibt keinen Hinweis darauf, daß Allingham ermordet wurde.«
»Oh, das weiß ich«, grunzte Sir John. »Und du weißt es auch.« Er blieb stehen und tippte dem Ordensbruder leise an die Schläfe. »Aber da oben, Athelstan, und hier in deinem Herzen – was glaubst du da wirklich?«
Athelstans Blick wanderte über das Treiben ringsum. Die Menschen kämpften sich zwischen den Ständen hindurch, ohne etwas von seinen finsteren Gedanken zu ahnen; sie schwatzten und redeten, kauften und verkauften, vertieft in ihre Alltagsgeschäfte.
»Ich glaube, Ihr habt recht, Sir John. Der Mord an Allingham wurde gut geplant, und der Mörder wohnt in diesem Haus.« Er zog seine Kapuze über den Kopf, um sich vor der heißen Mittagssonne zu schützen. »Sollen wir unsere Pferde holen?«
Sir John schaute betreten weg.
»Sir John«, wiederholte Athelstan. »Die Pferde – sollen wir sie holen?«
Cranston stieß einen Seufzer aus, schüttelte den Kopf und schaute Athelstan flehentlich an. »Ich habe schlechte Nachrichten, Bruder. Wir sind nach Westminster befohlen. Oberrichter Fortescue findet, wir hätten mit unserer Jagd nach Irrlichtern, wie

er sich ausdrückt, nun genug Zeit und Staatsgelder verschwendet. Er wünscht, daß wir Rechenschaft ablegen. Aber bevor ich den Blick auf sein elendes Antlitz richte, gedenke ich mir soviel vom spanischen Weißen einzuverleiben, wie ich kann. Bist du dabei?«

Zum ersten Mal teilte Athelstan vollständig Sir Johns Wunsch nach Erfrischung. Schnell gingen sie durch die Cheapside zur Fleet Street und dort in den ›Sarazenenkopf‹, ein kühles, dunkles Wirtshaus abseits der Hauptstraße. Athelstan war erfreut zu sehen, daß es leer war, und bestand darauf, diesmal den Gastgeber zu spielen. Er befahl dem Wirt, zwei Krüge mit schäumendem Ale und, da es Freitag war, nicht Fleisch, sondern eine Schüssel Neunaugen sowie weißes Brot für ihn und Sir John zu bringen. Cranston stürzte sich auf das Essen wie ein hungriger Wolf, schmatzte, trank seinen Bierkrug leer und brüllte nach dem Schankburschen, damit er ihn wieder fülle. Als der erste Hunger gestillt war, nahm Cranston den Bruder ins Verhör.

»Also, Bruder, was denkst du? Gibt es eine Lösung? Du bist ein Philosoph, Athelstan – aber hat nicht einer eurer berühmten Theologen gesagt: ›Von nichts kommt nichts‹? *Nihil ex nihilo?*«

»Es muß eine Antwort geben.« Athelstan lehnte sich an die kühle Steinwand in seinem Rücken. »Als ich Logik studiert habe, lernten wir eine zentrale Wahrheit: Wenn das Problem existiert, muß es eine Lösung geben. Ohne Lösung kein Problem. Folglich: Wenn wir es hier mit einem Problem zu tun haben, muß es dafür eine Lösung geben.«

Cranston rülpste und blinzelte Athelstan an. »Wo hast du denn das gelernt?« neckte er.

»Die Logik wird dieses Problem lösen«, beharrte Athelstan. »Sie und die Beweise. Das Problem ist, Sir John: Wir haben noch keine Beweise. Aber ohne sie können wir keine Prämisse aufstellen. Wir sind wie zwei Männer am Rande eines Abgrunds. Eine tiefe Kluft trennt uns von der anderen Seite, und nun halten wir Ausschau nach einer Brücke.« Athelstan schwieg einen Augenblick und fuhr dann fort. »Uns werden die Beweise als Brücke dienen, die Lösung der Rätsel um die Bibelverse und den Schuhmacher.«

Cranston schüttelte den Kopf. »Wir hätten noch einmal mit Allingham reden sollen.«

»Wir haben es ja versucht, Sir John, aber er hat sich geweigert, uns zu vertrauen, obwohl er, da stimme ich Euch zu, etwas gewußt hat. Ich denke, er wollte entweder fliehen oder aber den Mörder erpressen, ohne uns etwas zu sagen. Er beging nur einen Fehler. Er unterschätzte die Bösartigkeit seiner Gegner.«

»Wie kommst du darauf?«

Athelstan nagte an der Lippe, umfaßte seinen Bierkrug mit beiden Händen und spürte dessen Kühle. »Sie genießen ihr Treiben. Sie schmieden Ränke, sie entwickeln Strategien, sie schaffen Verwirrung, wo sie können. Sie verfolgen nicht nur ein bestimmtes Wild, nämlich die Geheimnisse und Rätsel von Sir Thomas, sondern ich denke, sie haben auch Freude am Töten. Sie sind unerträglich arrogant. Satan hat in ihren Seelen sein Lager aufgeschlagen. Mit einem Wort, Sir John: Sie genießen, was sie tun, wie Ihr es genießt, einen Becher Roten zu trinken oder Karten zu spielen oder mich zu verspotten. Mord ist für sie inzwischen Teil ihres Lebens, ein Stück vom Gewebe ihrer Seele. Sie werden weiter morden – aus Gewinnsucht und um sich zu schützen, aber auch, weil sie es wollen. Um so lieber, wenn sie uns dabei im dunkeln tappen sehen. Je mehr wir umhertappen, desto mehr Spaß bereiten wir ihnen.«

Ein Frösteln überlief Sir John, und er schaute sich in der Schänke um. Zum ersten Mal empfand er Unbehagen, ein Prickeln im Nacken, ein Gefühl von persönlicher Bedrohung. Wurden sie verfolgt? Er warf Athelstan einen raschen Blick zu. Der Bruder hatte recht. Wer immer die Morde begangen hatte, er hatte sie gut geplant. Wenn Lady Isabella nicht die Frau war, die den Apotheker besucht hatte, wer dann? Und die Dirne, die Vechey in den Untergang gelockt hatte? Und der geheime Giftmischer, der Sir Thomas und Allingham auf dem Gewissen hatte? Cranston blinzelte plötzlich.

»Du sagst immer ›sie‹«, stellte er fest. »Wieso?«

»Es muß mehr als einer sein. Oder es ist jemand, der äußerst gerissen ist. Eine Zeitlang dachte ich, jemand, der nicht zum Haushalt gehört, hätte gedungene Mörder, Berufsverbrecher, benutzt; aber das wäre zu gefährlich gewesen. Seht Ihr, je mehr Leute man anstellt, um einen Plan auszuführen, desto größer ist die Gefahr des Verrats – sei es durch einen Fehler, sei es durch Bestechung oder auch nur, weil einer der Handlanger auf frischer Tat ertappt wird.«

»Und du hast niemanden in Verdacht?«

»Nein. Es könnte Sir Richard sein, es könnte Lady Isabella sein, aber auch Buckingham, Pater Crispin, ja, sogar Lady Ermengilde. Wer weiß? Vielleicht war auch einer der Ermordeten selbst ein Meuchelmörder …«

Sir John trank seinen Bierkrug aus und ließ ihn dröhnend auf den Tisch niederfahren. »Weißt du, Athelstan, wenn du mit deiner verdammten Logik nicht wärest, würde ich das ganze Geheimnis auf Hexerei zurückführen. Leute, die nachts umherschleichen, ein Gift, das in einem verschlossenen Zimmer verabreicht wird. Wie um alles in der Welt können wir das aufklären?«

»Wie ich sagte, Sir John: mit Logik und Beweismaterial, ein wenig Spekulationen und vielleicht etwas Hilfe von Madame Fortuna. Am Ende werden wir die Wahrheit begreifen. Ich trauere nicht besonders um die vier, die gestorben sind. Was mich stört, was mir die Stimmung verdirbt und mich übellaunig macht, ist der Umstand, daß die Mörder hier sind, über uns lachen und uns beobachten, wie wir herumtappen. Aber für diese Freude werden sie bezahlen. Morden können wir alle, Sir John.« Er stand auf und klopfte sich die Brotkrümel von der Kutte. »Kain ist in jedem von uns. Wir verlieren die Geduld, fühlen uns in die Ecke gedrängt und bedroht – es kann Sache eines Augenblicks sein. Aber wer Gefallen am Morden findet, der ist nicht von Kain geleitet, der ist in der Hand des Satans!«

Cranston hatte den Mund voll mit heißem Fisch und brummte nur zustimmend. Athelstan merkte, wie das dickflüssige Ale seinen Magen erreichte; er fühlte sich entspannt, beinahe schläfrig.

»Kommt, Sir John. Oberrichter Fortescue erwartet uns. Und die Gerechtigkeit wartet, wie Ihr wißt, auf niemanden.«

Sir John schaute ihn wütend an, stopfte sich die letzten Bissen in den Mund und leerte seinen Krug in einem Zug.

Eilig traten sie hinaus in die Fleet Street. Sir John wischte sich mit dem Handrücken über den Mund und rückte seinen Schwertgürtel zurecht; man werde wiederkommen, sobald es sich machen lasse, brüllte er durch die Wirtshaustür. Sie waren die Fleet Street halb hinuntergegangen, als die Stimmung des Coroners plötzlich umschlug. Jäh blieb er stehen und sah sich um; mit scharfem Blick musterte er das Gedränge hinter sich.

»Was ist, Sir John?«

Der Coroner nagte an der Unterlippe. »Wir werden verfolgt, Bruder Athelstan, und das gefällt mir nicht.«

Er schaute sich um und entdeckte einen Stand mit Krimskrams. Er ging hinüber, Athelstan sah, wie Geld den Besitzer wechselte, und Cranston kam mit einem dicken Besenstiel zurück.

»Hier, Bruder.«

Der Ordensbruder betrachtete überrascht den langen, sorgfältig geglätteten Eschenprügel.

»Ich brauche noch keinen Stock, Sir John.«
Cranston grinste, und seine Hände schlossen sich um die Griffe von Dolch und Breitschwert an seinem Gürtel.
»Vielleicht doch, Athelstan. Gedenke der Worte eures Psalmisten: ›Der Teufel geht umher wie ein brüllender Löwe und suchet, wen er verschlingen könnte.‹ Ich glaube, uns ist ein Löwe oder ein Teufel auf den Fersen. Oder beides!«

Kapitel 8

Während sie die Fleet Street hinunterhasteten, fragte Athelstan sich, ob Sir John vielleicht allzu tief ins Glas geschaut habe. Unvermittelt bogen sie in die langgezogenen Garten des Gerichtsbezirks ein, den Inner Temple, abgeschirmt vor den Blicken Neugieriger. Der Torwächter kannte Cranston und ließ ihn wortlos ein. Sie eilten durch den stillen, duftenden Park und die Temple-Treppe hinunter; unten mieteten sie sich eine Fähre, die sie nach Westminster bringen sollte. Cranston sprang erstaunlich leichtfüßig und elegant in das kleine Boot und zog den überraschten Athelstan hinter sich her; dieser stolperte über seinen Stock und wäre beinahe kopfüber ins Wasser gefallen. Der Bootsmann fluchte und befahl ihnen, sich hinzusetzen und ruhig zu verhalten. Prustend und schwitzend steuerte er sein Schiffchen in die Mitte des Flusses, vorbei an Scharen von Schwänen, die erbost mit den Flügeln schlugen, als gehöre ihnen der Fluß.

Sie folgten der Themse, die in Biegungen am Savoy-Palast vorbeifloß, an Durham und dem York House, an hochbordigen Schiffen, die zernarbt von langen Reisen hier repariert werden sollten. Bei Charing Cross ruderte der Bootsmann näher ans Ufer, denn die Biegung des Flusses wurde hier ausgeprägter. Sie passierten Scotland Yard; die Westminsterabtei kam in Sicht, dann der Turm von St. Margaret und schließlich die Dächer, Türmchen und Giebel, die Läden, Häuser und Tavernen der kleinen Stadt Westminster.

Der Fährmann legte bei den Garden Stairs an und ließ Athelstan und Cranston aussteigen; sie wanderten durch Höfe, Torbögen und Korridore, die die verschiedenen Gebäude des Palastes von Westminster miteinander verbanden. Hier herrschte reges Treiben; Wärter mit ihren Häftlingen, Anwälte, Advokaten und Klienten, dazu Händler, die Papier und Tinte oder Eßwaren feilboten. Tunichtgute und zahlreiche Schaulustige mischten sich unter die Armee von Gerichtsschreibern, die Pergamentrollen aus dem als »Hölle« bekannten Keller heraufschleppten, in dem, wie Sir John erklärte, die Gerichtsakten aufbewahrt wurden. Der Geruch war furchtbar, trotz der frischen Brise, die vom Fluß heraufwehte. Etliche der Anwälte und Richter, prächtig anzusehen in ihren seidenen Roben, hielten sich Blütensträußchen vors Gesicht, um den Gestank abzuwehren.

Cranston führte Athelstan in die Große Halle und machte ihn auf die bemalten Wände aufmerksam – obwohl einige der Fresken bereits abblätterten. Die berühmte Decke, wo hölzerne Engel mit abwärtsgewandten Gesichtern über der Menge durch die staubige Luft zu fliegen schienen, war so hoch, daß sie im Halbdunkel kaum zu sehen war. Cranston hielt einen Büttel mit blauem Umhang an, der eine Amtsbrosche auf der Brust trug und dessen langer Stab auf die Steinplatten klopfte und von seiner Wichtigkeit kündete. Ja, versicherte der Mann und deutete auf das Ende der Halle, das Oberhofgericht tage soeben, und Oberrichter Fortescue sei dabei.

Die kleinen, harten Augen blickten milder, als Cranston seine Vollmacht mitsamt einer darauf liegenden Silbermünze präsentierte. Das Gericht habe seine Vormittagsverhandlung in der Tat gerade beendet; vielleicht sei der Oberrichter Fortescue ja auch in seiner Kammer?

Der Büttel führte sie durch die düsteren Räume abseits der Großen Halle, wo der Hauptzivilgerichtshof, das Kanzleigericht und die Ortsgerichte tagten, und dann durch ein Labyrinth von weißgekalkten Gängen, bis er vor einer Tür stehenblieb und laut anklopfte.

»Herein!«
Oberrichter Fortescue saß an einem Tisch; seine scharlachrote, pelzbesetzte Robe war über einen Stuhl geworfen. Der verdrossene Ausdruck in seinem blassen Gesicht ließ ahnen, daß ihm entweder die Gerichtsverhandlung vom Vormittag oder Cranstons Ankunft die Laune verdorben hatten.
»Ah!« Fortescue ließ das Manuskript, in dem er las, auf den Tisch sinken. »Unser eifriger Coroner und sein Schreiber. Aber bitte, nehmt doch Platz.« Er wies auf eine gutgepolsterte Fensterbank.
Cranston warf ihm einen wütenden Blick zu und watschelte zu der Bank. Athelstan setzte sich neben den Coroner und fragte sich, was nun kommen würde. Der Oberrichter sah beide ungnädig an.
»Welche Fortschritte habt Ihr gemacht?«
Kurz und knapp berichtete Cranston, was geschehen war und welchen Verdacht sie hegten. Daß die vier Todesfälle miteinander verbunden seien. Daß Brampton und Vechey vermutlich nicht Selbstmord begangen hätten, sondern ermordet worden seien, und daß Allinghams Tod kein natürlicher sei, sondern der Mörder wahrscheinlich wieder zugeschlagen habe.
»Und Ihr habt keine Ahnung, wer es ist?«
»Nein, Mylord.«
»Oder warum es geschehen ist?«
»Nein, Mylord.«
»Ihr habt kein großes Geheimnis entdeckt, das Sir Thomas besaß? Nichts, was die Krone oder die Sicherheit des Reiches gefährden könnte?«
»Nichts«, erwiderte Cranston. »Warum sollte es dergleichen geben?«
Fortescue schlug die Augen nieder und befingerte den großen Amethystring an seiner Hand.

»Sir John, Ihr habt Euer Amt von der Krone verliehen bekommen. Man könnte es Euch nehmen.«
Cranston erbleichte, und Athelstan fühlte ein Beben durch den massigen Körper gehen. Da ergriff er das Wort.
»Mylord Oberrichter?«
Fortescue machte ein überraschtes Gesicht, als hätte er erwartet, daß Athelstan während der ganzen Unterredung den Mund halten werde.
»Ja, Bruder? Ihr habt vielleicht noch etwas hinzuzufügen? Etwas, wovon Sir John nichts weiß?«
»Nein, hinzuzufügen habe ich nichts«, antwortete Athelstan. »Außer daß Sir John und ich diese Aufgabe mit dem größten Eifer verfolgen. Wir könnten weitere Fragen stellen – etwa, Mylord: Was tatet Ihr auf dem Bankett an dem Abend, als Sir Thomas starb? Ihr habt uns erzählt, Ihr wäret am frühen Abend gegangen, aber nach Auskunft anderer Zeugen seid Ihr bis eine Stunde vor Mitternacht geblieben. Es würde uns weiterhelfen, Mylord«, Athelstan ignorierte den erbosten Blick des Oberrichters, »wenn jeder die Wahrheit sagen wollte, denn dann könnten wir künftige Gefahren meiden.«
»Tragt Ihr deshalb diesen Stab, Bruder?« versetzte der Oberrichter, ohne auf Athelstans Spitze einzugehen. »Ihr fürchtet etwas, nicht wahr? Was?«
»Ich fürchte nichts, Mylord – außer vielleicht, daß jemand, der nicht weiß, daß wir die Wahrheit ans Licht bringen, auf eine Weise eingreift, die wir am wenigsten erwarten. Das würde freilich niemandem helfen.«
»Soll heißen?«
»Das soll heißen, Mylord«, fuhr Athelstan fort, der sich allmählich warm redete, »daß Sir John als Coroner in dieser Stadt bekannt und beliebt ist. Würde er in aller Öffentlichkeit überfallen, wären die Leute empört. Des Königs höchster Sicherheitsbeamter in der Hauptstadt kann nicht mehr über die Straße

gehen! Und wenn er seines Amtes enthoben würde, hätte das ebenfalls Neugier zur Folge. Man würde sehr genau wissen wollen, mit welchem Fall Sir John gerade beschäftigt war, als er entlassen wurde. Man würde Fragen stellen. Im Unterhaus in St. Stephen's Chapel gibt es Ratsherren, die nur allzu bereitwillig alles als Munition gegen den Regenten benutzen würden.« Er spreizte die Hände. »Also, Mylord, ich bitte Euch, überlegt es Euch noch einmal, ehe Ihr Sir John droht. Vergeßt nicht, diese Sache wurde uns von Euch übertragen. Wenn Ihr es wünscht, lassen wir sie auf sich beruhen, andere mögen vielleicht mit mehr Glück in den Skandalen, Lügen und Täuschungen wühlen und womöglich die Wahrheit zutage fördern.«

Fortescue holte tief Luft, um die Wut zu bezwingen, die in ihm tobte. Wie wagte es dieser Bruder, dieser dominikanische Blankarsch in seiner staubigen schwarzen Kapuze und den schäbigen Ledersandalen, dazusitzen und ihm Lehren zu erteilen, ihm, dem Oberrichter des Reiches? Aber Fortescue war kein Dummkopf. Er wußte, daß Athelstan die Wahrheit sagte, und so lächelte er falsch.

»Richtig, Bruder«, sagte er. »Aber weit und breit scheint keine Lösung dieser rätselhaften Angelegenheit in Sicht, und der Regent drängt auf höchste Eile. Er hat Euch beide übrigens zu einem Turnier eingeladen, das übermorgen in Smithfield abgehalten werden soll, und danach, am Abend, zu einem Bankett im Savoy-Palast. Und warum soll ich's nicht unumwunden sagen – Sir Richard Springall und sein ganzer Haushalt sind ebenfalls geladen. Den Herzog kümmert's nicht, ob Ihr dabeisein wollt oder nicht – er befiehlt es. Er wünscht alle Schauspieler in diesem Drama aus nächster Nähe zu sehen. Ihr werdet dasein?«

»Selbstverständlich, Mylord«, antwortete Sir John. »Es ist unsere Pflicht.« Er grinste seinem Helfer verschlagen zu. »Und Bruder Athelstan und ich könnten eine Art Erholung recht gut vertragen, eine kurze Rast nach dem vielen Marschieren durch die Straßen bei der Arbeit für Euch.«

Nach diesen Abschiedsworten rülpste Cranston geräuschvoll und verließ Oberrichter Fortescues Zimmer, Athelstan im Schlepptau. Sie kehrten zur Ufertreppe zurück.

Während der Fahrt flußaufwärts hockte Cranston mürrisch im Bug und starrte ins Wasser. Erst als sie die Temple-Treppe erreicht hatten und ausgestiegen waren, legte er Athelstan seinen rundlichen Arm um die Schultern und schob sein Gesicht dicht vor das des Ordensbruders. Sein Atem roch wie eine Weinkelter.

»Athelstan«, sagte er mit schwerer Zunge, »ich danke dir für das, was du da gesagt hast, zu diesem Schandkerl mit seinem gemeinen Gesicht. Ich werde es nicht vergessen.«

Athelstan trat in gespielter Empörung einen Schritt zurück. »Sir John, erinnert Ihr Euch an das alte Sprichwort? ›Der Teufel, den du kennst, ist besser als der Teufel, den du nicht kennst.‹ Außerdem glaube ich, daß die Arbeit mit Euch meine Zeit im Fegefeuer verkürzen wird.«

Sir John wandte sich ab und rülpste, so laut er konnte. »Das, Bruder«, gab er zurück, »ist die einzige Antwort, die ich darauf geben werde!«

Sie gingen durch das Temple-Tor hinaus in die Gasse, die sie zur Fleet Street und in eine neue Garküche bringen sollte. Sie sprachen über das bevorstehende Turnier und die Einladung durch John von Gaunt, als Cranston plötzlich stehenblieb. Er hatte etwas gehört – ein Schleifen auf dem Kopfsteinpflaster.

»Athelstan«, flüsterte er, »geh nur weiter.« Seine Hand wanderte zum Schwertgriff. »Aber pack deinen Knüppel und halte dich bereit …«

Sie gingen ein paar Schritte weiter. Athelstan hörte dicht hinter sich ein Geräusch und schoß herum; Cranston tat desgleichen. Zwei Männer standen vor ihnen, der eine groß und maskiert, der andere ein kleines, wieseläugiges Individuum mit schmutzigem Lederwams, Kniehosen und Stiefeln, die schon bessere Zeiten gesehen hatten. Auf dem Kopf trug er eine flache, zerdrückte Mütze, die schief saß und keck wirken sollte. Athelstan schluckte heftig und spürte, wie Panik in ihm aufwallte. Beide Männer waren bewaffnet; jeder hielt ein blankes Schwert und einen Dolch in Händen. Am meisten aber ängstigte ihn ihr absolutes Schweigen und die Art, wie sie ihn anstarrten, regungslos und ohne zu drohen.

»Warum verfolgt ihr uns?« fragte Cranston und schob Athelstan hinter sich.

»Wir verfolgen Euch nicht, Sir«, antwortete der wieseläugige Mann. »Mein Gefährte und ich gehen nur den gleichen Weg wie Ihr.«

»Ich denke, ihr folgt uns doch«, beharrte Cranston. »Und das schon seit einer Weile. Ihr seid uns zum Fluß hinunter gefolgt und habt dort gewartet, bis wir zurückkamen. Ihr habt uns erwartet.«

»Ich weiß nicht, was Ihr da redet.« Der Mann kam näher, Schwert und Dolch jetzt halb erhoben. »Aber Ihr beleidigt uns, Sir, und dafür müßt Ihr Euch entschuldigen.«

»Ich entschuldige mich weder bei dir noch bei dem mordlustigen Schurken an deiner Seite! Ich bin Sir John Cranston, Coroner der Stadt!« Er zückte sein Schwert und griff hinter sich, um auch den Dolch zu ziehen. »Aber ihr, meine Herren, seid Straßenräuber, und das ist ein Verbrechen. Ihr greift einen Beamten des Königs an, und das ist Hochverrat. Dies hier ist Bruder Athelstan, ein Mitglied des Ordens der Dominikaner und ein Priester der heiligen Kirche. Ein Angriff auf ihn bringt euch die Exkommunikation. Und das, meine Herren, ist das mindeste, was ihr erwarten könnt. Ich werde jetzt bis drei zählen«, fuhr der Coroner fort, als machte ihm die Sache großen Spaß, »und wenn ihr dann nicht aus dieser Gasse verschwunden seid, dahin, wo ihr herkommt, werde ich euch zur Rechenschaft ziehen! Eins ... zwei ...«

Weiter kam er nicht. Die beiden Kerle stürzten mit erhobenen Dolchen und Schwertern auf ihn. Der Coroner stellte beide Angreifer und fing ihre Klingen in einen Wirbel von Stahl, als er die seinen zur Verteidigung behende kreisen ließ. In diesen wenigen Augenblicken erkannte Athelstan die Tiefe seiner eigenen Überheblichkeit. Er hatte Sir John immer für einen dicken, genußsüchtigen Faulpelz gehalten; aber nun, mit Schwert und Dolch in der Hand um sein Leben kämpfend, erschien ihm der Coroner gelassener, als er ihn je gesehen hatte. Er bewegte sich mit einer Anmut und Geschwindigkeit, die Athelstan ebensosehr überraschte wie seine Gegner. Sir John war ein tüchtiger Schwertfechter; er bewegte sich nur, wenn es sein mußte, und hielt Schwert und Dolch in unaufhörlichem Spiel ineinander verschränkt. Athelstan konnte nur dastehen und mit offenem Mund zuschauen. Der Coroner lächelte mit halbgeschlossenen Augen, und der Schweiß rann ihm übers Gesicht. Der Ordensbruder hätte schwören mögen, daß Sir John ein Kirchenlied oder eine Melodie vor sich hin summte. Die Gefahr schien gering zu sein. Wer immer diese Meuchelmörder geschickt hatte, er hatte den fetten Ritter gründlich unterschätzt. Sir John focht munter weiter, parierte seitwärts, rückwärts und vorwärts und spielte mit seinen Gegnern. Vorsichtig beteiligte sich jetzt auch Athelstan an dem Handgemenge – nicht so kundig wie Sir John, aber als der lange Eschenstock ins Spiel kam, schuf er ebensoviel Verwirrung, wie er Schaden anrichtete. Athelstan stand jetzt Schulter an Schulter mit Cranston. Die beiden Angreifer wichen zurück.

Cranston widerstrebte es sehr, den Kampf einzustellen. »Und noch einmal, ihr Bürschchen!« schrie er. »Nur noch einmal, und dann eine Wunde, eine Verletzung! Wenn ich euch nicht umbringe, wird der Henker es tun! Da könnt ihr sicher sein.«

Der kleine wieseläugige Kerl warf seinem Kumpan einen Blick zu, und ehe der Coroner noch einen Schritt vortreten konnte, gaben beide Männer Fersengeld und flohen. Cranston lehnte sich gegen die Hauswand und wischte sich den Schweiß ab, der ihm in Strömen über das Gesicht rann. Auch sein Wams war an Brust und Achseln schweißfleckig.

»Hast du gesehen, Athelstan?« keuchte er und ließ die Schwertspitze zu Boden sinken. »Das hast du gesehen, nicht wahr? Diese Fechtkunst, diese Feinarbeit? Du wirst bei Lady Maude für mich zeugen?«

Athelstan lächelte. Sir John sah sich als fahrenden Ritter, als Kavalier, und seine kleine Frau Maude war seine Prinzessin.

»Ich hab's gesehen, Sir John«, sagte er. »Der geborene Soldat. Ein wahrer St. Georg. Ihr wart nicht in Gefahr?«

Cranston hustete und spuckte aus.

»Durch die da? Strauchdiebe, großmäulige Knaben, Abschaum, den ein Truppenwerber verschmäht hat! Ich sage dir, Athelstan«, und er schob sein Schwert in die Scheide, »ich habe in Frankreich für den alten König, Gott segne ihn, gegen die Creme der französischen Kavallerie gekämpft! Rasende Löwen waren wir damals, und der Name Englands war gefürchtet von der Nordsee bis zur Straße von Gibraltar. In meinen Jugendtagen«, brüllte er und drückte die Schultern martialisch zurück, »war ich scharf wie ein Greyhound und schnell wie ein Falke, der auf seine Beute herabstößt.«

Athelstan verbarg sein Lächeln und sah, wie der Schweiß noch über das fette Gesicht des Coroners rann und der mächtige Bauch vor Stolz und Zorn bebte.

Selbstverständlich mußten sie in der nächsten Taverne einkehren, damit Sir John eine Erfrischung zu sich nehmen und seinen Schwertkampf, Schritt für Schritt, Schlag für Schlag, noch einmal durchhecheln konnte. Athelstan ließ sich nicht anmerken, wie sehr es ihn belustigte, und lauschte so aufmerksam wie möglich.

»Sir John«, unterbrach er schließlich, »diese Männer, diese Straßenräuber – die hat jemand geschickt, nicht wahr? Die haben auf uns gewartet?«

»Ja.« Cranston steckte seine feuerrote Nase noch tiefer in den Bierkrug und schlürfte geräuschvoll. »Jemand hat sie hinter uns hergeschickt. Das bedeutet, Bruder Athelstan, daß unsere letzte Bemerkung im Haus Springall ins Schwarze getroffen hat. Der Mörder weiß, daß wir ihm auf der Spur sind. Vechey, Brampton und Allingham sind tot, und die Zahl der Verdächtigen wird kleiner. Unsere Chance hingegen, den Mörder ans Licht zu treiben, wächst. Aber wachsam müssen wir bleiben, Bruder, denn er kann leicht noch einmal zuschlagen.«

Er stand auf und sah sich in der Schänke um; Athelstan fragte sich, ob er jetzt allen Anwesenden von dem Handgemenge in der Gasse erzählen wollte.

»Du kommst mit mir nach Hause zu Lady Maude, Athelstan?«

Athelstan schüttelte den Kopf. Wenn er das täte, wäre der Tag zu Ende. Cranston würde sich zur Feier seines Triumphes betrinken und ihn zwingen, immer und immer wieder seinen gewaltigen Sieg zu schildern.

»Nein, Sir John – ich bitte um Vergebung, aber diesmal nicht. Wir treffen uns übermorgen. Die Einladung zum Turnier können wir nicht ablehnen.«

Cranston gab sich widerstrebend geschlagen; sie verließen das Wirtshaus und gingen ihre Pferde holen. Der Coroner blieb stehen und sah zu, wie Athelstan den steinalten, aber gefräßigen Philomel bestieg.

»Meine Lady Maude wird mit zum Turnier kommen«, stellte er fest, und dann blickte er zu dem Bruder hinauf und legte den Finger an die fleischige Nase. »Du könntest ja diese Benedicta mitbringen.«

Athelstan errötete. Er wagte nicht, Cranston zu fragen, wieso er von Benedicta wußte. Der Coroner lachte, und er brüllte noch immer vor Heiterkeit, als Athelstan sein Pferd auf die Straße hinaustrieb.

Den Stock, den Cranston ihm gekauft hatte, behielt der Ordensbruder. Auf dem Heimritt kam er sich damit allerdings ein wenig albern vor – wie ein Möchtegernritter auf dem Weg zu irgendeinem Turnier. Er versuchte, das Gemurmel, Getuschel und Gelächter zu ignorieren, während er durch die Straßen zur London Bridge und hinüber nach Southwark ritt. Er dachte an den Überfall, fürchtete sich aber nicht. Gefahr von einem Straßenräuber oder einem lautlosen Meuchelmörder drohte immer. Hier in seiner Kirche oder drüben auf der anderen Seite des Flusses. Athelstan zügelte sein Pferd vor der Kirche von St. Erconwald und dachte noch ein wenig darüber nach. Plötzlich erkannte er, daß er keine Angst vor dem Tod hatte. Warum nicht? Wegen seines Bruders? Weil er ein Priester war? Oder weil er ein reines Gewissen hatte? Dann aber dachte er an Benedicta, und Zweifel überkam ihn.

An diesem Abend, während Sir John daheim polterte wie Hektor, der aus dem Krieg zurückkehrt, fütterte Athelstan sein Pferd und Bonaventura. Er nahm sich vor, heute nicht auf den Turm zu steigen und die Sterne zu betrachten. Statt dessen ging er in seine Kirche, verriegelte die Tür, zündete Kerzen an und trug sie in seinen kleinen Winkel, wo er sein Schreibtablett auspackte. Er suchte ein Stück glattes Pergament aus und machte sich daran, alles aufzuschreiben, was seit ihrem ersten Besuch im Hause Springall geschehen war. Halb dösend saß er über seinem Werk, als es laut an der Kirchentür klopfte. Erst blieb er still sitzen, doch dann wurde ihm klar, daß kein gedungener Mörder einen solchen Lärm machen würde; also ging er zur Tür und rief: »Wer ist da?«

»Rosamund, Vater.«

Athelstan erkannte die Stimme. Es war die älteste Tochter von Pike, dem Grabenbauer. Er öffnete die Tür und spähte hinaus in die Finsternis. Ein kleines Mädchen mit frischem Gesicht sprudelte seine Neuigkeit hervor: Die Mutter habe soeben ein Kind zur Welt gebracht, das fünfte, einen Knaben diesmal. Athelstan lächelte und murmelte Glückwünsche. Das Mädchen schaute feierlich zu ihm auf.

»Mutter wünscht, daß Ihr einen Namen aussucht.«

Athelstan bedankte sich für die große Ehre.

»Sie will einen Heiligennamen, Vater.«

Athelstan versprach, zu tun, was er könne, und daß er sie und ihre Familie so bald wie möglich besuchen werde. Er hörte, wie die Kleine die Treppe hinunterlief und ihre Schritte verhallten. Er schloß die Tür und kehrte in seine Nische zurück. Dort nahm er das Stück Pergament zur Hand und las im Kerzenlicht, was er geschrieben hatte. Er schüttelte den Kopf; er war zu müde zum Arbeiten, aber er spürte, daß er weitermachen mußte, weil er sonst über das nachdenken würde, was Cranston von Benedicta gesagt hatte. Müßig fragte er sich, ob die Witwe ihn wohl begleiten würde. An einem kleinen gemeinsamen Ausflug wäre schließlich nichts auszusetzen. »Christus hatte auch Freundinnen«, murmelte er bei sich. Dann fiel ihm die kleine Rosamund ein, und er ging zum Hochaltar, wo das große Meßbuch lag. Er klappte es auf und blätterte bis zu der Seite, wo ein früherer Amtsinhaber die Namen aller Heiligen aufgeschrieben hatte; in säuberlicher Handschrift hatte er dazu notiert, welcher von ihnen Patron für welche Gilde, welches Handwerk, welchen Beruf war. Joseph, sah Athelstan grinsend, war Schutzpatron der Bestatter und Totengräber. Er mußte lachen. Joseph von Arimatäa – der einzige, den er je begrub, war drei Tage später wieder gesund und munter. Vielleicht nicht der beste Heilige, den die Kirche für eine solche Profession hatte erwählen können …

Athelstans Blick wanderte die Liste hinunter und suchte nach einem geeigneten Taufnamen. Plötzlich erblickte er einen, der ihn innehalten ließ. Sein Herz pochte aufgeregt. Er war hellwach. Noch einmal schaute er auf den Namen, und dann auf das Handwerk, dessen Patron der Heilige war. War das möglich? War es wirklich möglich?

Athelstan klappte das Meßbuch zu. Pike, der Grabenbauer, und seine Familie waren vergessen. Er kehrte zurück in seine Nische, griff zum Federkiel und schrieb auf, was er wußte. Er bemühte sich, seinem Gedächtnis jede Einzelheit zu entlocken, und wiederholte bei sich, was er Cranston an diesem Tag gesagt hatte. »Wenn es ein Problem gibt, muß es auch eine Lösung geben.« Zum ersten Mal hatte Athelstan jetzt wirklich einen Beweis, einen Mosaikstein, der ins Bild passen würde, einen Schlüssel, der vielleicht alle anderen Geheimnisse entschlüsseln würde.

Kurz vor Morgengrauen schlief er ein paar Stunden lang; als er aufwachte, war er durchfroren und verkrampft, sein Kopf lag auf dem kleinen Tisch, und sein Körper war irgendwie auf dem Schemel verkeilt. Er streckte sich, daß die Gelenke knackten, und schaute hinauf zu dem kleinen Fenster über dem Hochaltar; es würde ein schöner Tag werden. Er bereitete den Altar für die Messe, öffnete die Kirchentür und wartete darauf, daß seine kleine Gemeinde nach und nach hereinkäme. Endlich, als er schon glaubte, nicht länger warten zu können, sah er Benedicta lautlos durch das Kirchenschiff kommen und zwischen den beiden anderen Pfarrkindern am Eingang des Lettners niederknien. Das elfenbeinerne Antlitz der Witwe, umrahmt von einem Schleier aus üppigen schwarzen Locken, erschien ihm köstlicher denn je, und Athelstan richtete ein Dankgebet an den Herrgott für so viel Schönheit.

Wie gewöhnlich blieb Benedicta nach der Messe noch da, um vor der Statue der Jungfrau eine Kerze anzuzünden. Sie lächelte,

als Athelstan herankam und sich leise erkundigte, ob alles in Ordnung sei.
Athelstan nahm sein Herz in beide Hände und sprudelte seine Einladung hervor. Benedictas Augen weiteten sich überrascht, aber sie lächelte und willigte so schnell ein, daß der Bruder sich fragte, ob auch sie die Seelenverwandtschaft zwischen ihnen spürte. Für den Rest des Tages konnte er sich kaum konzentrieren. Er war hin- und hergerissen zwischen der Zerknirschung darüber, daß er mit seiner Einladung an Benedicta etwas Unrechtes getan haben könnte, und der Freude über ihre rasche Zustimmung. Er bewegte sich von einer Pflicht zur nächsten wie ein Schlafwandler und war so aufgewühlt, daß er an diesem Abend nicht einmal die Sterne betrachtete, obwohl der Himmel wolkenlos war. Seine Gedanken wollten nicht zur Ruhe kommen. Der Schlaf kam nicht. Statt dessen drehte und wälzte er sich hin und her und hoffte, der Sohn Girth des Maurers habe Sir John seine Botschaft überbracht, in der er einen Treffpunkt für den folgenden Tag vorgeschlagen hatte.
Kurz vor dem Morgengrauen war der Bruder schon auf den Beinen und las die Messe; außer Bonaventura und Benedicta war niemand in der Kirche. Athelstans Freude wuchs, als er sah, daß Benedicta, die ihr Haar heute zu Zöpfen geflochten hatte und unter einer Haube verborgen hatte, zur Vorbereitung ihrer Reise nach Smithfield einen kleinen Korb neben sich stehen hatte. Nach der Messe gingen sie plaudernd von Southwark über die London Bridge, um sich mit Cranston und seiner Frau im ›Goldenen Schwein‹ zu treffen, einem behaglichen Wirtshaus auf der Londoner Seite der Themse.
Lady Maude, klein und drall, war munter wie ein Sperling und begrüßte Benedicta wie eine lange vermißte Schwester. Cranston hatte schon mindestens drei Becher Wein vertilgt; er war in guter Form, stieß Athelstan in die Rippen und gaffte Benedicta wollüstig an.

Nachdem Sir John sich für erfrischt erklärt hatte, ging es die Thames Street hinauf zur Schänke ›Zum Wamse‹ am Rande von Smithfield, unmittelbar zu Füßen der abweisenden Kerkermauern von Newgate.
Athelstan dachte an das, was er beim Studium seiner Heiligenliste entdeckt hatte, beschloß aber, sich Sir John nicht anzuvertrauen. Zu dem Mosaik gehörten noch andere Steine, und der Ordensbruder zog es vor, abzuwarten – obwohl er schlechten Gewissens ahnte, daß Benedictas Anwesenheit mit seinem Zögern mehr zu tun haben mochte, als recht war.
Der Tag wurde immer schöner. Die Straßen waren heiß und staubig, und so war der kleinen Schar die Kühle des Gasthauses ganz willkommen. Sie saßen in einer Ecke und schauten zu, wie Bürger aller Klassen und Stände lärmend vorüberzogen, eifrig darauf bedacht, sich einen guten Platz zu sichern, um die Ereignisse des Tages verfolgen zu können. Kaufleute, die unter ihren Biberfellmützen schwitzten, ihre fetten Frauen in bunten Gewändern, Bettler, Quacksalber, Märchenerzähler, Horden von Lehrjungen, ein Mann von den Gilden. Athelstan stöhnte auf und verbarg sein Gesicht, als eine Schar seiner Pfarrkinder, angeführt von Ranulf, dem Rattenfänger, dem schwarzen Clem und Pike, dem Grabenbauer, an der Schänkentür vorüberzogen und aus vollem Hals ein schmutziges Lied grölten.
Endlich hatte Cranston sich seine neuerliche Erfrischung zu Gemüte geführt, und Athelstan, dessen Herz vor Freude einen Satz tat, als er Benedicta so nah an seiner Seite spürte, führte sie hinaus auf die weite Fläche von Smithfield. Drei schwarz angelaufene, von Krähen zerpickte Leichen hingen noch immer am Galgen, aber die Menge achtete nicht darauf. Imbißbrater machten brüllend ihre Geschäfte mit würzigen Würsten, und neben ihnen boten Wasserverkäufer, die mächtige Eimer um den Hals trugen, ihren kühlenden Trunk feil, um die Mäuler derjenigen zu kühlen, die das heiße, scharf gewürzte Fleisch kauten. Athel-

stan wandte sich ab und würgte, als er sah, wie Ranulf, der Rattenfänger, sich an einen der Wasserverkäufer heranschlich und heimlich in einen der Eimer pißte.
Smithfield war für das Turnier extra gesäubert worden; sogar die gewohnten Kuhfladen und Misthaufen waren verschwunden. Eine große Fläche hatte man für diesen Tag abgesperrt. Auf der einen Seite war die königliche Loge mit Reihen hölzener Sitzbänke, allesamt mit purpurnem oder goldenem Tuch bezogen. In der Mitte spannte sich ein großer Baldachin schützend über die Stelle, wo der König mit seinem adeligen Gefolge sitzen würden. John von Gaunts Banner wehten träge im Wind; auf ihnen strahlte das farbenprächtige Wappen des Hauses Lancaster. Marschälle des königlichen Haushalts in ihren bunten Wappenröcken geleiteten Cranston und seine Begleitung mit hoch erhobenen weißen Amtsstäben auf die ihnen zugedachten Plätze.
Ringsum füllten sich die Bänke rasch mit kichernden und schnatternden Damen in seidenen Gewändern; sie drückten samtene Kissen an ihren Busen, als sie mit geziertem Lächeln an den jungen Männern, die sie beäugten, vorbeitrippelten. Diese Gecken mit ihrem langen gelockten Haar und den perlenbesetzten Wämsern benahmen sich ausgelassen und machten großen Lärm. Cranston war angeheitert, aber einige dieser jungen Männer waren stark berauscht. Athelstan ignorierte die lüsternen Blicke, die Benedicta galten, und bemühte sich, die Funken der Eifersucht, die in seinem Herzen aufglommen, gleich zu ersticken.
Als sie ihre Plätze eingenommen hatten, schaute er sich um und betrachtete den Turnierplatz. Das Feld, eine große Wiese, wurde in der Mitte durch eine lange, mit schwarzem und weißem Segeltuch bedeckte Turnierschranke geteilt. Am Ende der Schranke standen die Pavillons in Rot und Gold, Blau und Scharlach, einer für jeden Turnierteilnehmer. Die Wettkämpfer

trafen bereits ein; rings um jeden Pavillon wimmelte es von Pagen und Knappen. Rüstungen blinkten und gleißten in der Sonne. Das Rot von Rauten, Löwen, Drachen und Greifen leuchtete auf den Fahnen der Adelshäuser, die im leichten Sommerwind flatterten. Ein Fanfarenstoß ließ das Getöse verstummten, und die Vögel in den Bäumen rings um Smithfield flogen in erbost lärmenden Schwärmen auf. Das königliche Gefolge war eingetroffen.

Cranston zeigte ihm John von Gaunt, den Herzog von Lancaster: ein grausames Gesicht unter blondem Haar, braun gebrannt von den Feldzügen in Kastilien. Zu beiden Seiten standen seine Brüder und eine Anzahl junger Lords. Mittelpunkt der Gruppe war ein Junge, dem John von Gaunt eine Hand auf die Schultern gelegt hatte; sein Gesicht war weiß wie Schnee unter einem dichten goldenen Haarschopf, und ein Silberkranz schmückte seinen Kopf.

Cranston stieß Athelstan in die Seite und streckte den Zeigefinger aus: Neben dem königlichen Gefolge entdeckte der Ordensbruder jetzt den Oberrichter Fortescue in seiner scharlachroten, mit blütenweißem Lammfell besetzten Robe, und da waren auch Sir Richard, Lady Isabella, der Priester Crispin, Master Buckingham, Lady Ermengilde und andere Mitglieder des Haushalts. Athelstan war sicher, daß sie alle zu ihnen herüberschauten, aber schon gellten von neuem die Fanfaren. Gaunt hob die Hand, als dankte er für den Beifall der Menge. Eine Claque von jungen Höflingen rings um ihn herum klatschte zwar, aber das Volk von London blieb stumm, und Athelstan entsann sich, wie Cranston gebrummt hatte, daß die kostspieligen Vorlieben bei Hofe, gepaart mit militärischen Niederlagen gegen die Franzosen, Gaunt und seine Anhängerschaft in Verruf gebracht hatten.

»Unser Wild ist in Sicht«, flüsterte Cranston dem Bruder zu; seine Stimme war trotzdem mehrere Schritte im Umkreis zu vernehmen. Athelstan warf Benedicta einen Seitenblick zu, und

sein Herz klopfte wie wild. Sie hatte sich zur Seite gewandt und erwiderte kühl den Blick eines jungen, dunkelgesichtigen Gecken, der sich in prachtvollen rotweißen Seidengewändern auf seinem Sitz lümmelte und für niemanden Augen hatte außer für Athelstans schöne Begleiterin. Cranston, der unter dem rauhen, trunkenen Äußeren noch hellwach war, sah die schmerzerfüllte Miene des Ordensbruders. Er lehnte sich herüber und legte Athelstan eine Hand auf den Arm.
»Das Turnier fängt an, Bruder«, sagte er. »Sieh nur aufmerksam zu. Vielleicht lernst du noch was übers Kämpfen.«
Unter gellenden Trompetenstößen wurden die Banner gesenkt, und hinter den Pavillons kam eine Prozession hervor, angeführt von Pagen in engen Steppjacken, bunten Kniehosen und prächtigen Federhüten. Sie trugen große bemalte Leinwände mit Szenen aus der Bibel und der klassischen Überlieferung: Herkules im Kampf mit der Python, der Tod Hektors, die Belagerung von Troja, Samson unter den Philistern und die Schlange im Garten Eden. Jedem Turnier ging ein solches Tableau voraus. Es folgten Musikanten mit Trommel, Pfeife und Viola. Dahinter kamen Knappen und weitere Pagen und schließlich die Ritter selbst. Sie hatten ihre Rüstungen noch nicht angelegt, und ihre Farben wehten ihnen voraus. Die Prozession zog sich um den Turnierplatz herum, und die Ritter und ihr Gefolge nahmen Beifall und Jubel der Menge entgegen.
Athelstan sah eines der Gemälde, eine Szene aus dem Buch Genesis, etwas genauer an. Dabei fiel ihm etwas ein, das er im Hause Springall gesehen hatte, und er schnappte nach Luft. Der Lärm um ihn herum verklang: Er sah nur noch die roh bemalte Leinwand, die zwei Pagen an ihm vorübertrugen. Natürlich! Sein Magen drehte sich vor Aufregung fast um. Er packte Cranston am Arm.
»Die Bilder! Die Leinwandgemälde!« flüsterte er heiser.
Cranston sah ihn mit trüben Augen an.

»Die Gemälde, Sir John, im Hause Springall. Die bemalten Leinwände an den Wänden! Bei unserem ersten Besuch waren sie wegen des Trauerfalles schwarz verhängt. Erinnert Ihr Euch denn nicht? Genesis, Kapitel 3, Vers 1: die Schlange im Garten Eden! So ein Gemälde war auch in einer der Galerien in Springalls Haus. Vielleicht war es das, was Sir Thomas meinte?«
Cranston blinzelte. Nachdem er sich vergewissert hatte, daß seine Frau nicht herschaute, zog er einen Weinschlauch unter seinem Umhang hervor und nahm einen tiefen Schluck.
»Ich bin hier, um mich zu unterhalten, Mann!« Aber während er den Stopfen wieder in den Schlauch drückte, dämmerte ihm, was Athelstan gerade gesagt hatte. »Mein Gott, natürlich, du hast recht! Die Bilder, die drei Rätsel ... vielleicht enthalten sie das Geheimnis!«
Athelstan wagte nicht, ihm zu erzählen, daß er eines bereits gelöst hatte.
»Was wollen wir tun?« fragte Cranston leise.
»Sofort gehen«, schlug Athelstan vor.
»Aber wir sind hier als John von Gaunts Gäste. Ich kenne den Herzog. Wenn wir gehen, schickt er einen naseweisen Knappen oder Büttel hinter uns her.«
»Aber jetzt ist die beste Gelegenheit«, erwiderte Athelstan, rückte noch näher und flüsterte Sir John ins Ohr; er sah, daß Lady Maude völlig versunken die Parade verfolgte, während Benedicta sich immer noch ablenken ließ und die bewundernden Blicke des Grafen inzwischen erwiderte.
»Sir John, das Haus Springall ist jetzt leer. Laßt uns das Eisen schmieden, solange es heiß ist.«
Cranston schien ablehnen zu wollen, aber dann besann er sich. »Komm mit«, sagte er.
Er sprach flüsternd ein paar Worte mit seiner Frau und watschelte dann mit Athelstan im Schlepptau davon; sie drängten sich durch die Menge zur königlichen Loge. Ritterliche Bannerher-

ren des Königshofes hielten sie auf, aber Cranston murmelte ihnen ein paar Worte zu, und man ließ ihn passieren. Athelstan indessen mußte außerhalb des schützenden Kreises aus Stahl stehenbleiben und zusehen, wie Cranston sich am Fuße der Treppe verneigte und dann das Knie beugte. Er sah sich um. Die prächtige Prozession zog noch immer um den Turnierplatz herum. John von Gaunt kam lachend die Treppe herunter. Er klopfte Cranston auf die Schulter, hieß ihn aufstehen und flüsterte ihm etwas ins Ohr. Der Coroner gab Antwort. Hinter Gaunt stand Oberrichter Fortescue und betrachtete die beiden wie ein wütender Falke. John von Gaunt hob unvermittelt den Blick und starrte Athelstan an wie eine hungrige Katze, mit harten, gelben Augen, und ohne mit der Wimper zu zucken. Er nickte und murmelte Fortescue über die Schulter hinweg etwas zu, und dann sagte er noch ein paar Worte zu Cranston. Der Coroner verneigte sich und ging. Athelstan warf einen Blick nach links, wo die Familie Springall saß. Überraschenderweise schien sich niemand für Sir Johns Unterhaltung mit dem Regenten zu interessieren.
Cranston sagte auch so lange nichts, bis sie die königliche Loge ein gutes Stück hinter sich gelassen hatten.
»Bruder«, flüsterte er dann, »wir haben die Erlaubnis des Regenten, jetzt in das Haus Springall zu gehen, es zu durchsuchen und an uns zu nehmen, was uns beliebt. Der Regent sagt, selbst wenn wir den ganzen Tag dazu brauchen, sollen wir uns im königlichen Palast oder im Savoy-Palast erst blicken lassen, wenn wir ihm mehr zu berichten haben.«
Athelstan sank das Herz in die Hose. Einerseits wollte er die Gemälde untersuchen und das Geheimnis lüften. Andererseits verlangte es ihn danach, mit Benedicta zusammenzusein. Er schaute in den Himmel. Unruhige Wolken begannen die Sonne zu verdunkeln. Er schaute hinüber zu den Frauen. Cranstons Gemahlin hatte es sich auf der Bank gemütlich gemacht, wäh-

rend der Geck, der Benedicta beäugt hatte, inzwischen näher gerückt war und leise mit ihr tuschelte. Er neckte sie, und Benedicta schien nichts dagegen zu haben. Sie war anscheinend ganz vertieft in das Geplauder mit dem jungen Kerl. Athelstan hörte kaum auf das, was Cranston da vor sich hin brummte. Er versuchte, seine Panik niederzukämpfen, und ermahnte sich, daß er ein Priester sei, ein ordinierter, gottgeweihter Mann. Hatte er nicht ein Zölibatsgelübde abgelegt? Zwar durfte er eine Frau zur Freundin haben, aber es durfte ihn nicht nach ihr gelüsten oder verlangen, und er durfte sie nicht begehren. Athelstan stählte sich. Benedicta war höflich zu jedermann, ob es nun Hobs Witwe war, Ranulf, der Rattenfänger, oder, wie jetzt, ein Hofgeck. Trotzdem war Athelstan wütend über seine Lage, und mit Eifersucht sah er, daß Benedicta jemand anderen so anziehend und unterhaltsam finden konnte, tat aber gleichzeitig dieses Gefühl als kindisch und gefährlich ab.

Kapitel 9

Sie verließen Smithfield und nahmen einen anderen Weg zurück in die Stadt, vorbei am Abwassergraben, der so durchdringend und faulig stank, daß sogar Cranston, bis an die Kiemen mit Wein abgefüllt, stehenblieb, würgte und sich die Nase zuhielt. Er nahm sich vor, in seine Abhandlung auch ein besonderes Kapitel über das Säubern der Kloake einzubauen. Eilig ließen sie die Cock Lane hinter sich; an der Straßenecke drängten sich Huren in scharlachroten und blauen Kleidern. Eine von ihnen schwenkte die Hüften, ließ ihre Brüste tanzen und schrie: »Sir John! Sir John, kommt doch zu uns!«

Cranston drehte sich um, grinste breit und ignorierte den sich neben ihm vor Verlegenheit windenden Athelstan.

»Meine Mädchen«, brummelte er. »Meine reizenden Mädchen …«

Athelstan schob ihn vor sich her, und an Newgate vorbei ging es in die Shambles und nach Westchepe. Die Stadt war ziemlich still, stiller als gewöhnlich; das lag an dem großen Turnier in Smithfield. Die Behörden nutzten diesen Tag, um gewisse Fälle vor Gericht zu verhandeln. Eine Reihe von Huren, die bei ihrem zweiten Gesetzesverstoß ertappt und verurteilt worden waren, wurden mit geschorenen Köpfen und weißen Stäben in den Händen zum ›Tun‹ bei Cornhill, dem offenen Gefängnis, geführt, wo sie stehen und sich von Vorübergehenden beschimpfen lassen mußten. Das schien sie aber nicht zu stören; sie tätschelten sich die Köpfe und johlten, daß ihr Haar bald wieder nachwachsen werde, was man von den Glatzköpfen der Gerichtsdiener, die sie eskortierten, wohl nicht behaupten könne. Ein Lügner oder Meineidiger stand am Pranger; um den Hals einen großen Schleifstein, und ein Plakat verkündete, daß er falschzüngig und ein Eidbrecher sei; ein glückloser Junge neben ihm hatte eine Hammelkeule gestohlen und mußte sie nun um den Hals tragen; inzwischen war das Fleisch aber in Verwesung übergegangen und wimmelte von Fliegen. Athelstan betrachtete das Treiben und versuchte, nicht an Benedicta und die kleinlichen Eifersüchteleien zu denken, die an ihm nagten

Das Springallsche Haus war leer bis auf ein paar Diener. Die Mäuse schienen heftig getanzt zu haben, während die Katze aus dem Haus war. Die meisten waren kräftig angeheitert und reagierten nicht, als Cranston anklopfte und Einlaß verlangte. Der alte Hausdiener, der sie schon bei ihrem ersten Besuch hereingelassen hatte, wollte ihnen helfen, aber Cranston schob ihn sanft beiseite: Es sei Feiertag, sagte er, und außerdem sei er auf Sir Richards Wunsch hier, um ungestört seine Nachforschungen anzustellen. Natürlich erinnerte der Duft des Weines Cranston daran, wie lange es her war, seit er die letzte Erfrischung genossen hatte, also bestellte er einen großen Krug und den tiefsten Becher, der sich in der Küche auftreiben ließe.

Er folgte Athelstan, als der Bruder von einem Gemälde zum nächsten schritt. Cranston wußte überraschend gut Bescheid über die Bilder, die sie hier untersuchten. Einige, behauptete er, seien Werke eines gewissen Edward Prince, eines Malers, der im Norden der Stadt wohne. Athelstan hörte Cranstons Geplauder nur mit halbem Ohr zu und versuchte sich zu erinnern, wo er das Gemälde der Eva im Garten Eden, die von der Schlange bezaubert wird, gesehen hatte. Schließlich fiel ihm ein, daß es nicht in der Galerie der Nachtigall gewesen war, sondern in der, die nach links führte.

Gefolgt von Cranston, der inzwischen schwankte, stieg Athelstan in den zweiten Stock hinauf und nahm dort die große bemalte Leinwand von der Wand. Er fluchte. Offensichtlich hatte auch jemand anders erkannt, daß dieses Gemälde den Schlüssel zu Sir Thomas' Geheimnis enthalten könnte. Das Holz an der Rückseite trug tiefe Spuren einer Dolchklinge, als hätte jemand nach einem verborgenen Spalt oder Fach gesucht. Aber da war nichts.

»Es hat keinen Sinn, Bruder«, murmelte Cranston und schenkte sich noch einen Becher Roten ein. »Alles für die Katz, verdammt! Hier ist nichts. Und was ist mit den beiden anderen? Der Tod mit dem fahlen Pferd in der Apokalypse und der Schuhmacher? Wir verschwenden hier nur unsere Zeit.«

Athelstan befahl dem Coroner, sich auf den Boden zu setzen und anzulehnen; dann kauerte er sich neben ihn und erzählte leise, was er herausgefunden hatte: daß die Holzschnitzereien für den Krönungsprunkwagen vielleicht einen Hinweis auf die Identität des Mörders bargen. Cranston hörte ihm trotz seines Rausches bis zum Ende zu und polterte dann in rechtschaffener Empörung: »Wieso hast du mir das nicht früher erzählt? Das klingt vernünftig. Und möglich. Aber warum hast du nichts gesagt?«

Athelstan fand nichts so komisch wie Cranston, wenn er die empörte Tugend spielte, und so ließ er den Coroner weiterknurren, bis der mit seiner Litanei am Ende war. Unterdessen hob er das Gemälde wieder an seinen Platz. Dann wanderte er von Zimmer zu Zimmer, von Korridor zu Korridor und suchte nach Bildern, die vielleicht auf den Vers aus der Geheimen Offenbarung passen würden. Cranston schwankte hinter ihm her, den Weinbecher in der einen Hand, den Krug in der anderen. Sie fanden nichts. Manche Räume waren freilich verschlossen: die von Sir Richard und Lady Isabella zum Beispiel. Als Cranston durch die Galerie der Nachtigall taumelte, schien das ganze Haus vor Gezwitscher förmlich zu beben. Sir Thomas' Gemach, leer bis auf Bett, Tisch und ein paar andere Möbel, stand überraschenderweise offen. Cranston sah sich um. Auch hier gab es

kein Gemälde. Die Wände waren kahl. Athelstan trat ans Fenster, und sein Blick fiel auf den Schachtisch.
»Wißt Ihr, Sir John«, sagte er, »wenn wir heute nachmittag nichts finden, dann sollten wir auf Mord und Selbstmord befinden, unser Urteil zu den Akten geben und die Sache auf sich beruhen lassen; wir kommen nicht vorwärts.«
Hinter ihm krachte es laut. Cranston hatte Weinkrug und Becher neben das Bett gestellt, war hintenübergekippt und lächelte selig die Zimmerdecke an. Er war fest eingeschlafen. Athelstan seufzte, ging hinüber und drückte Sir Johns Körpermassen unter großen Anstrengungen in eine bequemere Lage. Dann setzte er sich neben ihn auf die Bettkante. Er hatte weder Schreibtablett noch sonstiges Werkzeug mitgebracht, und so ging er im Geiste die Todesfälle durch, die sie untersucht hatten, und versuchte, ein allen gemeinsames Muster zu finden, doch mit wenig Erfolg. Cranston schnarchte sanft wie ein Kind, murmelte hin und wieder etwas und schmatzte. Athelstan grinste, als er die Worte »Erfrischungen!« und »Ein paar Becher vom spanischen Weißen!« vernahm. Sir John rülpste geräuschvoll, rollte sich auf die Seite und wäre vom Bett gefallen, hätte Athelstan nicht zugegriffen. Athelstan ließ den Coroner schlummern. Warum auch nicht? Schließlich gab es nur ein Gemälde, das zu den Rätseln paßte, und das offenbarte ihnen nichts. Seine Gedanken wanderten zu Benedicta. Ob sie ihn vermißte? Warum hatte sie sich so leicht auf ein Gespräch mit diesem Edelmann eingelassen? Ob alle Frauen so waren? Hatte er überhaupt recht daran getan, sie einzuladen?
Er griff nach dem Weinbecher, nahm einen kleinen Schluck und starrte auf die dicken hölzernen Bettpfosten. Er begann zu dösen und wäre fast eingeschlafen, als er plötzlich aufschrak. Die Schnitzereien! Vor allem die auf der rechten Seite … Er stand auf und ging um das Bett herum. Wer immer den Bettpfosten gemacht hatte, er hatte eine lebendige Szene geschaffen. Die

geschnitzte Schlange schien sich zu winden, und ihre gespaltene Zunge zuckte, während das auserkorene Opfer, Eva, wie die menschgewordene Unschuld dastand, mit einer Hand die Scham bedeckend, mit der anderen das langwallende Haar zurückhaltend. Zwischen beiden hing der Zweig eines Apfelbaumes. Selbst aus Holz geschnitzt, sah die Frucht daran dick und saftig aus. Ungläubig starrte Athelstan einen Augenblick darauf, bevor er zu dem anderen Bettpfosten ging: Da, in der Mitte, hatte der Künstler ein Pferd geschnitzt. Das dunkelbraune Holz ließ das Tier lebendig aussehen; ein Bein war erhoben, der Hals gebogen, und auf dem Rücken saß eine furchterregende, gespenstische Gestalt mit einem Kapuzenmantel. Unter der Kapuze lugte der Knochenschädel des Todes hervor. Athelstan schnappte vor Aufregung nach Luft und machte sich daran, den Coroner zu wecken.

»Sir John! Wacht auf!«

Der Coroner regte sich, schnarchte und schmatzte.

»Sir John!« Athelstan tätschelte ihm sanft das Gesicht. Der Coroner schlug die Augen auf. »Meine geliebte Maude ...«

»Ich bin nicht Maude!« unterbrach Athelstan scharf. »Sir John, ich habe etwas entdeckt!«

»Einen Becher spanischen Weißen?«

Athelstan füllte den Becher und hielt ihn dem Coroner an die Lippen. »Um Gottes willen, Sir John, so wacht doch auf!«

Der Coroner setzte sich auf, rieb sich den Schlaf aus den Augen und sah sich benommen um. »Bruder, was ist jetzt schon wieder passiert?«

Athelstan zeigte ihm, was er entdeckt hatte. Anfangs starrte Cranston, dessen Kopf noch vom Wein und Schlaf benebelt war, verständnislos auf die Bettpfosten, doch allmählich dämmerte ihm, was die Entdeckung des Ordensbruders zu bedeuten hatte. Er begann, den holzgeschnitzten Tod zu befingern, zu betasten und zu drücken.

»Es muß ein Geheimfach geben. Ich habe gehört, daß so was nach italienischer Mode in Stühle, Tische und Pulte eingebaut wird. Auch von Verstecken in Betten habe ich schon gehört, aber gesehen habe ich dergleichen noch nie.«
Ihre Suche war fruchtlos, und so nahmen sie sich den anderen Bettpfosten vor. Sie drückten auf verschiedenen Stellen der Schnitzerei, aber auch hier rührte sich nichts. Plötzlich hob Cranston den Kopf und versetzte Athelstan einen Rippenstoß.
»Sieh doch, Bruder!«
Athelstan starrte zu dem anderen Bettpfosten hinüber. Dort hatte sich der kleine Holzblock, auf dem die Schnitzerei ruhte, gedreht und wie eine Tür geöffnet.
»Der Mechanismus muß in diesem Bettpfosten sein, und eine Feder läuft unter dem Holz hindurch zum anderen Pfosten.«
Und sie beobachteten, wie die kleine Tür sich wieder schloß, wenn Athelstan auf den Apfel zwischen Eva und der Schlange drückte. Er drückte noch mal, und die Tür öffnete sich. Langsam näherten sie sich dem Hohlraum. Beide hatten Mühe, ihre Erregung im Zaum zu halten. Athelstan schob die Hand vorsichtig in das enge, dunkle Fach und zog zwei Pergamentrollen hervor. Cranstons aufgeregte Bitten, er möge sich beeilen, ignorierend, trug er sie zum Fenster und entrollte sie behutsam. Die erste enthielt ein Liebesgedicht, geschrieben von ungelenker Hand in normannischem Französisch. Zunächst glaubte Athelstan, es sei an eine Frau gerichtet, aber dann erkannte er, daß es einem jungen Mann zugedacht war. Er reichte es Cranston.
»Macht Euch nur einen Reim darauf, wenn Ihr könnt.«
Das zweite Pergament war eine Schuldverschreibung. Der obere Rand war perforiert; es mußte also eine Kopie davon geben. Athelstan las – und wußte, warum John von Gaunt, der Herzog von Lancaster, so tief in Sir Thomas Springalls Schuld stand und wieso der Kaufmann Geheimnisse gehütet hatte, die ihm noch größeren Reichtum hätten bringen können.

Cranston hatte das Gedicht schon beiseite gelegt, aber als er die Schuldverschreibung las, ließ er sich wie vom Donner gerührt auf das Fußende des Bettes sinken. Das Pergament baumelte zwischen seinen Fingern.

»Das wurde vor vierzehn Monaten geschrieben«, stellte er leise fest. »Als der Schwarze Prinz, Vater des jetzigen Königs, im Sterben lag. Wenn Lord Edward das gewußt hätte, dann hätte er den Kopf John von Gaunts auf der London Bridge aufgespießt. Und wenn es jetzt bekannt würde, wäre ein Aufschrei die Folge.«

»Also kennen wir nun die Gründe für Springalls Tod«, sagte Athelstan. »Aber wir kennen nicht das Wie und das Wozu, und vor allem kennen wir den oder die Schuldigen nicht. Sir John, wir wollen einmal nach der Methode der Schulen zu Oxford vorgehen. Ihr setzt Euch auf das Bett, und ich setze mich neben Euch. Ihr werdet alles aufzählen, was Ihr über jeden der vier Morde wißt, angefangen mit Sir Thomas Springall. Obgleich in Wahrheit noch ein weiterer Mord passiert ist – fünf also insgesamt.« Er deutete auf das Pergament mit dem Gedicht. »Der junge Page, der hier starb, muß ebenfalls als Opfer gelten.«

Und so begannen sie; Cranston unterbrach gelegentlich, um sich zu erfrischen, und zählte alles auf, was sie über Springalls Tod wußten. Dann ging es weiter mit Brampton, mit Vechey und mit Allingham. Athelstan korrigierte Cranston und ließ ihn die Liste der Fakten mehrmals wiederholen, bis der Coroner, der für seine Geduld ohnehin nicht berühmt war, brüllte: »Bei allen Zähnen der Hölle! Was willst du, Bruder? Wir verschwenden unsere Zeit! Wir wiederholen doch immer nur, was wir sowieso schon wissen.«

»Habt Geduld, Sir John«, bat Athelstan. »Erinnert Euch, wir suchen nach einem zugrundeliegenden Muster. Wenn man in der Logik einem Problem gegenübersteht, dann enthalten die Worte des Rätsels schon die Antwort. Jeder der Morde muß einem Muster folgen.« Er sah, daß Sir John die Lippen zusammenpreßte und ihn unter buschigen grauen Augenbrauen anfunkelte. »Seht, es gibt einen Mord, über den wir sehr wenig wissen – Vechey. Aber in drei Fällen – bei Allingham, Brampton und Springall – wissen wir gut Bescheid. Es muß Gemeinsamkeiten geben, solche, die alle drei Fälle miteinander verbinden. Eine haben wir bereits: Gift. Ich habe den Verdacht, daß Vechey und Brampton mit Drogen betäubt wurden. Sie hätten ja sonst nicht zugelassen, daß man sie packt, gefangennimmt, ihnen eine Schlinge um den Hals legt und sie aufhängt. Bestimmte Fäden im Gewebe passen also zusammen. Wollen doch sehen, ob es nicht noch mehr gibt.«

Und noch einmal rezitierte Sir John widerwillig die Fakten, die sie kannten. Draußen ging der Tag zu Ende. Athelstan, der Sir John nur noch mit halbem Ohr zuhörte, schaute aus dem Fenster und fragte sich, was wohl aus Benedicta und Lady Maude geworden sein mochte. Sollten sie nicht lieber zu den Damen zurückgehen und sie begleiten? Er störte Sir John mit dieser Frage aus seiner Konzentration auf; der Coroner machte nur ein finsteres Gesicht.

»Die Damen Benedicta und Maude sind durchaus in der Lage, selbst auf sich achtzugeben«, befand er. »Du hast diese Sache angefangen, Bruder, und jetzt bleiben wir dabei bis zum bitteren Ende. Außerdem«, er grinste, »habe ich den jungen Galan, der neben Benedicta saß, gebeten, sich freundlicherweise um die beiden Damen zu kümmern, und ich bin sicher, das wird er auch tun.«

Athelstan knirschte mit den Zähnen und warf dem Coroner einen vernichtenden Blick zu, aber Sir John lächelte nur allerliebst zurück, als wäre er zu keinerlei Ränkespiel fähig. Noch einmal ließ Athelstan ihn wiederholen, was sie wußten; diesmal allerdings übersprangen sie den Mord an Sir Thomas Springall. Er ging zum Fenster und starrte auf das Schachbrett. Geistesab-

wesend begann er die Quadrate zu zählen, und plötzlich schlug sein Herz schneller.
»Es gibt einen Zusammenhang, Sir John«, sagte er leise. »Jawohl!« Er drehte sich um, und sein schmales Gesicht leuchtete vor Erregung. »Es gibt einen Zusammenhang!«
»Du weißt, wer der Mörder ist, stimmt's? Los, verdammter Kuttenbruder!« schrie Cranston. »Rede schon! Ich sitze nicht umsonst hier auf dem Bett und zähle die Fakten auf wie ein Schuljunge!«
»Sssch, Sir John. Geduld«, sagte Athelstan. »Laßt mich alles in die rechte Ordnung bringen. Laßt mich die Reihenfolge der Ereignisse ergründen, und dann werde ich Euch sagen, was ich weiß, und das Problem ist gelöst. Einstweilen aber bleibt hier. Studiert die Schuldverschreibung, denkt nach über das, was Ihr gesagt habt. Ich bin bald zurück.«
Bevor der verwirrte Coroner antworten konnte, war Athelstan zur Tür hinaus, huschte behutsam durch die Galerie der Nachtigall, die Stiege hinunter und in die Cheapside hinaus. Um nicht zufällig jemandem aus dem Hause Springall zu begegnen, lief er die Friday Street hinunter, bog in die Bread Street ein und ging bei St. Mary Le Bow vorbei. Die Kirche war offen. Athelstan trat ein, setzte sich auf einen Säulensockel, schlug die Beine übereinander und schaute durch den Lettner zum Hochaltar hinauf. Dann ließ er den Blick durch die kühle, wunderschöne Kirche wandern, über die Fresken an der Wand des Chorpultes und die aus Eichenholz so wunderbar geschnitzte Kanzel. Er hörte, wie der Kantor bei den Altarbänken seinen Chor versammelte, um die Hymnen und Gesänge für das Fronleichnamsfest zu proben. Athelstan lehnte sich zurück, legte den Kopf an die kühle Säule und starrte nach oben in die Dunkelheit. Er versuchte, neu zu ordnen, was er wußte, das Muster zu vollenden und den Mörder einzukreisen. Dieses Mal würden die Söhne Kains, die Mörder, sich nicht umdrehen und in falscher Unschuld fragen: »Sind wir

die Hüter unseres Bruders? Wir sind nicht verantwortlich, denn wir haben keine Schuld« – während das Blut von fünf Menschen ihre Hände befleckte und ihre Seelen verdunkelte.
Der Chor stimmte das schöne Kirchenlied *»Pange lingua«* an, und Athelstan ließ sich in Geist und Seele beruhigen von dem fließenden Gesang. Die jüngsten Chorknaben, die den Sopranpart sangen, nahmen jetzt den Refrain auf, klar und rein, und die Kirche war wie von Engelsstimmen erfüllt. *»Respice, respice, Domine* ... Blicke zurück, o Herr, blicke auf uns zurück!«
Athelstan murmelte die Worte vor sich hin. »Blicke auf uns, o Herr«, betete er. »Schenke mir Weisheit und Erleuchtung. Laß mich die Finsternis durchdringen, das Böse mit der Wurzel ausreißen. Laß jene Taten, die in dunkler Nacht geschahen, offenbar werden für Deine Gerechtigkeit und die des Königs im Lichte des hellen Tages.«
Athelstan meditierte eine Stunde lang. Er sah die Ironie, die darin lag, daß er hier in einer Kirche saß, im Hause Gottes und dem Tor zum Himmel, und seine Gedanken sich um Mord drehten. Nach und nach aber fügte sich das Muster zusammen. Die Schuldigen wurden erkannt und ihre Beweggründe sichtbar, und widerstrebend bewunderte er ihre Verschlagenheit und die schiere Bosheit ihres Planes. Er ersann Fallen und richtete sie ein, und als er bereit war, kehrte er zum Hause Springall zurück.
Sir John lag noch immer auf Sir Thomas' Bett, einen Becher Roten in der Hand, und summte ein Schlaflied vor sich hin. Athelstan hätte schwören können, daß er sich benahm, als wäre noch jemand im Raum. Als sänge er für jemanden, den er liebte. Und der Ordensbruder sah, daß dem Coroner das Wasser in den Augen stand. Er tat, als schaute er aufmerksam aus dem Fenster, während er seine Schlußfolgerungen zusammenfaßte. Hinter ihm gewann Cranston derweil seine Beherrschung wieder und hörte zu, wie der Ordensbruder darlegte, wer die Mörder und

was ihre Motive waren. Anfangs wies er allerdings alles zurück, was sein Schreiber da sagte.
»Gar zu gerissen!« schrie er. »Zu schlau! Und zu diabolisch!«
Athelstan drehte sich um. »Diabolisch, ja. Aber diese Morde wurden in einer menschlichen Seele erdacht und von einem menschlichen Geist beschlossen, auch wenn sie aus bösen, ja teuflischen Gründen ausgeführt wurden. Ich glaube, ich sage die Wahrheit, Sir John.«
Cranston starrte mißmutig auf die Fußbodendielen und scharrte mit den Stiefeln über die blanke Fläche. Plötzlich begann es draußen in der Galerie der Nachtigall zu knarren und zu singen. Cranstons Hand zuckte zum Dolch, und Athelstan stürzte zur Tür. Aber es war nur der alte Diener, der noch betrunkener war als Cranston. Schwankend lehnte er sich an die Türpfosten.
»Ihr seid schon lange hier, meine Herren. Ihr bleibt? Wartet Ihr auf Sir Richard?«
»Nein«, antwortete Cranston. »Ich hab's dir doch schon gesagt: Wir sind hier auf Geheiß des Regenten!« Er hob den Weinbecher und leerte ihn. »Aber ich danke dir für deine Gastfreundschaft, mein Bester. Ich werde das nicht vergessen.«
»Ach«, warf Athelstan ein, »ist es wohl möglich, daß ich mit einer der Wäscherinnen spreche?«
Der Diener machte ein überraschtes Gesicht, nickte dann aber und schob wenig später ein verängstigtes Mädchen zur Tür herein. Ihre Angst wuchs, als Athelstan ihr seinen Wunsch schilderte und sie bat, das Mundtuch auf dem schnellsten Wege herbeizuschaffen. Als das geschehen war, träufelte Athelstan den Weinrest aus dem Becher darüber, wischte durch eine staubige Ecke des Zimmers und schob das Tuch dann unter seine Kutte. Die Magd ging eilig hinaus. Sir John schaute ihn verwundert an.
»Was ich gerade getan habe, ist wichtig, Sir John«, versicherte

Athelstan ihm. »Es kann sein, daß ich die Mörder damit in die Falle locke.«

Sie verließen das stille Haus; der Diener schloß hinter ihnen ab, und sie wanderten die menschenleere Cheapside hinunter. Schwarze Regenwolken jagten jetzt über die Themse heran. Es war dunkel, und einige Händler hatten die Laternenhörner vor ihren Türen angezündet; Athelstan sah das Leuchtfeuer im Turm von St. Mary Le Bow kräftig und hell leuchten. Sie gingen die Friday Street und die Old Fish Street hinunter und in die Vintry. Bei Queenshithe Wharf mieteten sie sich ein Boot, das sie über den aufgewühlten Fluß zum Savoy-Palast bringen sollte. Von der Uferböschung aus betrachtet, bot John von Gaunts Residenz einen prachtvollen Anblick – heute abend um so mehr, da die Festlichkeiten im Gange waren. Die Fenster waren erhellt von den Flammen Tausender Bienenwachskerzen, und als die beiden sich dem Haupteingang näherten, hörten sie leise Musik, Geplauder und heiteres Treiben. Ein stämmiger Marschall trat ihnen in den Weg und fragte nach ihrem Begehr; widerwillig ließ er sie in den Innenhof, wo sie von einem Majordomus empfangen wurden, der sie in die Haupthalle hinaufführte.

Athelstan verschlug es die Sprache ob des prächtigen Schauspiels, das sie erwartete: Die Halle war riesig und hatte eine hohe Holzdecke, jedes Stück Holzwerk und Stein war bedeckt mit kostbarsten Samtbehängen, prachtvollen Fahnen und Wandteppichen in allen Farben. Zu beiden Seiten der Halle zogen sich langgestreckte Tafeln hin, mit wertvoller Seide gedeckt. Alle paar Schritte stand ein mächtiger achtarmiger Kandelaber, ein jeder besteckt mit Bienenwachskerzen. Oben auf der Empore spielten die Musikanten, aber mit ihrer Musik mußten sie gegen den Lärm der Festgäste bei Tisch ankämpfen.

Am hinteren Ende auf der Estrade erblickte Athelstan John von Gaunt. Am selben Tisch saßen auch der junge König, Oberrichter Fortescue und ein paar führende Adelige des Reiches. An dem Tisch, der unterhalb der Estrade parallel dazu stand, thronte Sir Richard Springall mit rotem Kopf und einem stattlichen Rausch. Neben ihm saß Lady Isabella; sie hatte den Trauerstaat für diesen Tag abgelegt und trug ein Kleid aus reinem Gold mit dazu passendem Schleier. Auch Pater Crispin und Master Buckingham waren da; am anderen Ende des Tisches hatten Maude und Benedicta ihren Platz, und zwischen ihnen saß der junge Edelmann, der seine Absichten schon mittags so unverschämt kundgetan hatte. Lady Maude spähte durch die Halle; offenbar hielt sie Ausschau nach ihrem Gemahl. Benedicta schien kühler und gefaßter; sie lauschte einer Erzählung des Edelmannes; hin und wieder allerdings rückte sie leicht von ihm ab, als wären ihr die Aufmerksamkeiten des jungen Galans inzwischen etwas lästig.

Der Majordomus wollte sie ankündigen, aber Athelstan legte ihm eine Hand auf die Ärmel.

»Nicht«, sagte er leise, »nicht jetzt. Das Festessen hat ja schon angefangen.«

Sein Blick fiel auf die Tischdecken, die mit Fett und Wein besudelt waren. Die Platten waren leer, und Bedienstete brachten Schalen mit Früchten, Schüsseln mit Sahne, Teller mit dünnem Gebäck, zuckergefülltem Naschwerk und exquisit zu Burgen, Schwänen und Pferden geformten Gelees. Bald würde das Bankett vorüber sein. Athelstan sah Sir John an.

»Es hat keinen Sinn, sich noch an den Festlichkeiten zu beteiligen. Am besten halten wir uns fern von Sir Richard und den anderen Mitgliedern des Haushalts.«

Der Coroner betrachtete die Weinkrüge mit Sehnsucht und wollte Einwände erheben.

»Sir John«, ermahnte ihn Athelstan, »wir müssen uns um wichtige Angelegenheiten kümmern.«

Cranston nickte seufzend, wandte sich an den Majordomus und bat darum, in eines der herzöglichen Privatgemächer geführt zu werden. Der Mann sah ihn mißtrauisch an, aber Cranston blieb unbeirrt.

»Doch, Sir«, wiederholte er, »Ihr werdet uns in eines der privaten Gemächer des Herzogs hier im Palast führen. Und dann werdet Ihr Eurem Herrn und dem Oberrichter Fortescue sagen, daß wir wichtige Dinge zu berichten haben, Dinge, die die Krone betreffen. Ihr werdet Sir Richard und seinen Haushalt bitten, sich zu uns zu gesellen, sobald die Festlichkeiten vorbei sind.«

Cranston ließ den Mann seine Botschaft wiederholen, während dieser sie [illegible] zur Halle hinaus und eine breite, geräumige Treppe hinauf zu den Privatgemächern des Herzogs führte. Athelstan sah sich um und nickte. Ja, das würde genügen. Ein kleines Feuer brannte im Kamin. Das Zimmer, vielleicht ein Schreibzimmer des Herzogs, war von einem langen Tisch beherrscht; Stühle standen zu beiden Seiten, und ein thronartiger Sessel mit hoher Lehne am Kopfende des Tisches. Der Majordomus ließ Cranston und Athelstan allein, und sie betrachteten die exquisiten Wandteppiche und einen kleinen Schrank voller Manuskripte, in feinstes Leder und Velin gebunden. Ein Diener trat ein und brachte Wein und Zuckerwerk, und Cranston machte sich augenblicklich darüber her. Ein zweiter Diener erschien, ein junger Page, der mit hoher Stimme verkündete, daß der Herzog die Nachricht von Sir John erhalten habe und kommen werde, sobald es die Umstände und das Protokoll zuließen.

Eine Stundenkerze auf dem Tisch unter dem Fenster war um einen vollständigen Ring heruntergebrannt, ehe sie draußen Schritte hörten. Sie erhoben sich, als Gaunt ins Zimmer gerauscht kam. Neben dem Herzog erschien der kleine König. Onkel und Neffe waren beide in goldgesäumte Purpurgewänder gehüllt. Der junge König wirkte heiter, Gaunt hingegen zornig und besorgt, als fürchtete er Sir Johns Botschaft. Er ließ sich in den Sessel am Ende des Tisches fallen und befahl einem Diener, einen ebensolchen für seinen Neffen zu bringen. Oberrichter

Fortescue kam wie eine Spinne hereingehuscht und nahm neben dem Herzog Platz. Ihm folgte Sir Richard Springall mit seinem Haushalt. Der Kaufmann war ziemlich betrunken und grinste Cranston und Athelstan zu, als wären sie uralte Freunde. Lady Ermengilde streckte die Nase in die Luft und beliebte sie zu ignorieren. Pater Crispin und Buckingham lächelten knapp, während Lady Isabella ganz offensichtlich aufgeregt war.
»Sind nun alle versammelt?« erkundigte Gaunt sich sarkastisch. Oberrichter Fortescue schaute in die Runde und nickte. »Jawohl, Euer Gnaden.«
Athelstan sah, daß ein stämmiger Wachsoldat hereingekommen war. »Ich wünsche, daß dieses Gemach streng bewacht wird!« befahl der Regent. »Niemand darf ohne meine Erlaubnis herein oder hinaus. Hast du verstanden?«
Der Mann nickte. Athelstan hörte ihn draußen ein paar Befehle brüllen; dann trappelten Schritte und klirrten Waffen. Er betrachtete die Gruppe. Sir Richard war überraschend schnell nüchtern geworden. Lady Isabella schaute zu ihm hinüber und schlang nervös die Finger ineinander. Lady Ermengilde starrte – königlicher Anwesenheit zum Trotz – die Wand gegenüber an. Der Rest blickte unverwandt den Herzog an und wartete ab, was diese Zusammenkunft zu bedeuten habe.
Gaunt beugte sich vor; die Juwelen an seinen sonnengebräunten Händen blitzten im Kerzenschein.
»Sir John, Coroner der Stadt – ich bin erfreut, Euch zu sehen. Und obwohl Ihr beim Bankett nicht zugegen wart, so ist es doch offensichtlich, daß Ihr ordentlich getrunken habt. Ich hoffe, der Tag war fruchtbar für Euch?«
Der drohende Unterton in den Worten des Herzogs entging Cranston nicht, und er warf Athelstan einen Blick zu.
Der Ordensbruder neigte den Kopf vor dem Regenten und dem jungen König. »Euer Gnaden, Lord Gaunt, man hat uns den Auftrag gegeben, die wahren Gründe für den Tod Sir Thomas

Springalls zu erkunden und infolgedessen auch die Wahrheit über die anderen, ebenso unglücklichen Todesfälle.« Er stand auf. »Euer Gnaden, ich bitte Euch um Nachsicht, denn ich möchte nun gern einen kleinen Mummenschanz aufführen, eine nützliche Einführung zu dem, was wir darlegen möchten.«
Gaunt schaute den Ordensbruder unwirsch an. »Was soll das, Bruder?«
»Ein Spiel, Onkel!« Der junge König ergriff plötzlich das Wort, und kindliche Freude verdrängte die majestätische Maske. Er klatschte in die Hände.
»Euer Gnaden«, Gaunt lächelte seinen Neffen schmallippig an, »vielleicht solltet Ihr besser nicht dabeisein ...?«
»Vielleicht aber doch!« zwitscherte der Junge zurück. »Ich will dabeisein! Es ist mein Recht!«
Überrascht sah Athelstan, wie altklug dieser Knabe war und wieviel Macht er, seinen jungen Jahren zum Trotz, über seinen Onkel hatte.
Gaunt seufzte. »Bruder, wir sind in deiner Hand. Aber ich warne dich.« Er machte eine drohende Gebärde. »Vergeude nicht meine Zeit, und verwickle uns nicht in unnütze Possen. Ich will die Wahrheit!«

Kapitel 10

Athelstan deutete auf die Tür. »Lord Gaunt, laßt uns so tun, als schliefe hinter dieser Tür jemand, der Euch lieb und teuer ist.« Gaunt funkelte ihn an.

»Die Tür ist verschlossen, und Ihr wollt ihn nun aufwecken. Was würdet Ihr tun?«

»Eine einfache Frage! Ich würde an der Tür rütteln, ich würde anklopfen, ich würde hämmern, ich würde rufen.«

»Ich danke Euch, Euer Gnaden. Lady Ermengilde, Ihr habt gehört, wie Pater Crispin heraufkam, um Sir Thomas an jenem schicksalhaften Morgen zu wecken. Was geschah da?«

Die alte Dame hatte verstanden, worauf Athelstan mit seinen Fragen hinauswollte, und ihr Gesicht verlor ein wenig von seinem Hochmut. Ihre Augen wurden schmal.

»Ich hörte ihn heraufkommen. Er drückte die Klinke an der Schlafzimmertür meines Sohnes herunter. Dann ging er fort, um Sir Richard zu holen.«

»Ja, warum denn nur, Pater?« fragte Athelstan. »Ihr gingt hinauf, um Euren Herrn zu wecken – er hatte darum gebeten, früh geweckt zu werden, erinnert Ihr Euch? Ihr gingt also hinauf, wie es jeder tun würde, Ihr drücktet die Klinke nieder – doch dann holtet Ihr den Bruder. Warum habt Ihr nicht versucht, Sir Thomas selbst zu wecken? Ihr wart an der Tür, doch von drinnen war kein Laut zu hören. Jeder andere hätte jetzt an die Tür geschlagen und Sir Thomas' Namen gerufen. Ihr aber nicht. Ihr gingt sofort wieder, um Sir Richard zu rufen. Warum?«

»Weil ich es so für das Beste hielt.«

»Aber logisch war es nicht«, versetzte Athelstan rasch. »Logisch wäre es gewesen, an die Tür zu hämmern und Sir Thomas' Namen zu rufen. Das habt Ihr nicht getan. Als hättet Ihr gewußt, daß da etwas nicht stimmte.«

Der Priester schluckte kurz, blickte aber kühl in die Runde.

»Was wollt Ihr damit andeuten, Bruder?«

»Im Augenblick will ich noch gar nichts andeuten. Laßt uns ein bißchen weitergehen. Sir Richard kommt mit anderen Mitgliedern des Haushaltes die Stiege herauf. Die Tür wird aufgebrochen. Und drinnen?«

»Nun«, antwortete der Priester, »mein Herr, Sir Thomas Springall, lag im Bett. Vergiftet.«

»Und was geschah dann? Genau?«

»Ich ging hin, um mir Sir Thomas anzuschauen.«

»Nein, das tat er nicht.« Sir Richard beugte sich vor. »Das tat *ich*. Ihr kamt wohl mit ins Zimmer, aber angeschaut habe ich ihn.«

»Und was tatet Ihr derweilen, Pater?« wollte Athelstan wissen.

»Ich stand nur da.«

»Nein, Ihr tatet etwas anderes.«

»Ach ja. Ich nahm den Weinbecher und roch daran. Dann ging ich damit zum Fenster, um mir den Inhalt genauer zu besehen, denn der Geruch war merkwürdig.«

»Auf dem Weg zum Fenster kamt Ihr am Schachbrett vorbei. Und dann?«

»Ich erklärte, daß der Becher vergiftet war. Den Rest kennt Ihr.«

»Und wie wart Ihr bekleidet?«

»Das habe ich schon erzählt. Ich war draußen gewesen, im Pferdestall.«

»Ihr trugt also Handschuhe? Einen Mantel?«

»Jawohl.«

»Ich sage Euch etwas, Priester«, antwortete Athelstan. »Ihr trugt diese Handschuhe aus einem bestimmten Grund. Ihr wußtet nämlich, bevor Ihr die Kammer betratet, daß Sir Thomas tot war. Dafür hattet Ihr gesorgt. Der Weinbecher war nicht vergiftet.

Ihr habt ihn zum Fenster getragen und das Gift hineingeschüttet, das Ihr zuvor in Eurem Handschuh verborgen hattet. Und als Ihr am Schachbrett vorbeikamt, habt Ihr eine Figur mitgenommen – den Läufer. Warum? Weil er dick mit einem bestimmten Gift bestrichen war.«

Pater Crispins Gesicht war bleich wir Marmor. Wortlos schüttelte er den Kopf.

»So hat es sich abgespielt«, fuhr Athelstan fort. »Am Nachmittag vor dem Bankett verwickeltet Ihr Sir Thomas in eine Partie Schach. Ihr spieltet mit all Eurem Talent und Geschick, und es gelang Euch, Sir Thomas in die Enge zu treiben. Kurz vor dem Essen wurde das Spiel abgebrochen. Ihr wußtet, wie sehr Sir Thomas es haßte, besiegt zu werden; das habt Ihr selbst erwähnt. Er würde sich auf die nächsten Züge konzentrieren, damit er Euren Figuren entkommen könnte, wenn das Spiel fortgesetzt würde. Und nun sage ich Euch folgendes ins Gesicht: Vor dem Bankett, während alle herunterkamen, seid Ihr, von niemandem bemerkt, zu Sir Thomas' Gemach hinaufgegangen. Ihr habt eine Schachfigur genommen und sie dick mit Gift bestrichen. Später ging Brampton dann mit dem Weinbecher hinauf. Als das Festmahl vorüber war, zog Sir Thomas sich zurück und verriegelte die Tür. Er ging zu seinem Schachbrett und suchte nach der besten Möglichkeit, aus der Falle zu entrinnen, in die er Euch gegangen war. Er nahm den Läufer, die bedrohte Figur, in die Hand, stellte sie hierhin und dorthin und suchte nach einem Ausweg. Und wie jeder, der ratlos ist, legte er die Finger an die Lippen. Er ahnte ja nicht, daß er sich jedesmal, wenn er es tat, ein wenig vergiftete. Lange dürfte es nicht gedauert haben. Die Gifte, die Ihr von dem Apotheker bekommen hattet, waren stark. Sir Thomas fühlte sich vielleicht unwohl, das waren die ersten Symptome; er ließ das Schachbrett stehen und legte sich ins Bett, wo er starb.

Am nächsten Morgen kamt Ihr in die Kammer, und Ihr trugt

Handschuhe, weil Ihr wußtet, daß Ihr das Gift nun selbst würdet berühren müssen. Aber Ihr brauchtet Zeugen, denn Ihr wolltet keinen Zweifel daran lassen, daß Brampton der Schuldige war. Deshalb betrat Sir Richard mit Euch das Zimmer, und auch andere Mitglieder des Haushaltes waren dabei. Und wie jeder, der eine Tür aufbricht und unverhofft auf einen Toten stößt, versammelten sie sich um die Leiche. Währenddessen habt Ihr die Schachfigur entfernt, den Weinbecher vergiftet und wieder auf den Tisch gestellt. Nun sah es so aus, als hätte der Becher den Tod gebracht, und die Schuld gab man Brampton.«

Inzwischen hatte der Priester seine Geistesgegenwart wiedergefunden. »Das ist ja unmöglich!« rief er. »Wie konnte ich denn wissen, daß Sir Thomas die Schachfiguren berühren würde, nachdem er sich zur Nacht zurückgezogen hatte?«

»Oh, aber Ihr wußtet es sehr wohl«, warf Cranston ein. »Ihr wußtet es – das habt Ihr selbst zugegeben. Ihr habt gesagt, Sir Thomas habe während des ganzen Banketts nur an das Spiel denken können. Und die einzigen Menschen, die den Becher angerührt haben, waren Brampton, Sir Thomas und Ihr selbst. Erst danach wurde das Gift darin entdeckt.«

»Und vermutlich bin ich auch für den Mord an Brampton verantwortlich?«

»Jawohl.« Jetzt spann Cranston den Faden weiter. »Mein braver Secretarius hier, mein getreuer Schreiber, hat festgestellt, daß Brampton wahrscheinlich in seine Kammer ging, als das Bankett begonnen hatte. Er war gekränkt, weil Sir Thomas ihm vorwarf, in seinen Privatpapieren herumgeschnüffelt zu haben. Natürlich hatte nicht Brampton das getan. Sondern *Ihr*! Doch darauf kommen wir später. Wahrscheinlich habt Ihr Brampton mit einer Droge betäubt.«

»Mit einer Droge betäubt!« fauchte der Priester. »Brampton war nicht betäubt. Das ist Unsinn!«

Er blickte in die Runde, aber Athelstan sah, daß die anderen begannen, sich von dem Priester zurückzuziehen. Oberrichter Fortescue starrte unverwandt auf die Tischplatte. Gaunt hatte den Mund zu einem Lächeln verzogen. Der junge König hörte wie gebannt zu. Cranston schüttelte den Kopf.

»Lügen hat keinen Sinn, Mörder«, schnappte er. »Ihr wußtet, daß Brampton an diesem Tag viel getrunken hatte. Das hat uns ein Diener erzählt. Und Ihr, Lady Isabella – habt Ihr nicht berichtet, Euer Gemahl habe sein bestes Faß Bordeaux geöffnet, und Ihr hättet Brampton einen Becher davon als Friedensangebot hinaufgeschickt?«

»Ja«, murmelte sie. »Nein! Ich habe den Becher hinaufgeschickt«, sie deutete auf den Priester, »aber eingeschenkt habt Ihr ihn, Pater Crispin. Ja, es war Eure Idee. Eine Betäubungsdroge!« rief sie aus.

»In dieser Nacht«, fuhr Athelstan fort, »als alle anderen im Hause sich hingelegt hatten, ging Pater Crispin hinauf zu Brampton. Ihr seid ein kräftiger junger Mann, Crispin. Brampton war klein und leicht, und er wohnte im zweiten Stock des Hauses, nicht weit von der Stiege zum Dachboden. Ihr habt ihn von seinem Bett aufgehoben und auf den Speicher geschleppt. Dort habt Ihr ihn halb auf den Tisch gesetzt, ihm die vorbereitete Schlinge um den Hals gelegt und ihn dann hängen lassen – Gott sei seiner Seele gnädig! Aber eine Zeitlang wußte der arme Brampton noch, daß er zu Tode gewürgt wurde. Seine Finger krallten sich in den Strick, doch es half nichts. Er erstickte, und seine Seele floh in die Dunkelheit, ohne das Bußsakrament empfangen zu haben.«

Athelstan trat zu dem Priester und blieb vor ihm stehen. »Ihr seid voller Todsünden«, sagte er leise. »Eure Seele ist rot wie Scharlach und verwundet. Ihr habt diesen Mann getötet, aber Ihr habt einen Fehler gemacht. Warum hätte Brampton ohne Stiefel auf den Dachboden steigen sollen? Und hätte er sie getragen, so hätte er sie in seinen Todeszuckungen abgeschüttelt.« Athelstan beugte sich hinunter, bis sein Gesicht kaum eine Handbreit von dem Pater Crispins entfernt war. »Aber nehmen wir an, er wäre doch ohne Stiefel hinaufgegangen. In der Dachkammer war es schmutzig, und auf dem Boden lagen Glasscherben – aber Bramptons bloße Fußsohlen waren, selbst nachdem er abgeschnitten worden war, sauber und unverletzt. Und warum? Weil seine Füße den Boden nie berührt haben.«

»Vechey wurde auch ermordet, nicht?« stammelte Lady Isabella.

»Ja«, antwortete Athelstan. »Und wißt Ihr, weshalb? Als die Tür zum Gemach Eures Gatten aufgebrochen wurde, war auch Vechey dabei. Irgendwann muß er einen Blick auf das Schachbrett geworfen haben, nachdem Crispin den vergifteten Läufer fortgenommen hatte, um ihn zu säubern.«

»Natürlich!« trompetete Lady Ermengilde. »Deshalb redete Vechey auch immer davon, daß es nur einunddreißig gewesen seien. Er hatte gemerkt, daß eine Figur fehlte. Vechey war immer schon ganz versessen auf die Syrer …«

»Und dann war die Figur wieder da«, ergänzte Athelstan, »was ihn noch mehr verblüffte. Trotzdem kostete ihn sein scharfes Auge das Leben: Auch Vechey wurde zum Tode verurteilt, damit er seine Zweifel nicht aussprechen konnte.«

»Nur Gott weiß, wie Ihr diesen Mord zuwege gebracht habt!« donnerte Cranston. »Die rothaarige Dirne war vielleicht ein Lockvögelchen in Eurem Sold. Vielleicht, verschlagener Pfaffe, wart Ihr es sogar selbst in einer Verkleidung! Ich frage mich gerade, ob wir bei gründlicher Durchsuchung nicht eine rote Perücke und ein Kleid in Eurer Kammer finden würden. Aber auch da habt Ihr wieder einen Fehler gemacht. Vechey war vermutlich ebenfalls mit Drogen oder durch einen Schlag auf den Kopf betäubt. Ihr habt ihn unter einen Bogen der London Bridge gehängt, aber der Wasserstand hätte einen solchen Tod unmöglich gemacht. Ihr hofftet nur, daß niemand es bemerken würde.«

»Halt!« rief Crispin. »Ihr behauptet, *ich* hätte das Gift gehabt, aber Ihr wißt, daß eine Dame, die in Gewand und Erscheinung ganz wie Lady Isabella aussah, ebensolches Gift bei dem Apotheker Simon Foreman gekauft hat.«

»Ja«, sagte Cranston, »und das war Euer dritter Fehler. Ich habe Lady Isabella in der Tat darüber befragt, aber Ihr wart nicht dabei. Erinnert Ihr Euch – wir baten Euch, uns allein zu lassen. Lady Isabella, Sir Richard, stimmt das nicht?«

Beide nickten.

»Und habt Ihr dem Priester von dieser Frage je erzählt?«

Beide schüttelten wortlos den Kopf.

»Belauscht haben könnt Ihr es auch nicht«, keifte Lady Ermengilde. »Ich habe nämlich in der Halle vor der Tür gestanden und selbst versucht zu lauschen. Aber ich konnte nichts verstehen.«

»Ihr könnt nur aus einem Grund davon wissen«, stellte Athelstan leise fest. »Ihr habt Gewänder getragen, die Ihr heimlich aus Lady Isabellas Garderobe genommen hattet. Euer Kopf war unter einer roten Perücke und einer Kapuze verborgen. Und dann seid Ihr zum Nachtschattenhaus gegangen und habt dort das Gift gekauft.« Athelstan nippte an seinem Weinbecher. »Das wird Euch Spaß gemacht haben, nicht wahr?«

Der Priester weigerte sich zu antworten.

»Aber – solche Hinterlist ...!« rief Lady Isabella.

»Oh, Crispin hat seine Sache gut geplant. Einer von Bramptons Knöpfen wurde neben die Dokumente Eures Gatten gelegt und sollte die Tragödie in Gang bringen. Aber für den Fall, daß doch etwas schiefgehen und man der Herkunft des Giftes auf die Spur kommen sollte ...«

»Wen hätte man da besser belasten können als Euch, Lady Isabella?« ergänzte Cranston. »Schließlich spieltet Ihr ja mit dem Bruder Eures Gemahls das Tier mit den zwei Rücken!«

Lady Isabella wandte den Blick ab, und Crispin ließ den Kopf in die Hände sinken. Lady Ermengilde wandte sich an Cranston, und ihr Blick war voller Bosheit.

»Ihr seid gar nicht so dumm, Coroner. Aber habt Ihr nicht doch ein paar Kleinigkeiten vergessen? Wenn mein Sohn die vergiftete Schachfigur berührt hätte, dann hätte er Gift an den Fingern haben müssen. Und wie erklärt Ihr Euch Allinghams Tod?«

Athelstan schaute auf den Priester hinunter. Pater Crispin hob den Kopf und erwiderte den Blick, ohne mit der Wimper zu zucken.

»Bedenkt«, sagte Athelstan, »daß unser Mörder ja auch die kirchlichen Sakramente verabreichte. Er sorgte dafür, daß Sir Thomas und Master Allingham die Hände gewaschen wurden, bevor er sie mit dem heiligen Öl salbte.«

»Das stimmt«, flüsterte Sir Richard. »Und die Salbung fand unverzüglich statt ...«

»Es gab also keine Giftspuren«, fuhr Athelstan im Plauderton fort. »Wie bei allen seinen Morden – keine greifbaren Beweise. Ihr seid ein Mörder, Pater. Ein Meuchelmörder. Und wir wissen, warum. Ihr erinnert Euch an den jungen Pagen, der aus dem Fenster fiel? Sir Thomas gelüstete es nach ihm, und er fand heraus, daß Ihr ihm ein Liebesgedicht gewidmet hattet. Wir haben es gesehen. Vermutlich versuchtet Ihr, den Jungen zu verführen – Gott weiß, was sich wirklich zugetragen hat. Sagt uns nur, Pater: Ist er gesprungen, weil er Angst hatte, oder habt Ihr ihn gestoßen?«

Der Priester starrte ihn wutentbrannt an, antwortete aber nicht.

»Ich denke, Sir Thomas kannte die Wahrheit, wagte aber nicht, Euch offen zu bezichtigen. Schließlich hatte er sich der Sünde der Sodomie ebenso schuldig gemacht wie Ihr. Natürlich wart Ihr als Kaplan mit den Geheimnissen anderer vertraut. So benutzte Sir Thomas die Holzschnitzerei für seine Rache, die Tafel, die für den Prunkwagen gedacht war und später in der Haus-

kapelle hängen sollte.« Athelstan warf Sir Richard einen Blick zu. »Ihr erinnert Euch an das Schnitzwerk? Was zeigte es?«
»Einen Schuhmacher, der von Teufeln weggeschleppt wird.«
»Habt Ihr Euch je die Füße des Schuhmachers angeschaut?«
»Nein.«
Cranston schlug seinen Stiefelabsatz auf den Boden. »Der arme Pater Crispin – immer humpelt er umher, und der Klumpfuß ist sein Panier! Aber wenn es ihm beliebt, zieht er sich die Stiefel mit den höheren Absätzen an – und siehe da, er kann gehen wie wir alle. So ist es doch, oder nicht, Pfaffe? Ihr wart reiten, als Allingham starb?«
Pater Crispin tat Cranstons Anklage mit einem Wimpernschlag ab.
»Sir John hat recht.« Athelstan nahm den Faden auf. »Ein Priester kann gehen, wohin er will: in das Gemach seines Herrn, um eine Schachfigur zu vergiften, oder mitten in der Nacht zu dem armen Brampton, um ihm Trost zu spenden, oder nach St. Mary Le Bow, um zu beten … aber in der Nacht, als Vechey starb, da verkleidete Pater Crispin sich als rothaarige Hure und jagte sein Wild in den Bordellen am Fluß.« Athelstan schwieg und warf Fortescue einen kurzen Blick zu. »Ich habe Sir John gesagt, es gebe hier mehr als nur einen Schuldigen. In gewissem Sinn hatte ich recht. In Euch wohnen zwei Menschen, Pater: der hinkende Priester und der verschlagene Mörder.«
Das Gesicht des Oberrichters, bemerkte Athelstan, war so bleich geworden, daß es schien, als müßte er sich gleich übergeben.
»Natürlich, Crispin«, fuhr Athelstan fort, »hattet Ihr auch einen Komplizen. Es war jemand, den Ihr an der Tafel Eures Herrn kennengelernt hattet. Jemand, der Euch wissen ließ, wohin wir gingen, so daß Ihr gedungene Mörder schicken konntet, die uns auflauerten. Ihr erinnert Euch an das Evangelium, Pater, und an den Mann, der behauptete, sein Name sei Legion, weil er von so

vielen Teufeln besessen sei? Mit Euch würde er sich verstehen, Priester. Ihr habt aus Rachsucht und Habgier gemordet, aber auch aus schierer, bösartiger Freude an Ränken und Intrigen.«

»Was hat das mit der Holzschnitzerei im Hause Springall zu tun?« unterbrach Gaunt in scharfem Ton.

Athelstan sah Sir Richard an. »Ihr hättet Euch die Schnitzerei genauer betrachten sollen«, bemerkte er. »Vor allem den Schuhmacher. Er hat viel Ähnlichkeit mit unserem Pater Crispin. Auch er hat einen Klumpfuß.«

Athelstan achtete nicht auf Lady Isabella, die nach Luft schnappte. Statt dessen sah er den kleinen König Richard an, der offensichtlich von diesem Priester fasziniert war. Gaunt musterte unterdessen Fortescue aus den Augenwinkeln.

»Und, Pater, wer ist der Schutzheilige der Schuhmacher?«

Athelstan bewunderte, wie Crispin die Fassung bewahrte. Kein Muskel zuckte in dem hageren, gehetzten Antlitz.

»Kommt, Pater, Ihr wißt es doch. Crispin und Crispianius! Die heiligen Brüder. Wir feiern ihr Fest im Oktober. Sir Thomas wollte Euch verhöhnen. Seine Beleidigung würde kreuz und quer durch London gefahren werden, und danach sollte sie Euch verspotten, wann immer Ihr die kleine Kapelle im Hause Sir Thomas' beträtet. Eines Tages würde jemand etwas bemerken. Allingham war der erste, nicht wahr, Pater? Er wurde nachdenklich und hatte auch nicht vergessen, daß Vechey so gebannt von der Zahl einunddreißig geredet hatte.«

Cranston rülpste und stand unaufgefordert auf, als hätte er vergessen, daß der junge König anwesend war.

»Mein Schreiber«, verkündete er großartig, »hat ganz recht. Also habt Ihr, der meisterliche Giftmischer, wieder zugeschlagen. Euer Gift habt Ihr bei Foreman gekauft und es mit Bedacht so gemischt, daß der Weinbecher beißend und widerlich roch und daß Brampton die Schuld bekam. Aber mit Allingham war die Sache anders. Der bekam ein Gift, das schwieriger festzustellen ist. Nach dem Mittagsmahl ging Allingham in seine Kammer und schlief ein. Was er nicht wußte, war, daß die Klinke seiner Tür mit Gift beschmiert worden war. Den gleichen Streich hattet Ihr schon Sir Thomas gespielt, aber Ihr wart sicher, daß es wieder klappen würde.«

Cranston hielt inne, um sich seinen Becher zu füllen; dabei zitterten seine Hände so sehr, daß der Wein auf den Tisch schwappte. Aber den Coroner, der voller Schwung war und überdies seine Erfrischung vor sich sah, kümmerte das einen Kehricht.

»Bruder Athelstan«, verkündete er, »wird meine Schlußfolgerungen zusammenfassen.«

Athelstan unterdrückte ein Lächeln. Cranston war erheiternd, aber der Priester mit dem harten Gesicht, dieser Wolf im Schafspelz, war es nicht.

»Seht Ihr, zunächst einmal hatte Allingham eine nervöse Angewohnheit. Dauernd hob er die Hände zum Mund; sie flatterten auf und ab wie Schmetterlinge. Erinnert Ihr Euch an die Geste? Während er sein letztes Nickerchen machte, schloß Pater Crispin ihn wahrscheinlich in seine Kammer ein. Allingham wacht auf und stellt fest, daß kein Schlüssel da ist. Nervös und erregt rüttelt er an der Türklinke, und immer wieder flattern seine todbringenden Finger zum Mund. Ihm wird schlecht, er geht zum Bett, bricht zusammen und stirbt. Die Tür wird aufgebrochen, der Priester sorgt dafür, daß er dabei ist, und wirft den Schlüssel auf den Boden. Natürlich glaubt jeder, er wäre heruntergefallen, als die Tür aufgebrochen wurde. Crispin tut selbstverständlich verblüfft und unschuldig. Er stellt die Frage: Wenn Allingham einen Anfall hatte, warum versuchte er dann nicht, die Tür zu öffnen? Und seltsam – während er das Schloß ausprobiert, hält unser Mörder ein Mundtuch in der Hand, das er zuvor benutzt hat, um vergossenen Wein aufzuwischen. So untersucht er die Türklinke und benutzt das Mundtuch, um sie besser

greifen zu können. Natürlich wischte er bei all dem in Wirklichkeit nur das Gift ab.« Athelstan wühlte in seiner Kutte und förderte schließlich das schmutzige Mundtuch zutage, das er sich von der Wäschemagd hatte geben lassen. »Hier ist das Tuch.«
»Das kann es nicht sein!« rief Fortescue plötzlich.
»Halt's Maul!« schrie der Priester und starrte ihn haßerfüllt an. »Halt's Maul, du Idiot!«
»Warum kann es das nicht sein?« erkundigte Cranston sich mit sanfter Stimme. »Ist es nicht merkwürdig, daß Ihr Euch erinnern könnt, was aus einem unschuldigen Mundtuch geworden ist?«
Athelstan hielt den Atem an. Würde jetzt das Geständnis kommen?
»Ich habe nur getan, was er verlangt hat«, flüsterte Crispin.
»Wer?« fragte Cranston leise.
»Fortescue, natürlich!«
Der Oberrichter hob den Kopf, und sein Gesicht war fahl vor Entsetzen.
»Ich habe den Priester nur gebeten, die Geheimnisse zu finden, die Sir Thomas hütete. Mord habe ich nicht geplant.«
»Ihr vielleicht nicht«, entgegnete Athelstan. »Aber Euer Komplize, Pater Crispin, sehr wohl. Auf Euren Befehl, Oberrichter Fortescue, versuchte er, Sir Thomas Springalls Geheimnisse auszuspionieren. Sir Thomas, ein umsichtiger Mann, bemerkte, daß seine privaten Kontobücher untersucht worden waren, und die Schuld daran wurde Brampton in die Schuhe geschoben. Es kann sein, daß Sir Thomas und Brampton sich einigten und Fragen gestellt wurden; deshalb plante Pater Crispin Springalls Tod. Denn nach seinem angeblichen Selbstmord würde man Brampton für den Übeltäter halten, und für Euch wäre der Weg frei, weiter nach Sir Thomas' Geheimnis zu suchen.«
John von Gaunt stand plötzlich auf. »Coroner, waltet Eures Amtes!« befahl er.

Cranston watschelte um den Tisch. »Pater Crispin, ich verhafte Euch im Namen des Königs wegen der furchtbaren Verbrechen des Hochverrats, des Mordes und des Aufruhrs.«
Der Priester starrte mit steinerner Miene vor sich hin, während ein kräftiger Wachsoldat, den Gaunt hereingerufen hatte, ihm die Daumen auf dem Rücken zusammenband.
»Halt!«
Athelstan ging hinüber zu Fortescue. Er bemerkte, daß Buckingham vor Angst zitterte; sein Gesicht war schweißüberströmt. Der weiche junge Secretarius würde diesen Tag nie vergessen.
»Oberrichter Fortescue«, sagte Athelstan leise, »Ihr seid des Königs höchster Justizbeamter. Warum habt Ihr so etwas getan? War es die Gier nach Macht und Reichtum, oder war es das Verlangen, den Regenten in die Hand zu bekommen? Ihr wußtet jedenfalls, daß Springall irgendein großes Geheimnis hütete, und bei einem Eurer Besuche in seinem Haus schlosset Ihr einen Pakt mit diesem Priester, diesem Kind Satans.«
Fortescue wollte antworten, aber die Worte blieben ihm im Halse stecken.
»Ist Euch nicht klar, Lord Oberrichter, daß Ihr Eure Seele verliert, wenn Ihr einen Pakt mit dem Teufel schließt?«
»Ich bin kein Mörder«, murmelte er.
Athelstan wandte sich wieder dem Priester zu. »Ihr habt Eudo, den Pagen, ermordet, nicht wahr? Ihr habt Sir John und mir die Meuchelmörder auf den Hals geschickt. Ihr wart die geheimnisvolle Frau und die rothaarige Hure.«
Pater Crispin lachte, legte den Kopf in den Nacken und spuckte Athelstan ins Gesicht.
»Frag mich in der Hölle, Bruder!« kreischte er. »Wenn wir beide mit dem Teufel tanzen!«
Als die Tür sich hinter ihm schloß, lachte er noch immer wie ein Wahnsinniger.
Fortescue erhob sich halb von seinem Stuhl. »Ich habe keinen

Mord geplant«, erklärte er. »Ich war neugierig, aber ich bin kein Mörder.«
»In achtundvierzig Stunden«, zischte Gaunt, »werde ich Soldaten zu Eurem Haus schicken. Wenn Ihr das Königreich bis dahin nicht verlassen habt, werde ich Euch verhaften lassen, Fortescue – wegen Hochverrats! Und Ihr werdet lange Zeit im Kerker faulen, ehe ich Euch den Prozeß mache!«
Fortescue verließ fluchtartig das Zimmer.
Athelstan musterte den Herzog. Er sah die Schweißperlen auf seinem Gesicht, die Erregung in seinem Blick. Beinahe flehend wandte er sich Cranston zu.
»Sir Richard Springall und Lady Isabella!« bellte der Coroner. »Ihr geht jetzt besser auch, mitsamt Eurem Haushalt. Und wenn Ihr Euch immer noch den Kopf über die Bibelstellen zerbrecht, die Sir Thomas zitierte, dann seht Euch einmal die Pfosten seines Bettes an, das Ihr geschändet habt.«
Der Kaufmann, Lady Isabella, ein nervöser Buckingham und eine nicht mehr so stolze Lady Ermengilde hasteten hinaus, eingeschüchtert von dem Furchtbaren, das sie gesehen und gehört hatten. Cranston folgte ihnen und knurrte der Wache draußen ein paar Befehle zu. Kaum war er wieder eingetreten, als der junge König aufstand.
»Was hatte Sir Thomas für ein Geheimnis?» fragte er.
»Neffe!« Gaunts Stimme klang schroff und spröde. »Euer Gnaden«, stammelte er hastig, »ich denke, Ihr solltet jetzt gehen. Diese Angelegenheit ist nichts für zarte Seelen.«
König Richard drehte sich um, und sein schmales, blasses Gesicht wurde störrisch.
»Euer Gnaden«, wiederholte Gaunt, »diese Dinge betreffen Euch nicht. Ich muß darauf bestehen. Sir John, Bruder Athelstan, Ihr sagt kein Wort!«
Der junge König ging zur Tür. Seine behandschuhten Finger lagen schon auf der Klinke, als er innehielt und Athelstan zu sich

winkte. Der Ordensbruder beugte sich herunter, damit der König ihm ins Ohr flüstern konnte.
»Bruder«, wisperte er, »wenn ich groß bin, mache ich dich zum Abt. Und du wirst auf meiner Seite sein, wenn ich …« Der junge König ließ seinen Satz unvollendet.
»Wenn Ihr was, Euer Gnaden?« fragte Athelstan.
»Wenn ich meinen Onkel ermorde«, zischelte er.
Athelstan starrte in die noch kindlichen und doch schon eiskalten blauen Augen. Der junge König aber lächelte und küßte ihn auf beide Wangen, bevor er zur Tür hinaushuschte, ein Kind, das spielen ging. Athelstan richtete sich auf und schloß die Tür.
»Was hat er gesagt, Bruder?«
»Nichts, Mylord. Ein kindliches Spiel.«
Gaunt grinste bei sich, als amüsierte er sich über irgendeinen Scherz, und streckte die Hand aus.
»Die Schuldverschreibung. Ihr habt sie?«
»Jawohl, Mylord.«
Gaunt schnippte mit den Fingern. »Her damit!«
Cranston reichte ihm das Dokument und das Liebesgedicht. Gaunt studierte beides aufmerksam, zerknüllte dann das Pergament und warf beide Blätter ins Feuer; er sah zu, wie die Flammen sie zu schwarzer, fedriger Asche verbrannten.
»Ihr wißt, was darin stand?«
Cranston nagte an der Unterlippe und antwortete nicht.
»Ja, Mylord, wir wissen es.« Athelstan setzte sich unaufgefordert und ohne sich um müßiges Zeremoniell zu kümmern. »Mylord, wir sind müde. Wir wissen, was in den Dokumenten stand, aber es geht uns nichts an. Vor vierzehn Monaten lag Euer Bruder, der Schwarze Prinz und Vater des jungen Königs, im Sterben. Ihr setztet mit Sir Thomas Springall einen Darlehensvertrag auf, in dem er Euch gewaltige Summen für die Aushebung von Truppen zusagte. Als Sicherheit botet Ihr ihm die Kronjuwelen: den Ring, den Reichsapfel, das Zepter und die Krone Edwards

des Bekenners. Sie zu verpfänden stand Euch nicht zu. Wenn Euer Bruder davon gewußt, wenn Euer Vater, der alte König, es auch nur geahnt hätte, dann hätte dieser Vertrag Euch leicht den Kopf kosten können. Würde das Unterhaus es jetzt erfahren, würde man vermuten, Ihr hättet Euch gegen den König verschworen. Wenn Eure edlen Brüder und die anderen großen Lords, Gloucester und Arundel, auch nur einen Blick auf das Dokument hätten werfen können, würden sie Euch in Stücke reißen.«

»Ich war besorgt«, antwortete Gaunt stockend. »Mein Bruder lag im Sterben, mein Vater war senil, der kleine Richard kränkelte. Dieses Reich braucht eine starke Regierung. Jawohl: Wenn es nötig gewesen wäre, hätte ich die Krone an mich gerissen.«

»Und jetzt, Mylord?« fragte Cranston.

»Ich bin der treueste Diener, den der König hat«, erwiderte Gaunt geschmeidig. »Und ich stehe in Eurer Schuld, Sir John. Das werde ich nicht vergessen.«

»Dann wünschen wir Euch nun eine gute Nacht, Mylord.«

Cranston und Athelstan standen auf und gingen zur Tür.

»Sir John«, rief Gaunt ihnen nach, »wir sprechen später noch einmal über die Sache. Bruder Athelstan, Ihr mögt einstweilen von mir erbitten, was Ihr wollt.«

»Gut, Mylord. Ich möchte ein wenig Silber für meine Kirche und zum zweiten eine Rente für eine arme Frau, die Witwe des Totengräbers Hob.«

Gaunt grinste. »So wenig für so viel! Geht zu meinen Schreibern. Es soll geschehen.«

Athelstan und Cranston wanderten durch die jetzt menschenleeren Korridore des Savoy und durch den von schwerem Duft erfüllten Garten hinunter zum Fluß.

Athelstan rieb sich müde die Augen. »Der Mörder hat einen Fehler begangen, und wir auch, Sir John. Ich vermute, Pater

Crispin wartete, bis die Flut sank, ehe er den unglückseligen Leichnam aufhängte.«
»Aber uns hat er gesagt, er habe Besorgungen erledigt.«
»Und da haben wir unseren Fehler gemacht. Wir haben nicht gefragt, wann er zurückgekommen ist – nicht, daß es im Hause Springall darauf angekommen wäre, wo Sir Richard und Lady Isabella mit sich selbst beschäftigt waren und Allingham sein eigenes einsames Dasein fristete. Ich bin sicher, daß der Priester Wege hatte, unbemerkt in dem großen Haus ein und aus zu gehen.«
»Glaubst du, daß Crispin hängen wird?« fragte Cranston.
Athelstan schüttelte den Kopf. »Fortescue hat ihn beauftragt, herauszufinden, was Sir Thomas verbarg, doch dann lief ihm, wie wir wissen, die Sache aus dem Ruder. Fortescue wird ins Ausland gehen und eine Anstellung an irgendeinem fremden Hof finden. Pater Crispin wird, da er Priester ist, wahrscheinlich für den Rest seines Lebens in irgendein Kloster eingemauert werden und das bittere Brot der Buße essen müssen.« Er bekreuzigte sich. »Gaunt würde es niemals wagen, einen der beiden vor Gericht zu bringen. Aber ich habe den Verdacht, daß Fortescue und unser böser Priester innerhalb eines Jahres eine Art ›Unfall‹ erleiden werden und sich vor Gottes Gericht für ihre Übeltaten verantworten müssen.« Plötzlich fiel ihm Benedicta ein. »Sir John!« rief er. »Eure Gattin, Lady Maude? Und Benedicta?«
Cranston drehte sich um und warf ihm einen verschmitzten Blick zu. »Ich habe den Hauptmann gebeten, Lady Maude zwei seiner Männer als Eskorte für den Heimweg mitzugeben. Benedicta war eingeladen, sie zu begleiten, aber ob sie es getan hat oder nicht …« Er brach ab.
Athelstan starrte zum Himmel, der jetzt im Licht der untergehenden Sonne blutrot leuchtete. Der Abendwind kühlte sein Gesicht, und er hatte kaum noch einen Gedanken für Mörder,

die in Blut und Ehrgeiz versanken. Wie rot war seine eigene Seele? Hatte er nicht auch insgeheim gesündigt?
»Was fangen wir jetzt an, Bruder?« fragte Cranston.
Athelstan sah ihn an – das runde, freundliche Gesicht, das gutmütige Lächeln, das Mitgefühl in den weintrüben Augen.
»Ihr seid ein guter Mann, Sir John.«
Der Coroner wandte sich ab.
»Und ich werde Euch sagen, was wir jetzt machen«, fuhr Athelstan fort und nahm ihn beim Ellbogen. »Wir werden feiern!«
Er führte Sir John am Ufer entlang zur nächstbesten Taverne, wo er ihnen die besten Plätze am Fenster sicherte. Athelstan hob die Hand und winkte den Wirt herüber.
»Ich will einen Krug von deinem besten Bordeaux und zwei große Becher. Mein Freund und ich, wir werden uns betrinken.«
Sir John klatschte in die Hände wie ein Kind und krähte vor Vergnügen. Sie tranken wie zwei Ausgedörrte. Sie hörten die Glocke Mitternacht schlagen und sahen die Sterne aufgehen, bevor sie in die Stadt und die sichere Wärme von Cranstons Haus zurücktaumelten. Lady Maude schimpfte, sie hätte ja schon gehört, daß ein gutes Saatkorn gelegentlich zwischen die Dornen falle, aber noch nie, daß ein braver Mann in Gesellschaft eines Ordensbruders solcher Zügellosigkeit verfalle! Cranston befahl ihr, den Mund zu halten, und verkündete, er werde das Ale aufgeben und Dominikaner werden. Er grinste immer noch selig, als er einschlummerte. Lady Maude kniete neben dem Schildkrötenleib ihres Gemahls nieder und wuchtete ihn zurecht, damit er für die Nacht bequem liege. Dabei redete sie leise und summte vor sich hin, als sei er Abaelard und sie Heloïse.
Die Liebe ist seltsam, dachte Athelstan, und hat so viele Formen.
Spät am nächsten Morgen, mit dickem Kopf und um einiges weiser, wanderte Athelstan zu seiner Kirche. Er las die Messe ohne Gemeinde, sang seine Morgengebete und fragte sich, was wohl aus Benedicta geworden war. Er hatte nicht den Mut

gehabt, Lady Maude zu fragen. Eben brachte er einen Psalm zu Ende, als die Tür sich hinter ihm öffnete. Er wußte, daß Benedicta hinter ihm stand, wie sie es immer tat; hinten in der Kirche an eine Säule gelehnt. Leise rief sie seinen Namen, einmal, zweimal, aber Athelstan drehte sich nicht um. Er hörte ihre Schritte, und die Kirchtür schloß sich leise hinter ihr. Der Bruder dachte an die Worte des Dichters: »Wenn ein Herz zerbricht, zerbersten Welten ohne Laut ...«

Pater Prior kam zu Besuch, ganz plötzlich, wie ein Dieb in der Nacht. Dabei war er durchaus höflich: Er hatte zuvor Sir John Cranston aufgesucht und sich erkundigt, ob Athelstan Fortschritte machte, und der gute Coroner hatte ihn über die London Bridge nach Southwark begleitet, damit er es selbst sehe. Außerdem war Athelstan nicht vollkommen unvorbereitet; Cranston hatte Walt, den Sohn des Henkers, hergeschickt, um ihn von der geplanten Ankunft des Priors zu informieren. Athelstan trieb in aller Eile ein paar Pfarrkinder zusammen, ein nicht allzu schwieriges Unterfangen, da immer welche an der Kirchentreppe herumlungerten und mit ruchlosen Dingen beschäftigt waren.
Cecily, die Hure, schrubbte die Treppe, während Watkin sein Bestes tat, den Schmutz aus dem Kirchenschiff zu fegen und die Weihwasserbecken zu füllen, aus denen die Kinder immer tranken. Athelstan hatte vor kurzem in einer Predigt davon gesprochen, daß alle Menschen Gottes Blumen seien, manche Rosen und manche Glockenblumen. Er hatte gehofft, seine Gemeinde davon überzeugen zu können, daß Gott sie mit all ihren Unterschieden liebe und ein Garten voller Rosen zwar vielleicht sehr schön, aber auch sehr langweilig sei. Die Predigt war ihm schwergefallen, denn Benedicta blieb beharrlich vor ihm auf den Knien und schaute mit ihren wunderschönen Augen zu ihm auf. Sie hätte der heiligen Agatha geglichen, wären da nicht die Lachfalten um ihren Mund gewesen.

Endlich kam der Pater Prior, begleitet von Schreibern, seinem Secretarius, dem Sakristan und anderen Würdenträgern. Cranston war stocknüchtern; er saß auf seinem Roß wie König Salomon, der kommt, Gericht zu halten. Athelstans Pfarrkinder drängten herbei. Orme, einer der vielen Söhne, die Watkin hatte, hielt den Pater Prior für den Papst, aber Cecily verkündete lauthals, es sei nur der Bischof. Athelstan scheuchte alle weg und führte seine Gäste in die Kirche, während Crim und Dyke auf die Pferde achtgaben. Das Gefolge des Priors ergötzte sich an dem, was ringsum zu sehen war. Dazu brauchten sie nicht lange, und Athelstan sah wohl, daß der hochnäsige Sakristan für seine kläglichen Bemühungen, diese Kirche in ein Haus Gottes zu verwandeln, nur ein Lachen übrig hatte. Aber wen kümmerte das? dachte Athelstan. Vielleicht solle ihn einmal jemand daran erinnern, daß alles in einer Krippe begonnen hatte und daß der Stall in Bethlehem nicht mit prächtigen Gemälden verziert gewesen war. Pater Prior jedoch war freundlich; er setzte sich Athelstan gegenüber auf die andere Kirchenbank und fragte ihn ausführlich nach allem, was er in den letzten paar Monaten getrieben habe. Cranston saß neben ihm und starrte zur Decke. Pater Prior hörte dem Bruder bis zum Schluß zu und nahm dann seine Hand.

»Bruder Athelstan«, sagte er, »wenn du willst, so kannst du wieder ins Mutterhaus zurückkehren. Deine Arbeit und deine Buße sind vorüber.« Er wandte sich an den Coroner. »Was meint Ihr, Sir John?«

Cranston grinste und zuckte die Achseln. »Als Priester«, witzelte er, »ist er besser denn als Schreiber des Coroners. Ich halte es für das Beste, wenn er zurückkehrt.«

Er sah Athelstan nicht an.

Der Prior nickte, stand auf und legte Athelstan die Hand auf die Schulter.

»Ich muß weiter«, sagte er. »Sir John hat sich freundlicherweise

bereit erklärt, mich zu begleiten. Es ist nicht weit; in einer Stunde sind wir zurück und erwarten deine Antwort.«
Er verließ die Kirche, und sein schwarzweißer Umhang blähte sich hinter ihm. Cranston würdigte Athelstan keines weiteren Blickes, als er hinauswatschelte. Einen Augenblick später hörte Athelstan, wie er draußen Cecily anbrüllte, egal, wie hübsch ihr Arsch sei – sie solle ihn aus seinem Sattel heben! Das Gefolge des Priors konnte es nicht erwarten, weiterzukommen, und brauchte keine zweite Aufforderung. Athelstan hörte ihre Pferde davontrappeln, und er befahl Watkin, die Kirchtür zu bewachen und ihn allein zu lassen.
»Werdet Ihr uns verlassen, Pater?« fragte der Mann besorgt.
Athelstan konnte nicht antworten. Er schloß die Tür, verriegelte sie und setzte sich auf die Altarstufen. Was sollte er tun? Einerseits war er froh, daß Pater Prior gekommen war, ihn zurückzuholen, aber andererseits – was sollte aus seiner Gemeinde werden? Aus Watkins Kinderschar? Der Jüngste, Edmund, schien ein kluges Kind zu sein; mit einer richtigen Ausbildung könnte er Schreiber werden. Und Cecily, die Hure? Was würde mit ihr geschehen, wenn er ihr keine Pennies für das Putzen in der Kirche gäbe? Und Benedicta? Er schloß die Augen und versuchte, ihr Antlitz aus seinem Geist zu löschen. Er betete um ein Zeichen. Der Herr im Himmel würde ihn leiten. Er öffnete die Augen, stand auf, und sein Blick fiel auf die Kerze, die Benedicta immer vor der Madonna anzündete. Athelstan ging hin und schaute sie an. Erst da sah er sie, die Rose, eine kleine, weiße, die zu Füßen der Statue lag. Er hatte seine Antwort.

Athelstan erwartete den Pater Prior schon, als dieser mit seiner Schar den Weg heraufkam und vor der Kirche hielt. Athelstan nahm das Pferd seines Oberen beim Zügel und schaute hinauf in das gütige Gesicht. Cranstons Gefunkel ignorierte er.
»Habe ich deine Antwort, Bruder Athelstan?«

»Ja, Pater Prior«, antwortete er. »Ich möchte gern hierbleiben, bis ich zum Schreiber des Coroners ebenso gut tauge wie zum Priester.«
»Bist du sicher, Bruder?«
»Ja, Pater, ich bin sicher.«
Der Prior lächelte. »Dann soll es so sein«, sagte er leise. Er schlug das Kreuz über Athelstans Kopf, sagte ihm adieu und trieb sein Pferd voran. Athelstan wartete, bis das Hufgetrappel in der Ferne verklungen war, ehe er Cranston anblickte, der sich verstohlen mit dem Ärmel seines Wamses immer wieder über die Augen wischte.
»Bei den Gebeinen unseres Herrn, Athelstan!« brüllte er. »Noch nie im Leben war ich so lange so nüchtern! Jetzt ist mir so heiß, daß ich sogar aus den Augen schwitze!« Er sah Athelstan an. »Vielleicht eine kleine Erfrischung …?«
»Gott schütze uns alle«, murmelte Athelstan, und er ging die Kirchentreppe hinauf und ließ Cranston brüllen.

Paul Harding

Tödliches Rätsel

Roman

London 1380. Ein Serienmörder schickt seine Opfer mit einem Rätsel auf ihre letzte Reise. Welches Geheimnis verbindet die Toten? Ist es ihre Stellung im Intrigendickicht des Königshofes? Die Suche nach dem Täter und die Lösung des Rätsels stellt die Freundschaft von Sir John Cranston und seinem Sekretär Athelstan auf eine harte Probe.

»Ein Fest für Genießer!«
Brigitte

Knaur

Val McDermid

Das Lied der Sirenen

»Val McDermids Fähigkeit, in die gestörte Psyche eines Kriminellen einzudringen, ist furchterregend!«

THE TIMES

Als die Polizei männliche Leichen findet, die vor ihrer Ermordung grausam gefoltert wurden, wird das Leben des Psychologen Tony Hill gefährlich aufregend – denn bei seinen Bemühungen, dem Mörder auf die Spur zu kommen, wird eines immer deutlicher: Er könnte sehr gut das nächste Opfer sein!

»… *der* roaring Ferrari *unter den englischen Krimiautoren.*«

DIE WELT

Knaur

Tessa Korber

Die Karawanenkönigin

Ein opulenter Roman voller Exotik und Erotik

Syrien im 3. Jahrhundert. Nach dem Mord an ihrem Ehemann übernimmt die schöne Zenobia die Herrschaft über die Wüstenstadt Palmyra. Geschickt setzt sie sich gegen Verschwörungen durch, erobert Ägypten und ebenso die Männer. Gefährlich wird es erst, als sie sich mit dem römischen Kaiser anlegt ...

»Was für ein Leben, was für ein Tempo!
Eine grandiose Leistung.«
Rheinischer Merkur

Knaur

Jacqueline Park

Das geheime Buch der Grazia dei Rossi

Das Leben der klugen und schönen Grazia dei Rossi – faszinierend wie ein farbenprächtiges Gemälde der Renaissance.

»Ich widme dieses Buch meinem Sohn, damit er es liest, sobald er die Schwelle zum Erwachsenenalter überschritten hat.«
In einem *libro segreto* – einem geheimen Buch – beginnt Grazia dei Rossi am 17. Oktober 1526 die Geheimnisse ihres Herzens niederzuschreiben. Den Blättern aus wertvollem Pergament vertraut sie nicht nur die einzelnen Stationen ihres ereignisreichen Lebens an, sondern auch ihre geheimsten Gefühle und Sehnsüchte. Grazia dei Rossi – eine unvergessliche Frauengestalt, der durch Klugheit und Schönheit ein einzigartiger Aufstieg gelingt.

»Ein historischer Roman mit Niveau, ein farbenprächtiges Gemälde der Renaissance.«

BRIGITTE

Knaur

Paul Harding

Tod auf der Themse

Roman

Ein kalter Londoner Winter des Jahres 1379: Mehrere englische Schiffe, die im Auftrag des Königs französische Küstenorte ausgeplündert haben, gehen in der Themse vor Anker.

Der Tod eines Kapitäns, zwei weitere Morde und drei spurlos verschwundene Seeleute ziehen Sir John Cranston und seinen Assistenten Bruder Athelstan in einen gefährlichen Strudel von Intrige, Skandal und Hochverrat.

Knaur

Christian Jacq
Nofretete's Tochter

»Jacqs unterhaltsamster Roman«
Berliner Morgenpost

Die Herrschaft des Echnaton und der Nofretete geht ihrem Ende entgegen, Ägypten steht am Rande des Zusammenbruchs und wird von Kämpfen um die Nachfolge zerrissen.

Anchesa, die dritte Tochter des Herrscherpaares, träumt vom Ruhm und hat doch keine Chance, jemals den Thron zu besteigen.

Dank ihres unbeugsamen Willens und ihrer außergewöhnlichen Intelligenz gelingt es Anchesa, ihre Pläne zu verwirklichen. Sie wird die bewunderte »Sonnenkönigin« und Gemahlin des jungen Königs Tutenchamun, der rettungslos in sie verliebt ist.

Knaur